Matthias Matting
Meltworld Shanghai

Impressum
Verantwortlich:
Matthias Matting
AO Edition, München
St.-Wolfgangs-Platz 9H,
81669 München
www.ao-edition.de
Cover: BEEGRAPic / Ellina Wu
Layout: Hanspeter Ludwig, Wetzlar
www.imaginary-world.de

Alle Rechte vorbehalten. Kein Teil des Werkes
darf in irgendeiner Form (durch Fotografie,
Mikrofilm oder andere Verfahren) ohne schriftliche
Genehmigung des Verlages reproduziert oder
unter Verwendung elektronischer Systeme verarbeitet,
vervielfältigt oder verbreitet werden.

MATTHIAS MATTING

MELTWORLD SHANGHAI

Inhalt

PROLOG 7
EINS: Hiro 9
ZWEI: Es 13
DREI: Hannah 17
VIER: Hiro 24
FÜNF: Es 28
SECHS: Hannah 31
SIEBEN: Hiro 38
ACHT: Es 44
NEUN: Hannah 50
ZEHN: Hiro 56
ELF: Hannah 62
ZWÖLF: Es 65
DREIZEHN: Hannah 68
VIERZEHN: Hiro 76
FÜNFZEHN: Es 81
SECHZEHN: Hannah 86
SIEBZEHN: Hiro 93
ACHTZEHN: Es 99
NEUNZEHN: Hannah 103
ZWANZIG: Hiro 111
EINUNDZWANZIG: Großmutter 115
ZWEIUNDZWANZIG: Hannah 120
DREIUNDZWANZIG: Hiro 127
VIERUNDZWANZIG: Urgroßvater 134
FÜNFUNDZWANZIG: Hannah 144

SECHSUNDZWANZIG: Hiro	154
SIEBENUNDZWANZIG: Es	161
ACHTUNDZWANZIG: Hannah	166
NEUNUNDZWANZIG: Hiro	171
DREISSIG: Es	176
EINUNDDREISSIG: Hannah	183
ZWEIUNDDREISSIG: Hiro	188
DREIUNDDREISSIG: Hannah	196
VIERUNDDREISSIG: Katze	200
FÜNFUNDDREISSIG: Totenrufer	204
SECHSUNDDREISSIG: Hiro	212
SIEBENUNDDREISSIG: Hannah	217
ACHTUNDDREISSIG: Hiro	224
NEUNUNDDREISSIG: Katze	230
VIERZIG: Hannah	235
EINUNDVIERZIG: Hiro	240
ZWEIUNDVIERZIG: Hannah	245
DREIUNDVIERZIG: Zhao Weng	252
VIERUNDVIERZIG: Es	259
FÜNFUNDVIERZIG: Hannah	263
SECHSUNDVIERZIG: Zhao Weng	270
SIEBENUNDVIERZIG: Hiro	281
ACHTUNDVIERZIG: Hannah	287
NEUNUNDVIERZIG: Totenrufer	295
FÜNFZIG: Hannah	298
EINUNDFÜNFZIG: Hiro	300
ZWEIUNDFÜNFZIG: Es	304
DREIUNDFÜNFZIG: Hannah	307
EPILOG	309
NACHWORT	310
LESETIPP	313

PROLOG

Grauer Stein. Sein Innerstes bestand aus Granit und eine unbändige Wut durchströmte seinen Körper, der keine Abwehrmöglichkeit besaß.

Der Oberste hatte ihn in dieser Form zu sich beordert.

Er weckte seine anderen Ichs. Die Essenzen seiner bisherigen Leben wirkten verschlafen, sandten zunächst Gefühle aus – Erschrecken, Neid, Lust -, bis sie begannen, Gedanken zu formen. Seine hungrige Seele nahm alles in sich auf. Sie spürte, wie sich der Oberste näherte, raumfordernd, überwältigend. Seine Seele erkannte die Überlegenheit an, ergab sich wie ein schwächeres Rudeltier, das sich auf den Rücken warf.

Dann war ER in ihm. Eine ungeheure Präsenz, die den Anbeginn der Zeit ebenso in sich trug wie das Ende des Universums. Es war nicht sein erstes Gespräch mit dem Obersten. Er hatte nie gezählt, wie oft er auf diese Weise schon Aufträge erhalten hatte. Sein steinerner Mund sprach den lautlosen Befehl des Obersten in die Dunkelheit, die ihn umgab.

Riss. Strafe. Menschen.

Der Oberste zog sich aus seinem Körper zurück. Sofort begann seine Seele, ihn von den unvermeidlichen Rückständen zu reinigen. Die übliche Routine – bis sie dabei auf Reste einer klebrigen Substanz stieß. Sie schmeckte Spuren von Furcht. Der Oberste musste sich bei seiner letzten Mahlzeit an einem niederen Wesen verunreinigt haben.

EINS: Hiro

Es ist nicht leicht, in den Besitz eines unversehrten menschlichen Körpers zu gelangen. Schon seit etlichen Stunden suchte der Dämon nach passenden Kandidaten. Der Wechsel in die Welt der Menschen war dagegen ungewohnt einfach abgelaufen, er hatte problemlos einen geeigneten Ort gefunden. Sein Instinkt war auf Schmerz, Ekel und Wut trainiert. Konzentrierten sich genügend dieser Elemente in einem Bereich, näherten sich seine Heimat und die Welt der Menschen so weit an, dass er den Übertritt wagen konnte.

Die typischen Qualen, von denen dieser Schritt sonst begleitet wurde, waren diesmal deutlich schwächer ausgefallen. Das Gefühl, wenn die Seele zerreißt, pulverisiert wird vom Mahlstrom der Weltenkräfte, die zermürbende Langsamkeit, mit der sich ihre Einzelteile wieder zusammenfinden, der schmerzhafte Akt, der die Seele in die neue Welt presst – das alles hatte er diesmal in gedämpfter Form durchlebt, und trotzdem fühlte er sich noch längst nicht im Besitz all seiner Kräfte. Er brauchte einen neuen Körper. Ein kompliziertes Problem war zu lösen, und er kannte noch nicht einmal dessen Natur. Auch wann seine Frist ablief, wusste er nicht. Klar war immerhin: Fände er nicht bis zum Sonnenaufgang seine fleischliche Form, würde ihn die Menschenwelt abstoßen wie das Immunsystem einen Fremdkörper.

Die Dunkelheit der Nacht behinderte ihn nicht. Er nahm diese Stadt in all ihren Schattierungen mit den Sinnen eines Dämons wahr; ungefiltert drangen die vielfältigen Ausdünstungen auf ihn ein. Er sah die Farben von Babygeschrei, schmeckte das Stöhnen von Menschen beim Liebesspiel, hörte die Flüche der Autofahrer, die im Stau steckten.

Er registrierte den kalten Geschmack des Lichts in den Hochhäusern ebenso wie das Glimmen der Kippe, die ein junger Mann gerade austrat, ehe er sein Motorrad bestieg. Eine 1990er Kawasaki, registrierte der Dämon anerkennend, eine wunderbare Maschine, er hatte sie selbst bei einem früheren Ausflug fahren dürfen. Der junge Mann musste etwa Anfang 20 sein. Er wirkte durchtrainiert, kräftiger Oberkörper, mit etwas über eins achtzig für einen Chinesen ungewöhnlich groß. Sein Gesicht hatte etwas Jungenhaftes, was ein leichter Flaum auf der Oberlippe unterstrich. Durch seine grimmige Miene versuchte er offenbar, älter zu erscheinen.

Ein schönes Opfer. Der Dämon jagte dem Motorradfahrer hinterher, als dieser blinkend und hupend auf eine Hauptstraße einbog. Er erwies sich als geübt, setzte sich im richtigen Moment gegen die unzähligen Konkurrenten auf zwei und vier Rädern durch, erkannte aber auch bereitwillig das Recht des Stärkeren an, das auf den Straßen von Shanghai galt. Um in diesen Menschen schlüpfen zu können, würde der Dämon dessen Bewusstsein ausschalten müssen, ohne die Funktionen des Körpers zu beschädigen.

Seine Seele suchte einen Eingang.

Viele Chinesen, besonders junge Männer, waren tätowiert – auch dieser Motorradfahrer. Da er eine Lederjacke trug, konnte niemand sehen, wie das Zeichen auf seiner Haut aufglühte, durch das die Seele des Dämons Einlass fand. Doch nun musste er vorsichtig sein. Griff er den Willen des 20-Jährigen frontal an, brachte er den wertvollen Körper in Gefahr: Der Kampf würde zwar nur sehr kurz sein, das Motorrad wäre allerdings während dieser Zeit ungesteuert im Shanghaier Straßenverkehr unterwegs.

Zum Glück waren Menschen einfach gestrickt. Er wusste von vielen früheren Besuchen her, was diese schwachen Wesen antrieb. Schnell fand er Zugang zu dem Bereich, in dem der junge Mann seine geheimsten Wünsche und Begierden aufbewahrte. Er ahnte bereits, was er dort finden würde. Natürlich wollte auch dieses Exemplar geliebt werden. Blitzschnell durchwühlte er die Regale dieses Bewusstseins, fand unter anderem eine tiefe Verbundenheit mit einer älteren Frau, eine frische Verliebtheit, eine Sucht nach Anerkennung. Und den Punkt, den er für seine Übernahme nutzen würde.

In einer dunklen Ecke versteckten sich Funken einer Todessehnsucht. Der junge Mann hatte einst einen Menschen verloren, dem er damals gern gefolgt wäre. Der Dämon betrachtete den Erinnerungsfetzen genauer. Er hatte sie geliebt, seine Schwester, und fühlte sich schuldig an ihrem Tod. Sie war vor dem prügelnden Vater davongerannt, und er, der große Bruder, hatte sie nicht schützen können. Der Dämon betrachtete das blasse, leblose Gesicht des jungen Mädchens, das der Motorradfahrer in der Pathologie identifizieren musste. Nun war die Sache ein Kinderspiel, denn jetzt musste er das Glimmen nur zu einem Feuer anfachen, einem Brand, der alle anderen Motive des Motorradfahrers auslöschen würde. Er packte etwas Brennmaterial aus anderen Ecken des Bewusstseins dazu – Erinnerungen an die verlorene Schwester, an ihr

EINS: Hiro

Lächeln, an die Striemen auf ihrem Körper, die Bilder, die sie gemeinsam in den Sand gezeichnet hatten – und blies dann vorsichtig frischen Sauerstoff auf den Funken.

Das Visier des Motorradhelms verdeckte die Tränen, die dem jungen Mann über die Wangen liefen. Er steuerte auf einen großen Baum am Straßenrand zu. Kurz vor dem unabwendbar scheinenden Zusammenprall kam das Motorrad durch eine im Dunklen kaum wahrnehmbare Wurzel ins Schleudern. Das Gefährt überschlug sich, schleuderte seinen Fahrer in den Matsch eines Sportplatzes. Noch hatte niemand den Unfall registriert, als sich der Mann mit dem Motorradhelm schon wieder erhob. Die Knochenbrüche, die verletzten Rippen hatten sich bereits regeneriert, die Schürfwunden an seinen Händen schlossen sich gerade. Die wenigen Blutstropfen würde der Regen wegwaschen, der in diesem Moment einsetzte.

ZWEI: Es

ES erinnerte sich noch an den Himmel über der Großstadt. Ließ ES keinerlei Sinneseindrücke von außen mehr zu und hörte mit geschlossenen Augen nur noch auf sein Inneres, dann konnte ES das Stillleben einer Stadt kurz vor Einbruch der Dunkelheit sehen – tief hängende, graue Wolken, Lichtfinger aus Hochhäusern, ein Bild wie mit Tusche gemalt. Bis auf ein winziges Detail, das räumliche Tiefe besaß: Ein ungewöhnlich großer Regentropfen, der wie festgefroren wirkte.

Dieses Bild war alles, an das ES sich erinnerte. Sogar sein Name war ihm verloren gegangen. Wenn ES das Bild in seiner Seele lange genug betrachtete, kreisten zwar unzählige Wörter in seinen Gedanken. Doch keines davon kam ihm irgendwie bekannt vor. ES lebte nicht, und ES war nicht tot. Nur was lebte, hatte Vergangenheit und Zukunft, und ES sehnte sich nach beidem. ES brauchte eine Hülle.

Da entdeckte ES, dass es nicht allein war. ES sah einen Vierbeiner, der an einer Pfütze herumschnüffelte. Das passende Wort gesellte sich dazu: Hund. Das Tier war mager, sein Fell räudig, das rechte Ohr eingerissen, ein Hinterbein schien verletzt, irgendwo musste es einen Teil seines Schwanzes eingebüßt haben. Der Hund war schwach. Er brauchte Nahrung, doch an welchen Müllhaufen er sich auch wagte: Entweder waren sie längst schon geplündert oder ein stärkeres Tier bewachte seinen Schatz. ES bemerkte die Narbe, die der Hund am rechten Hinterbein trug. Diese Narbe musste der Eingang sein, durch den ES zum Wesen des Tieres vordringen konnte.

Dass die Hundeseele so schwach war, hatte ES nicht erwartet. Ohne nennenswerten Kampf ließ sie sich zur Seite drängen, sie schien fast froh zu sein, das kranke Tier endlich verlassen zu können. ES machte sich mit dem Körper des Hundes bekannt, testete seine Fähigkeiten. Das Herz war kräftig, die Lunge trotz der stickigen Stadtluft weitgehend sauber, die Zähne saßen fest. Der Hund würde nie wieder schnell rennen: Seine Knochen schienen nach mehrfachen Brüchen auf zufällige Weise verheilt. ES spürte die Striemen früherer Schläge auf seinem Fell.

ES war jetzt der Hund. ES hob sein Hinterbein, spürte sein Geschlechtsteil. ES war ER. Wollte er eine Zukunft, musste er fressen.

Er stand auf. Diese Pfütze gab nichts Genießbares her, auch wenn sie viel versprechend nach Blut geduftet hatte. Der Hund hatte nun zwei Möglichkeiten. Entweder hoffte er weiter auf das Glück, durchstreifte immer schwächer werdend mit der Nase im Dreck die Millionenstadt auf der Suche nach der Rettung: einem verdorbenen Fisch vielleicht, dem Rest eines menschlichen Mittagessens oder einem fleischigen Knochen, den noch kein Konkurrent aufgespürt hatte, und davon gab es unzählige – Katzen, Hunde, Vögel ...

Oder er kehrte an den Ort zurück, an dem er auf jeden Fall fündig werden würde. Der Hund erinnerte sich gut an die Tonne hinter dem kleinen Haus in Xintiandi, einem vor allem von Langnasen, von Ausländern, frequentierten Restaurant.

ZWEI: Es

Sie verströmte einen wirklich durchdringenden Geruch nach Abfällen. Leider wurde sie von dem gut genährten Hund des Besitzers bewacht. Nicht, weil er die Tonne als Nahrungsquelle brauchte: Seine Schüssel wurde direkt aus der Küche gefüllt. Nein, der Besitzer ließ die Tonne regelmäßig gegen ein paar Yuan von einem Bauern aus der Vorstadt abholen, der den Inhalt an seine Tiere verfütterte.

Der Hund entschied sich für den Hinterhof des Restaurants.

Es war nicht weit bis dorthin, und er brauchte sich erst gar keine Mühe zu geben, nicht entdeckt zu werden. Der Gegner nahm seine Aufgabe sehr ernst. Er lag an einer etwa zwei Meter langen Metallkette, die zu einer Öse in der Wand führte, fast direkt neben der Abfalltonne. Das verringerte den Aktionsradius des Wächters zwar, machte die Tonne aber trotzdem unerreichbar. Der Wachhund bellte wütend, als sich der ihm unbekannte Vierbeiner langsam näherte. Der Hund wusste, dass sein räudiges Fell und seine unnatürlich verbogenen Glieder ihn schwach erscheinen ließen. Das würde den gut genährten, sicher fünf Kilogramm schwereren Gegner in Sicherheit wiegen.

Der Hund wusste aber auch, dass er ihm unterlegen war. In einem fairen Kampf hatte er keine Chance. Fairness würde er sich diesmal nicht leisten können. Er hatte aber einen weiteren Vorteil: Er war bereit zu sterben. Sein Gegner kämpfte nur aus Gehorsam und Pflichtbewusstsein.

Während der Verteidiger laut kläffend an seiner Kette zog, näherte sich der räudige Hund in Schlangenlinien. Ein, zwei Schritte auf das Ziel zu, dann, als hätte er es sich anders überlegt, wieder zur Seite. Er spürte, wie das seinen Gegner reizte, der bald nur noch auf den Hinterbeinen stand, sich mit aller Kraft gegen die Kette stemmte, sodass ihm das Halsband fast die Luft abschnürte.

Geduldig wartete er auf den optimalen Moment. Solange er knapp außer Reichweite seines Gegners blieb, drohte keine Gefahr. Er hoffte nur, dass das unablässige Gebell keinen Menschen auf den Plan rief. Inzwischen kannte er die Fähigkeiten seiner Hinterbeine gut genug. Sie würden ausreichen, den Plan umzusetzen. Und er hatte nur eine Chance.

Als sein Gegner gerade erneut in die Höhe stieg, ergab sich diese Gelegenheit. Er war nah genug, den Sprung zu wagen. Der krank wirkende Hund nutzte all seine Kraft, wuchtete sich nach oben und grub sein Gebiss in die Kehle des Wächters. In diesem Moment spürte seine Seele, was ihr bisher entgangen war: einen Teil ihrer Vergangenheit. Eine unbändige Wut. Jemand hatte ihr etwas Wertvolles genommen. Jemand, für den jede erdenkliche Strafe noch zu gering war.

Diese Wut gab dem Hund die Kraft, auch dann nicht loszulassen, als er unter dem Körper seines röchelnden Gegners begraben wurde, der sich mit seinen vier Füßen panisch wehrte. Die Verletzungen, die er ihm dabei zufügte, waren oberflächlich, sie würden verheilen, auch wenn sie jetzt schmerzten. Der Hund öffnete sein Gebiss erst wieder, als das fremde Tier sich eine halbe Minute lang nicht mehr gerührt hatte. Hunde stellten sich nicht tot, das wusste er, und er betrachtete den verendeten Gegner mit Bedauern. Der Weg zur Abfalltonne war frei.

DREI: Hannah

3. Juni
Ankunft ☹ — in Shanghai.
0 Menschen gefällt das.

Hannah klappte das Notebook zu. Ein teures Modell, ein Geschenk ihres Vaters. Nein, kein Geschenk, dachte sie, eher ein Bestechungsversuch. In der Hoffnung, sie würde sich dann leichter mit der Übersiedlung der Familie abfinden. Sie hatte sich lange gewehrt. Drei Jahre! All ihre Freunde in Deutschland würden danach schon die Schule verlassen haben. Hätten sich verliebt, getrennt, neu verliebt. Die ersten erwarteten dann vielleicht schon ein Kind. Klar, Johanna, die fast denselben Vornamen trug, bei der würde zuerst etwas schiefgehen. Sie hatte Hannah noch kurz vor der Abreise verraten, dass sie schon die Pille nahm. Ausgerechnet Johanna, die nichts auf die Reihe bekam, die nie irgendwelchen Regeln folgte. Eben hatte Hannah sie aus der Liste ihrer Facebook-Freunde gestrichen. In drei Jahren würde sich in Berlin niemand mehr an sie erinnern. Deshalb löschte sie jetzt ihre sämtlichen alten Freunde in dem sozialen Netzwerk.

Ihr Vater hatte sich alle erdenkliche Mühe gegeben, ihr den

Umzug als ein reizvolles Abenteuer zu verkaufen, aber ohne Erfolg. Es war seine Entscheidung gewesen, diesen neuen Job anzunehmen. In China! Hätte es nicht wenigstens Amerika sein können? China, das war eine Diktatur. Ihr Vater hatte das zugeben müssen, als er die Software auf ihrem Rechner installierte, die ihr nun den Weg zu Facebook ebnete. Die chinesischen Kommunisten wollten ihre Landeskinder nicht im amerikanischen Dienst gespeichert sehen. Twitter, das Kurznachrichten-Netz, sperrte die „Great Firewall of China" ebenfalls. Wenigstens kannte ihr Vater sich aus, der seine Arbeit als IT-Administrator bei einem großen chinesischen Unternehmen schon aufgenommen hatte.

Gut, er war wohl der Chef aller Admins. Sein Gehalt war so hoch, dass sie nicht bei den anderen Ausländern wohnen mussten. Im Ghetto, wie er es nannte, unter lauter Diplomaten und gut bezahlten Gastarbeitern. Als ob es ein Vorteil wäre, mit rein chinesischen Nachbarn zu leben. Während die Familie in Deutschland noch auf das Ende des Schuljahres wartete, hatte der Vater bereits eine Wohnung gemietet. Eigentlich ein Haus. Fast unbezahlbar. In der Französischen Konzession. Hannah hatte sich ein Stück Paris vorgestellt, etwa wie im Stadtteil Marais, wo sie mal während eines Schüleraustauschs bei einer Gastfamilie gewohnt hatte. Ordentliche Straßen, sauber gepflastert. Hohe Häuserzeilen mit vier oder fünf Stockwerken.

Das einzige, was in der Französischen Konzession wirklich an Paris erinnerte, waren die Bäume. Ein Blätterdach, das die Hitze des Sommers erträglicher machte, wölbte sich über den schmalen Straßen. Die Wurzeln der Hundertjährigen schoben sich unter den Asphalt der Straßen und die gepflasterten Fußwege, die vermutlich aus den 1930er Jahren stammten,

DREI: Hannah

der Glanzzeit des französischen Viertels. Fallen für unachtsame Spaziergänger oder verrückte Touristen, die auf Fahrrädern Shanghai erkundeten. Was die Fremden hierher lockte, waren die Häuser. Höchstens zweistöckig, zeigten sie der Durchgangsstraße normalerweise ihre Stirnseite. Von hier aus zogen sich Reihen schmaler Gebäude ins Innere des Viertels. Alle Bewohner mussten die Anlage durch ein hohes, aber schmales Tor betreten.

Wer mit dem Taxi kam, wie Hannah, ihre Schwester und ihre Mutter, musste an dieser Stelle aussteigen. Hinter dem Tor führte ein mehr oder weniger breiter Weg zu den einzelnen Eingängen. Hannah fühlte sich an eine deutsche Reihenhaussiedlung erinnert: Winzige Vorgärten, teilweise mit imposanten geschmiedeten Gittern abgezäunt, dahinter jeweils ein bunt bemalter Eingang. Anders als in Deutschland waren die Häuser jedoch unterschiedlich breit. Bei den schmalsten blieb links und rechts der Eingangstür kaum noch Platz für ein winziges Fenster. Die größeren hatten etwa die Breite von zwei deutschen Garagen. Hannah wusste, dass in diesen Gebäuden, die typisch für das Viertel waren, früher arme Menschen gelebt hatten. Jetzt wurden immer mehr luxussaniert für wohlhabende Chinesen und reiche Ausländer. Wer aus dem Westen kam, musste stets noch etwas mehr bezahlen als ein Chinese. Das fand Hannah nur fair, denn es war das Land der Chinesen, nicht ihres, in dem sie nun leben sollte.

Die Maklerin, die ihnen das Haus zeigte, war stark geschminkt. Sie formte die englischen Worte mit übertriebener Deutlichkeit, beschrieb jede Einzelheit ausführlich und geradezu begeistert, selbst ein so läppisches Detail wie eine Türklinke. Und wo immer es sich anbot, fügte sie ein „luxury" ein. Das Haus musste der pure Luxus sein – Luxus-Fernseher mit 3D-Bild, Luxus-Bad mit

DREI: Hannah

Whirlpool und Dusche, Luxus-Küche, extra für die künftigen Bewohner auf den neusten technischen Stand gebracht, Luxus-Klo, aus Japan importiert, das mehr Funktionen besaß als ein Auto. Hannah probierte zusammen mit ihrer Schwester den ganzen Luxus aus – eine hervorragende Quelle für Schadenfreude, die sie über dem Vater ausschüttete.

Denn schnell stellte sich heraus, dass den Chinesen ein gewisser Sinn fürs Detail fehlte. Der Schlauch zur Waschmaschine war nicht dicht. Die Regenwald-Dusche versprühte lauwarmes Wasser, wohin immer sie wollte. Der Kühlschrank kannte nur zwei Einstellungen: Aus und Eis. Ihr Vater, der sich verantwortlich fühlte für den Komfort der Familie, musste dauernd nach irgendwelchen Handwerkern telefonieren. Hannah dagegen freute sich, die kleinen Schlampereien fand sie sympathisch. Es lief eben nicht immer alles nach Plan. Dass sich ihre Laune gebessert hatte, verriet sie ihrem Vater allerdings nicht.

Was die Maklerin ihnen verschwiegen hatte, sollte die Familie am nächsten Morgen bemerken. Hier spielte das Leben sich draußen ab. Wenn zwölf Menschen ein Handtuch-Haus bewohnen, kommen sie nicht ohne die zusätzliche Wohnfläche des Anlieger-Wegs draußen aus. Waschen, kochen, reparieren, auf einem Instrument üben – alles funktionierte an frischer Luft besser. Bisher war höchstens jedes zweite Haus saniert. Im direkten Nachbarhaus wohnte zum Beispiel eine chinesische Großfamilie ohne Luxus-Bad. So wuschen sich die halbwüchsigen Töchter eben draußen die Haare.

Noch weniger gedämpft als die Geräusche der Nachbarn hörte man den Lärm aus dem Freien in Hannahs Zimmer. Sie fragte sich, wie sie dabei Hausaufgaben machen sollte. Ihr Zimmer lag eine halbe Treppe über dem Wohnzimmer, das man direkt durch die Eingangstür betrat. Es war eine

DREI: Hannah

Besonderheit aller Häuser hier, dass sie im Grunde aus lauter halben Stockwerken bestanden, die sich abwechselten. So lag eine halbe Treppe über Hannahs Zimmer, aber auf der anderen Seite des Hauses, das Schlafzimmer der Eltern. Eine weitere halbe Treppe führte zum Zimmer ihrer Schwester. Das Bad hatten die Bauarbeiter vom Eltern-Schlafzimmer abzwacken müssen. Den vorigen Bewohnern hatte noch die kleine Toilette im Erdgeschoss genügt.

Hannah spürte die Zeitverschiebung kaum, sie hatte bei Reisen nie die Probleme, die ihre Mutter stets plagten. Sechs Stunden lagen zwischen Berlin und Shanghai. Während hier die Nachmittagssonne ins Wohnzimmer schien, mussten ihre deutschen Freunde gerade aufgestanden sein. Den zwölfstündigen Flug hatte Hannah größtenteils verschlafen. Ihre kleine Schwester berichtete nach der Landung stolz, sie habe in dieser Zeit fünf Spielfilme aus dem Bordprogramm geschafft. Dafür schlief sie nun, während Hannah ihren ersten Erkundungs-Rundgang startete.

Das große Tor, das die Siedlung von der Außenwelt trennte, bestand aus grauem Stein. Hannah stellte sich vor, wie der Steinmetz vor vielleicht hundert Jahren daran mit Hammer und Meißel gearbeitet hatte. Bänder mit chinesischen Symbolen rankten sich um die beiden Pfeiler. Auf ihrer grauen Oberfläche erwachten seltsame Figuren zum Leben. Hannah verstand ihre Bedeutung zwar nicht, spürte aber die Kraft, die von ihnen ausging. Das Tor beschützte die Siedlung. Wovor wohl? Die Außenwelt wirkte auf den ersten Blick nicht feindlich.

Wenn Hannah die Augen bis auf einen kleinen Schlitz schloss, fühlte sie sich fast nach Paris versetzt. Sie sah dann nur noch das Spiel der Sonnenflecken auf der Straße. Ein leichter Wind bewegte die Blätter der Bäume. Im hellen Licht

DREI: Hannah

der Sonne war die Hitze in Shanghai weniger drückend. Ein englischer Zuruf holte Hannah in die Wirklichkeit zurück.

„Want to buy watch? Rolex?"

Sie schüttelte den Kopf und machte sich voller Neugier auf, die neue Umgebung zu erkunden. Der Verkäufer verfolgte sie nicht weiter. Hannah wurde schnell klar, warum die Französische Konzession bei Touristen so beliebt war. Eine Boutique reihte sich an die nächste, hier ein Café, dort eine Bar oder eine Bäckerei. Jetzt, am frühen Nachmittag, hatten die meisten Geschäfte geschlossen, es war kaum ein Mensch unterwegs. Die Läden entsprachen zwar ganz sicher nicht französischem Standard, aber Hannah konnte sich ihrem unbeholfenen Charme nicht entziehen. Die fremdsprachigen Schriftzüge waren selten fehlerfrei, das fiel sogar ihr auf. Plakate, Preisschilder, Werbung waren meist handgemalt. Dafür hatte jede Boutique aber auch ein einzigartiges Angebot. Da verkauften offenbar junge Menschen, was andere (Freunde?) geschneidert hatten. Markenprodukte sah man selten – und wenn, handelte es sich vermutlich um Imitate, davor hatten die Eltern schon gewarnt.

„Want to buy watch? Rolex?"
Ein anderer Verkäufer.
„No."
„Maybe tomorrow?"

Hannah lief schweigend zum Tor zurück, das in ihr neues Zuhause führte. Die Stadt erschien ihr fremd, aber offen. Sie begann ein stilles Zwiegespräch mit ihr. Shanghai schlug einen Handel vor: Hannah würde Antworten auf viele Fragen erhalten, wenn sie auch von sich selbst etwas preisgab. Hannah nickte, und ein Nachbar nickte zurück, weil er dachte, der Gruß gelte ihm.

VIER: Hiro

Das Motorrad war zwar auf den ersten Blick unbeschädigt, ließ sich aber nicht mehr starten. Der Dämon lehnte es an den Baum, gegen den es vor kurzem beinahe geprallt wäre. Er brauchte ein Fahrzeug. In menschlicher Gestalt konnte er seine speziellen Fähigkeiten nicht nutzen, sich nicht mal eben an einen anderen Ort denken, Raum und Zeit biegen oder Steine zum Leben erwecken.

Die Welt der Menschen funktionierte anders als seine Heimat. Die Physik hielt hier ihre Gesetze strenger ein. Wo er herkam, galten zwar im Grunde dieselben Regeln, doch sie ließen sich dehnen. Zeit konnte man sich ebenso aus dem unerschöpflichen Reservoir des Universums borgen wie Energie. Das ermöglichte Tricks, die wie Magie wirkten: die Schwerkraft umkehren, eine Goldmünze aus dem Nichts erschaffen, die Gestalt der Dinge verändern. Allerdings folgte stets der Moment, in dem die Schuld zu begleichen war. Wer sich nicht rechtzeitig darauf vorbereitet hatte, würde das Versäumnis büßen müssen. Mancher hatte schon versucht, einen Kredit mit neuen Schulden zurückzuzahlen. Das ging eine gewisse Zeit gut, endete aber meist irgendwann in der Katastrophe. Dämonen waren zwar nicht sterblich, doch ihre Existenz war begrenzt. Die Welt holte sich stets zurück, was ihr gehörte.

VIER: Hiro

Als besonders frevelhaft galt, seine Macht auf Kosten anderer Dämonen auszubauen. Die uralte Regel, dass jeder Dämon nur von seiner eigenen Substanz zehren dürfe, war nicht aus Gründen der Gerechtigkeit entstanden: Vielmehr fürchteten die Oberen Konkurrenz. Niemand würde je aus eigener Kraft ihre Größe erreichen. Sie selbst führten ihre Existenz auf den Garten Eden zurück, als die Substanz der Macht noch frei im Weltall verteilt gewesen war. Die Oberen von heute hatten sie damals nur aufsammeln müssen, behauptete zumindest die Überlieferung. Zeugen aus der Frühzeit des Universums gab es nicht mehr.

Gelangte eine Seele heute in die Dämonenwelt, war ihr Ende meist vorgezeichnet. Sie kannte die Regeln nicht, beging Fehler und verpuffte innerhalb kürzester Zeit im Nichts. Nur wer außergewöhnlich clever war, überlebte die ersten Tage. Der Dämon hatte zu den wenigen gehört, die sich schnell genug anpassen konnten. Hatte seine Macht vergrößert, ganz legal durch Kämpfe mit anderen verlorenen Seelen, bis irgendwann einer der Oberen auf ihn aufmerksam geworden war. Seitdem lebte er von Aufträgen. Jobs wie diesem, der ihm neue Substanz einbringen würde – oder die Vernichtung.

Er kannte das Zielobjekt nicht, wusste jedoch, dass es sich um einen mächtigen Gegner handeln musste. Und er war dazu auserkoren, ihn für ein Vergehen büßen zu lassen. Es bestand darin, gegen die oberste Regel verstoßen zu haben: Er hatte seine Macht skrupellos mit der Substanz anderer Dämonen vergrößert. Entweder, indem er sie angegriffen und in sich aufgenommen hatte. Oder noch öfter dadurch, dass er sie mit Tricks dazu gebracht hatte, seine eigenen Schulden beim Universum zu übernehmen. Bevor sein Erstarken den

VIER: Hiro

Oberen aufgefallen war, hatte er sich in die Welt der Menschen abgesetzt.

Mehr hatte ihm der Obere nicht berichten können. Der Dämon wusste nicht, wie viel Zeit er hatte. Er hatte keine Ahnung, wo er seinen Gegner aufspüren konnte. Doch er hatte seinen Instinkt. Er musste der Spur des Bösen folgen, so würde er unweigerlich sein Ziel finden. Dazu brauchte er zunächst ein Fahrzeug, wie er nach einer Viertelstunde Spaziergang in der Dunkelheit feststellte. Er trug noch immer die leicht lädierte Motorradkleidung und den Helm, also bot sich ein neues Motorrad eher an als ein Taxi, dessen Fahrer womöglich seltsame Fragen stellen würde.

In einer Seitenstraße versprach er sich eher eine Gelegenheit als an der Hauptstraße, deshalb bog er in eine schmale, unbeleuchtete Gasse ein. Zwar war er auf die Möglichkeiten des Körpers, den er bewohnte, beschränkt, doch konnte er diese mit Hilfe seiner eigenen Fähigkeiten verstärken. Solange er die Befehle gab, würde er sich schneller bewegen können als jeder Mensch, er würde stärkere Schläge austeilen und weitaus schneller reagieren können.

Wie er es geahnt hatte, brauchte er nicht lange, um ein passendes Motorrad zu finden. Dessen Besitzer war wohl eben von der Arbeit nach Hause gekommen und grade dabei, die Schlosskette um das Hinterrad zu legen. Es war keine teure Maschine, an der rechten Seite hatte sie einen auffälligen Kratzer im schwarzen Lack. Ihr Fahrer trug ein verschwitztes Hemd, kurze Hosen und Sandalen.

Der Dämon trat von hinten an ihn heran. Der Mensch drehte sich um, ein fragender Ausdruck lag auf seinem Gesicht. Er hatte keine Zeit mehr, etwas zu sagen, weil zwei Hände ihn am Hals packten. Der Mann schien zu ahnen, was ihm drohte,

VIER: Hiro

aber er reagierte, wie der Dämon es noch nie erlebt hatte: Er schloss die Augen. Der Dämon hatte erwartet, Schrecken zu sehen, denn meist folgten Menschen einem in ihrem inneren Schaltplan festgelegten Muster. Erschrecken. Wenn noch Zeit war: flehen, sich wehren gegen das Unausweichliche.

Dieser Mensch war anders. Es berührte den Dämon jedoch nicht, niedere Wesen zu töten, er betrachtete ihn gleichgültig, während er seinen Körper gegen die Hauswand presste. Nahm das Bild in sich auf. Dann drückte er eine halbe Minute lang stärker zu, bis die Spannung aus den Muskeln des Menschen wich. Vorsichtig ließ er den Körper an der Wand hinunter gleiten. Er löste die Kette um das Hinterrad, schwang sich auf das Fahrzeug und schaltete den Scheinwerfer an. Bevor er losfuhr, drehte sich der Dämon ein letztes Mal um. Der Mensch saß an der Hauswand, als habe er es sich bequem gemacht. Sein Gesicht lag im Dunklen, trotzdem meinte der Dämon, ein Lächeln darauf auszumachen.

FÜNF: Es

Er hatte gefressen, fühlte sich stärker als zuvor, was nicht nur an der Nahrung lag, die sein Körper gerade in Energie umwandelte. Er hatte einen Blick in seine Vergangenheit erhaschen können. Nicht mehr als ein Gefühl zwar, doch das gab ihm die Gewissheit, eine Zukunft zu besitzen. Wenn er seinen Körper ganz kurz sich selbst überließ, konnte er spüren, dass er auch ein Ziel besaß. Weit entfernt bewegte sich eine Fackel durch die Nacht, auch sie hatte ein Ziel. Kalt und weiß wirkte sie, eine fast bläulich schimmernde Flamme wie von brennendem Magnesium. Er war nicht das einzige Wesen, das von dieser Lichtquelle angezogen wurde. Ein paar Motten taumelten darauf zu, klar, doch war auch ein Feuer auszumachen, das von einem Holzscheit zu stammen schien. Ein Duft nach Harz ging von ihm aus, Wärme, keine Hitze.

Er spürte, dass er sich auf den Weg machen musste, wollte er nicht zu spät kommen. Im selben Moment durchzuckte seinen Hundekörper ein instinktives Erschrecken, das sich blitzschnell zur Todesangst steigerte. Eine dunkle Masse raste mit aufgeblendeten Scheinwerfern auf ihn zu. Er reagierte noch schneller: überließ den Hund seinen natürlichen Reaktionen, während er selbst im Bruchteil einer Sekunde in ein anderes

FÜNF: Es

Wesen am Straßenrand wechselte. Ein kurzes Asyl. Er hatte nicht die Absicht, die ebenso erschrockene Tierseele aus diesem Körper zu vertreiben. Der Hund hatte Glück, das Auto wich erfolgreich aus, sodass er sich auf den Bürgersteig retten konnte. Er nahm seinen alten Platz wieder ein in dem Körper, der ihm schnell zur Heimat geworden war. Als er in Richtung Innenstadt davontrottete, schauten ihm zwei Katzenaugen hinterher.

Er beschloss, seine Fähigkeiten gründlicher auszutesten. Vielleicht kam er auf diese Weise seinem eigentlichen Wesen näher? Was ihm im Augenblick des Erschreckens gelungen war, sollte sich auch planen lassen. Er stellte sich das Potenzial vor. Fliegen wie ein Vogel! Schwimmen wie ein Fisch! Kämpfen wie ein Deutscher Schäferhund! Allerdings war er unsicher: Sollte er klein anfangen, vielleicht mit einer Ameise, auf die Gefahr hin, Opfer eines größeren Feindes zu werden? Oder sollte er sich besser an seinesgleichen halten? Nein, zu klein sollte das Ziel jedenfalls nicht sein. Aber würde er anschließend problemlos wieder seinen Hundekörper besetzen können? Und was, wenn dem Hund derweil etwas passierte? Wie sicher war wohl ein Körper ohne Seele auf den Straßen Shanghais?

Erstes Ziel: eine Maus. Es gab genug Nager auf den Straßen und in den Abwasserkanälen, deshalb ließ die Gelegenheit nicht lange auf sich warten. Die Übernahme verlief problemlos. Er musste sich lediglich die Umgebung des Zieles aus dessen Perspektive vorstellen. Die Maus wirkte nicht überrascht. Nachdem er ihren Fluchtinstinkt neutralisiert hatte, signalisierte er ihr, dass der Besuch nur von kurzer Dauer sei. Es wollte beobachten, wie sich der seiner Steuerung beraubte Hund währenddessen verhielt. Offenbar gewannen die Instinkte die Oberhand. Das Tier war satt, kein weibliches Exemplar in der Nähe, also setzte sich der Überlebensinstinkt durch. Der

FÜNF: Es

Hund drängte sich in den Schatten an der Hauswand und witterte nach allen Seiten. Er würde sich demnach vorsehen müssen: Sollte er seinen Hundekörper aus dem Blick verlieren, würde die Rückkehr kompliziert werden. Nach allem, was er über die grundlegenden Bedürfnisse eines Hundes wusste, genügte unter Umständen schon der erregende Duft eines paarungswilligen Weibchens, um das von der Evolution in Jahrmillionen erdachte Programm in Gang zu setzen.

Ein paar Fragen blieben noch: Wie schnell konnte ein solcher Übergang vor sich gehen? Würde er dabei ermüden? Der Beinahe-Unfall hatte schon gezeigt, dass der Wechsel in einen anderen Körper kaum Zeit brauchte, und nicht einmal genaues Zielen nötig war. Dabei war er mehr oder weniger zufällig in den Körper der Katze geraten. Ein paar schnelle Sprünge bewiesen nun, dass keine spürbaren Ermüdungserscheinungen auftraten.

Maus, Ratte, Maus, Ameise, Sperling, erneut die Maus, Ratte – er wollte gerade wieder den Hundekörper aufsuchen, als er im letzten Ziel etwas Merkwürdiges bemerkte. Hier wartete keine erschrockene Tierseele. Ein dunkles Etwas sprang ihn an, er spürte Enttäuschung, Wut, Hass, rasende Eifersucht, einen giftigen Cocktail verschiedenster Emotionen, zu denen eigentlich nur Menschen fähig waren. Mit diesem Gegner, dessen Gefährlichkeit er nicht einschätzen konnte, wollte er sich lieber nicht anlegen. Trotzdem zögerte er kurz. Er hoffte, dass ihm das Etwas nicht folgen würde, wenn er zurück in den Hundekörper sprang. Der Hund schien aus einem Traum zu erwachen, seine Muskeln spannten sich an, als er den Versuch wagte. Er kam allein in seinem Zuhause an. Die Ratte schien sich auf den weitaus größeren Hund stürzen zu wollen, doch als der die Zähne fletschte, trat sie den Rückzug an.

Diese Welt war von seltsamen Wesen bevölkert.

SECHS: Hannah

Die Schule befand sich in Pudong, auf der anderen Seite des Flusses. Pudong wirkte wie eine andere Welt. Hochhäuser beherrschten das Bild, Wolkenkratzer neben Wolkenkratzer, eine Skyline, wie sie keine Stadt der westlichen Welt zu bieten hatte. Hannah dachte an ihren Besuch auf dem Pariser Eiffelturm. Dort hatte sich ein einzelner Ingenieur ein Denkmal gesetzt. Sie fragte sich, wo in Shanghai die vielen größenwahnsinnig gewordenen Architekten herumliefen, die hier mit Metall und Glas in die Höhe strebten. Bis 1990 hatte das heutige Pudong noch aus Fischernestern und Ackerland bestanden, nun schossen neue Hochhäuser wie Spargelstangen aus dem Boden.

Pudong besaß breit angelegte Straßen. Hatte man den Hochhausgürtel entlang des Flussufers durchfahren, prägten niedrigere Gebäude das Stadtbild. Allesamt nicht besonders hübsch. Architektur für den chinesischen Alltag. Vor allem aber fehlten die uralten Bäume, die Hannah aus der Französischen Konzession kannte. Ein Auto mit Fahrer chauffierte sie täglich in die German International School, Filiale Pudong. Es gab zwar auch einen Schulbus, doch dessen Route führte nicht auf die Altstadt-Seite, weil die meisten Deutschen im moderneren Stadtteil wohnten. Ihr Vater musste wirklich einen hervorragenden Job ergattert haben, denn das Schulgeld von 13.000 Euro jährlich schien kein Problem zu sein. Hannah hatte auf der Fahrt hin und zurück viel Zeit. Meistens brauchte der Chauffeur, der selten ein Wort mit ihr wechselte, eine gute Dreiviertelstunde. Dafür hörte er offenbar gründlich den Verkehrsfunk, jedenfalls holte er sie stets so ab, dass sie rechtzeitig zur ersten Stunde kam. Hannah selbst hatte ein entspanntes Verhältnis zur Pünktlichkeit.

Die Direktorin hatte ihr empfohlen, in der neunten Klasse einzusteigen, auch wenn sie in Berlin gerade mitten im zehnten Schuljahr gesteckt hatte. Auf diese Weise hätte sie länger Gelegenheit, Chinesisch zu lernen, genauer gesagt Mandarin. Sie hatte zwar vor der Abreise versucht, sich ein paar Begriffe einzuprägen, aber rasch gemerkt, dass sie nicht den geringsten Schimmer von dieser Sprache hatte, und die Schrift mit ihren vielen einzigartigen Zeichen flößte ihr Respekt ein. Hannah wusste, dass ein chinesischer Schüler erst nach der Mittelstufe genug gelernt hatte, um Zeitung lesen zu können. An der German International School begann der Mandarin-Unterricht in der zweiten Klasse.

Das alles erklärte ihr die Direktorin am Nachmittag ihres ersten Schultags. Hannah hatte schon morgens Kopfschmerzen gehabt, appetitlos beim Frühstück gesessen und im Auto gemerkt, dass sie einen sauren Geschmack im Mund hatte. Wahrscheinlich von der Magensäure, die nichts zu tun hatte. Es war nicht das erste Mal, dass sie als Nachzüglerin in eine Klasse kam. Bei der letzten Gelegenheit hatte sie neben der einzigen Mitschülerin sitzen müssen, mit der niemand etwas zu tun haben wollte. Sechs Mal hatte sie heute dieses grässliche Ritual überstehen müssen: Ein Lehrer betrat das Klassenzimmer.

SECHS: Hannah

Bemerkte die neue Schülerin. Bat sie, sich vorzustellen. Hannah nannte mit trockener Zunge ihren Namen, der dadurch noch rauer klang. Abschließend stets die Aufforderung, sich bei Schwierigkeiten nur jederzeit an ihn zu wenden. Hannah war diese Aufmerksamkeit peinlich. Und sie glaubte der Höflichkeit ihrer Mitschülerinnen nicht, die in den Pausen von neuesten Modetrends, Ferienplänen und süßen Jungs redeten.

Die Schule befand sich in einem Gebäude, das höchstens zwanzig Jahre alt und mehr praktisch als schön war. Vorher musste hier eine chinesische Schule einquartiert gewesen sein, denn im Garten, auf halbem Weg zum großen Sportplatz, fanden sich noch Relikte der alten Schülerschaft. Statuen berühmter Dichter, offenbar von den Kindern selbst modelliert. Besonders originell fand Hannah, schon wegen des Namens, den Kopf des Malers, Dichters und Politikers Su Shi, der im elften Jahrhundert gelebt hatte.

Die sommerliche Hitze Shanghais machte den Lehrern ebenso zu schaffen wie den Schülern. Der Unterricht begann täglich um 8 Uhr. Bis halb vier musste Hannah auf jeden Fall durchhalten, danach folgten manchmal noch AG-Termine – zum Beispiel für Mandarin. Die Pausen konnten die Schüler der Sekundarstufe auf der Dachterrasse im Obergeschoss verbringen. Der Strandkorb, der hier stand, war stets dicht umlagert.

Hannah hatte noch nie schnell neue Freundschaften geschlossen. Sie setzte sich meist abseits und las. Ihr Vater hatte ihr einen Kindle geschenkt mit der Zusicherung, sich unbegrenzt Lesestoff auf den E-Reader laden zu dürfen. Nur noch ein paar Wochen, dann hatte sie dieses Schuljahr geschafft. Anschließend erwartete sie eine neue Klasse, die zehnte. Dann war immer noch Zeit genug, Bekanntschaften zu schließen.

SECHS: Hannah

Wenn der Fahrer sie endlich zuhause abgesetzt hatte, versteckte Hannah sich am liebsten in ihrem Zimmer vor der Hitze. Durch das Fenster hatte sie einen schönen Blick auf die nächste Reihe chinesischer Handtuch-Häuser. Konnte den Alltag der Bewohner verfolgen, ohne selbst aufzufallen. Wenn die Sonne sich dem Horizont näherte, in diesen Breiten fast ganzjährig pünktlich um sechs, begann sie, die Stadt zu erkunden. Dann öffneten auch viele der Geschäfte erst wieder.

Hannah hatte sich angewöhnt, die Uhrzeit nach dem Schatten des Eingangstores zu messen. Die Häuserzeile, auf die sie aus ihrem Zimmer sah, bewachte ein steinernes Tor ganz ähnlich dem, das den Eingang ihrer Straße bildete. Die Pfeiler auf beiden Seiten verjüngten sich nach oben zu und endeten in einem dreieckigen Zacken, der fast wie ein Flügel wirkte. Kurz vor 18 Uhr zeigte der Schatten des linken Flügels genau auf ihren Schreibtisch.

Ihre Ausflüge unternahm Hannah am liebsten zu Fuß. Sie hatte zwar schnell gelernt, wie die Metro funktionierte, doch der dauernde Wechsel zwischen klimatisierter U-Bahn und heißer Stadtluft behagte ihr nicht. Sie mochte den Sommer. Die Hitze störte sie nicht. Nur wenn der Himmel von Wolken bedeckt war, zeigte das Shanghaier Klima seine unangenehme Seite. Verließ sie das gekühlte Haus, traf die feuchte, heiße Luft sie mit voller Wucht. Man fühlte sich wie in einer Sauna, doch ohne die Möglichkeit, sich die Kleider vom Leib zu reißen, und mit unbestimmter Aussicht darauf, wie lange man in der Hitze ausharren musste. Abgesehen von den Taxifahrern in ihren eisgekühlten gelben oder grünen Autos lief jedem der Schweiß in Strömen hinunter.

Schon in der näheren Umgebung gab es für Hannah viel zu entdecken. Sehr unterhaltsam fand sie es, in Xintiandi auf

SECHS: Hannah

Menschenschau zu gehen. Hier hatte die Stadtverwaltung ein traditionelles Viertel aus so genannten Shikumen-Häusern luxussaniert. Es gab zwar fast keine Chinesen mehr, dafür aber umso mehr Touristen, die einen Blick auf das „echte China" werfen wollten. Das China der Touristen bestand aus Boutiquen internationaler Marken, teuren Bars und ebenso teuren Restaurants, inklusive eines deutschen Biergartens mit eher mittelmäßiger Küche. Kaum ein Besucher ließ Xintiandi aus, und immerhin gab es ein hübsches kleines Museum, das die Geschichte der Shikumen-Siedlungen am Leben zu erhalten suchte.

Das Museum bestand aus weniger als zehn Räumen, die im Stil der 1920er Jahre eingerichtet waren. Das war den Kuratoren so gut gelungen, dass Hannah jedes Mal das Gefühl hatte, die Bewohner würden gleich zurückkehren. Jemand musste doch den angefangenen Brief auf dem Schreibtisch fertig stellen. Das schwarzweiße Kinderfoto wieder in sein Album einsortieren, aus dem es scheinbar zufällig gefallen war. Zum mit heißen Steinen gefüllten Bügeleisen greifen und das chinesische Hemd endlich bügeln und aufhängen.

Der besondere Reiz des Viertels bestand für sie aber vor allem in den kleinen Dramen, die sie regelmäßig unter den Touristen beobachten konnte. Hannah versuchte dann, sich den Inhalt über Sprachfetzen und Gesten der Beteiligten zu erschließen, als folge sie gerade einer modern inszenierten Oper, in der Italienisch gesungen wurde. Was hatte die temperamentvolle Italienerin an ihrem Mann auszusetzen? Warum stritt sich das bezopfte blonde Mädchen in irgendeiner nordischen Sprache mit ihrem Bruder? Was suchte die Deutsche, die für das Wetter einen viel zu langen Rock trug, so hektisch in ihrer Handtasche?

SECHS: Hannah

Überhaupt fand Hannah Freude daran, das Leben in Shanghai genau zu betrachten und zu deuten. Sie hatte ein Auge für Details. Das sollte sich bald als nützlich erweisen und zu einer seltsamen Entdeckung führen, die sie erst zwei Wochen später in ihrem Facebook-Account veröffentlichte, da sie ihr so unglaublich vorkam.

Das Problem war eigentlich läppischer Art: Ihre kleine Sonnenuhr funktionierte nicht mehr. Der Schatten, den das Eingangstor der nächsten Häuserzeile auf ihren Schreibtisch warf, befand sich nicht mehr dort, wo er ihrer Erfahrung nach sein sollte. Hannah maß mit dem Lineal nach: Er war größer geworden, hatte sich ausgebreitet. Lag es am jahreszeitlichen Gang der Sonne? War die Erde auf ihrer Bahn um das Zentralgestirn so weit vorangeschritten, dass die Sonne zur selben Zeit nun tiefer stand?

Hannah versuchte sich zu erinnern, was sie über die Jahreszeiten und ihren Zusammenhang mit der Sonne wusste. Die Sonnenwende war bereits vorüber, also mussten die Schatten tatsächlich allmählich länger werden. Shanghai lag allerdings relativ nah am Äquator. Wie stark dürfte der Effekt hier ausfallen? Hannah wusste nicht, wen sie fragen konnte. Aber sie hatte eine Idee. Sie stellte sich in den Schatten der Platane, die neben dem Eingang zur Häuserzeile wuchs. Und zwar so, dass ihre Augen gerade noch beschattet waren. Damit hatte sie die tatsächliche Größe des Schattens fixiert. Dann sah sie nach oben in Richtung Sonne – und musste die Augen sofort wieder schließen. Die Sonne strahlte ihr direkt in die Pupillen, obwohl diese doch eigentlich im Schatten lagen.

Als Hannah wieder an ihrem Schreibtisch saß, überlegte sie, was dahinterstecken könnte. Schatten wuchsen nicht einfach so. Wenn ein Sonnenstrahl eine bestimmte Stelle erreichte,

SECHS: Hannah

konnte dort nicht gleichzeitig Schatten herrschen. Und im Schatten sollte kein Sonnenstrahl sichtbar sein – sonst wäre es ja kein Schatten mehr.

Hannah malte mit Bleistift den dunklen Umriss nach, den der Flügel des Eingangstores auf ihren Schreibtisch zeichnete. Auf ihrer Stirn bildete sich eine Falte, als sie merkte, wie schwer die Kante zu fassen war, in der die Dunkelheit in Licht überging. Sie biss sich auf die Lippen. Zeichnete einen geraden Strich und hatte den Rand des Schattens doch wieder nicht genau erwischt. Der Schatten schien mit ihr zu spielen. Die feinen Haare auf ihrem Arm stellten sich auf.

Sie überlegte, wem sie von ihrer Entdeckung erzählen sollte. Ihre Schwester würde kein Wort verstehen, die Mutter wäre besorgt um sie, nicht um den Schatten, der Vater hatte sowieso keine Zeit, ihre neuen Mitschüler würden sie für ein bisschen verrückt halten. Kein guter Anfang für eine neue Schulkarriere. Hannah beschloss, die Schatten erst einmal ein paar Tage lang zu beobachten. Vielleicht spürte sie ja nun doch den Stress des Umzugs von einer Welt in eine völlig andere. Sie wollte sich auf keinen Fall in eine fixe Idee verrennen.

Oder war sie tatsächlich ein bisschen verrückt geworden? Die Mutter hatte mal angedeutet, dass eine ihrer Großtanten im Alter in der Klapsmühle gelandet war. Niemand wusste mehr so genau, warum. Aber vielleicht hatte Hannah ja ein paar Gene mit dieser Urgroßtante gemeinsam? Wer konnte schon sagen, was für Umwege solche Erbanlagen manchmal nahmen. Bevor nichts Auffälligeres passierte, durfte sie auf keinen Fall über ihre Beobachtung sprechen.

Von diesem Tag an fühlte sie sich auch in der Sommerhitze nicht mehr derart zu Schatten hingezogen wie bisher. Sie waren ihr unheimlich geworden. Wer zu viel mit sich allein ist,

SECHS: Hannah

wird wunderlich, beruhigte sie sich selbst, und nahm sich vor, für die bevorstehenden Ferien einen Job zu suchen, bei dem sie unter Leute kam. Ihr Vater würde ihr sicher dabei helfen können. Sie hatte schon mitbekommen, dass in der chinesischen Gesellschaft sehr viel über „Vitamin B" funktionierte.

SIEBEN: Hiro

Wie sollte er den Dämon finden, den er zu vernichten hatte? Der Obere hatte ihm nur vage Anweisungen gegeben, was zu tun war. Wenn er mehr in Erfahrung bringen wollte, brauchte er eine Basis und einen Kontakt. Doch zunächst musste er sich einen Namen zulegen. Dämonen benötigten untereinander keine Namen. Sie erkannten sich, auch wenn sie sich nie zuvor gesehen hatten. Ein Dämon war stets die Summe seiner Eigenschaften und Stärken. Er wusste immer, wen er vor sich hatte, Etiketten waren unnötig. Doch bei Menschen fehlte ihm diese Fähigkeit. Er würde fragen müssen, wenn er nicht raten wollte, und er brauchte einen Namen, allein schon, um sich vorstellen zu können, ganz egal, ob er ein Hotelzimmer suchte oder nur Informationen.

Auf dem Motorradhelm, den er dem Vorbesitzer seines Körpers abgenommen hatte, war der Markenname „Hiro" aufgedruckt. Der Dämon vermutete, dass da ein chinesischer Marketing-Assistent nicht ganz sauber transkribiert hatte und eigentlich das englische „Hero" gemeint war. Doch umso besser eignete sich die verunglückte Variante als Name – zumal der Dämon im Zweifel nur auf den Helm sehen musste. Er würde also ab sofort Hiro heißen.

SIEBEN: Hiro

Der Obere hatte ihm eine Adresse genannt, wo er jemanden finden konnte, der ihm half. Die South Shangxi Road musste er nicht lange suchen, sie war auf jedem Metroplan eingezeichnet. Sie befand sich am nördlichen Rand der Französischen Konzession und verlief Richtung Süden. Die Adresse hatte eine niedrige Hausnummer, musste also am Anfang der Straße liegen. Sein Motorrad stellte er an einen Baum. Er wusste nicht, wie effizient die Polizei arbeitete, aber es war wohl sicherer, das Gefährt nicht weiter zu benutzen. Er ließ den Zündschlüssel stecken.

Es war noch recht früh am Morgen und die Sonnenstrahlen auf seiner Haut fühlten sich angenehm warm an. Wie an einem Wochentag zu erwarten, waren die Straßen voller Menschen, die meisten auf dem Weg zur Arbeit, manche auch auf dem Rückweg von einer Nachtschicht. Wer wohin eilte, konnte der Dämon leicht von den Gesichtern ablesen. Es lag eine unterschiedliche Art von Müdigkeit darin. Während die der Schlaftrunkenen von Erwartungen an den kommenden Tag geprägt waren, spiegelten sich in den schwarzen Pupillen der anderen die Erfahrungen der vergangen Nacht. Hiro genügte ein flüchtiger Blick. Das junge Mädchen dort, kaum 18, musste ein paar Stunden lang Büros gefegt haben. Sie schlief innerlich schon, er musste ihr ausweichen, sonst wären sie zusammengeprallt. Die Dreißigjährige, die er überholte, hatte vielleicht eine Nacht in einem Bordell hinter sich. Ihre Pupillen waren stärker zusammengezogen als beim Stand der Sonne nötig. Sie hatte wohl mehr Nähe ertragen müssen als ihrem Körper recht war.

Die meisten Menschen bewegten sich auf dem Moped durch die Stadt. Auf den Gehwegen waren zwar noch in regelmäßigen Abständen Fahrrad-Parkplätze markiert, doch sehr viele Shang-

SIEBEN: Hiro

haier konnten es sich offenbar inzwischen leisten, nicht mehr selbst in die Pedale treten zu müssen. Von den Autos waren etwa die Hälfte Taxis in unterschiedlichen Farben und meist aus chinesischer Herstellung. Doch auch Luxusschlitten sah Hiro. In dieser Stadt musste Geld zu machen sein, das zeigten die BMWs und Mercedes-Limousinen, die teilweise sogar mit uniformiertem Chauffeur unterwegs waren.

An einer Straßenecke, an der sich eine Bäckerei mit Café befand, fiel dem Dämon ein laut schreiender Mann auf. Sein Kopf war rot angelaufen, ein seltsamer Anblick, da er die gelbliche Haut der Chinesen besaß. Ansonsten war er in nichts von einem der gewöhnlichen Bewohner Shanghais zu unterscheiden: ein eher schlecht sitzender, schlichter Business-Anzug, gescheiteltes, schwarz glänzendes Haar, das am Hinterkopf bereits sehr dünn geworden war. Und doch lief hier gerade etwas Seltsames ab. Der Mann war anscheinend nicht mehr ganz Herr seiner selbst. Er schrie nicht nur, seine Gliedmaßen zuckten unkontrolliert. Passanten bedachten ihn mit seltsamen Blicken. Aber niemand mischte sich ein, schien es doch keinen Gegner zu geben, mit dem der Schreihals sich auseinandersetzte.

Dann trat der Mann plötzlich auf die Straße. Bremsen quietschten. Ein Kleinwagen kam kurz vor ihm zum Stehen. Hiro hatte schon das unangenehme Geräusch von Metall auf Metall erwartet, doch auch die Fahrer der nachfolgenden Autos waren wohl aufmerksam gewesen, sodass es zu keinem Auffahrunfall kam. Das Seitenfenster des Kleinwagens öffnete sich, der Kopf einer Frau erschien, die vermutlich gerade zu einer Schimpftirade ansetzen wollte. Doch dazu hatte sie keine Gelegenheit mehr. Der schreiende Mann riss die Tür ihres Autos auf und zerrte sie mit beiden Händen aus dem Fahrzeug. Trotz seines schmächtigen Äußeren war er überraschend stark.

SIEBEN: Hiro

Die Frau wehrte sich so gut sie konnte, und die nun folgende Attacke des Mannes erschreckte sogar den Dämon. Der Angreifer fletschte die Zähne und begann, wie ein tollwütiger Hund die Frau ins Gesicht zu beißen, ins Kinn, in die Wangen. Blut lief herab. Es musste ihm gelungen sein, ganze Fleischstücke mit den Zähnen zu fassen. Die Frau schrie vor Schmerz und Entsetzen.

Der Schrei wirkte wie ein Weckruf auf die Umstehenden, die zunächst ungläubig zugeschaut hatten. Der erste fasste sich ein Herz und zerrte den offenbar Verrückten an den Schultern zurück, zwei weitere Passanten zogen an der Frau, die seltsam ruhig geworden war, bis es ihnen endlich gelang, Angreifer und Opfer zu trennen. Der Verrückte gebärdete sich noch immer wie wild, auch wenn es die Passanten nun geschafft hatten, ihn am Boden zu fixieren. Jemand musste die Polizei gerufen haben, jedenfalls erschien ein Streifenwagen mit zwei Beamten, die erst einmal Verstärkung und einen Krankenwagen anforderten. Die verletzte Frau blutete stark, zwei Kellnerinnen des Eck-Cafés versuchten, ihr mit nassen Tüchern zu helfen.

Der Angreifer hatte sich inzwischen beruhigt. Ergab er sich der Übermacht? Er lag völlig still auf dem unebenen, staubigen Boden, als müsse er sich von einem gewaltigen Kraftakt erholen. Hiro beobachtete ihn gespannt. Drei Männer hielten ihn zur Sicherheit noch immer fest. Die Polizisten begannen, die Umstehenden zu befragen. Der Krankenwagen ließ auf sich warten. Von einem Moment auf den anderen erschlafften die Muskeln des Angreifers. Elektrizität lag in der Luft. Hiros Nackenhaare stellten sich auf. Etwas hatte den Mann am Boden verlassen. Der Dämon spürte, dass von ihm keine Gefahr mehr ausging.

SIEBEN: Hiro

Einer der Bewacher verließ seinen Posten und kam auf Hiro zu. Das Etwas näherte sich mit ihm, und nun erkannte er auch seine Natur: Es war ein Verwandter aus seiner Welt. Eine Seele in einem Körper, der nicht ihr gehörte. Ein Dämon wie er selbst, der die Regeln missachtete und dadurch zum Sicherheitsproblem geworden war. Er entschied sich, ihn zu töten.

Dazu brauchte er allerdings einen geeigneten Ort. Also folgte er dem Fremden zunächst, der sich seiner Tarnung sehr sicher zu sein schien. Schließlich hatte jeder gesehen, dass dieser Körper die Frau im Auto nicht angegriffen hatte. Damit er keinen Verdacht schöpfte, hielt Hiro einigen Abstand. Er spürte die Präsenz des Anderen, deshalb würde er ihm nicht entgehen, auch wenn er ihn aus den Augen verlor. Hiro ahnte allerdings, dass sein Ziel über ähnliche Fähigkeiten verfügen könnte. Er erschauderte.

Als der Mann, den er verfolgte, ausgerechnet an der von seinem Oberen bezeichneten Hausnummer von der Straße abbog, stand für ihn fest, dass ein Zufall ausgeschlossen war. Eine hohe, dunkle Mauer säumte den letzten Teil des Weges, hinter der sich ein für diese Innenstadtlage ungewöhnlich großes Anwesen verbergen musste. Sein Herz schlug schneller. Das Tor mit der Hausnummer 4 stand weit offen. Es gab den Blick frei auf ein Haus, das aus einem Märchen stammen musste, wie es Hiro erschien: Eine altertümliche Villa, ein kleines Schloss mitten in Shanghai, mit Giebeln und Erkern überall, die von seltsamen Figuren bedeckt waren. Hiro brauchte einen Moment, um das Bild in sich aufzunehmen. Das Haus wirkte fast wie von selbst gewachsen.

Direkt hinter dem Eingangsbereich lag die Rezeption; die Villa diente heute als Hotel. Die Lobby erstreckte sich über zwei Etagen. Linkerhand erlaubten raumhohe, mit buntem Glas geschmückte Fenster einen Blick in den Garten. Gegenüber dem Eingang führte eine geschwungene Holztreppe in den ersten Stock. Eine mit Schnitzereien versehene Balustrade trennte ihn von der Lobby. Die Böden bestanden aus dunklem Holz, die Wände waren mit Leder bespannt. Nur die nachträglich eingebaute Rezeption rechterhand passte nicht ins Bild. Hinter ihr saß ein junger Mann in einem schwarzen Anzug, der in Papieren blätterte und auch nicht aufsah, als Hiro den Raum betrat.

Vor dem Fenster an der linken Seite standen uralte, aber sehr bequem wirkende Sessel. In einem davon saß der Andere und begrüßte Hiro mit einem stummen Blick.

***

Hannah Harlof hat einen Link geteilt.

29. Juni

In Wenzhou hat am Dienstag ein Mann eine Frau aus dem Auto gezerrt und sie ins Gesicht gebissen. Angeblich war er betrunken. http://bit.ly/QxhhLo

ACHT: Es

Als er aufwachte, verspürte er ein Gefühl tiefer Dankbarkeit. Er brauchte nicht lange, um sich wieder in der Welt zurechtzufinden. Noch immer befand er sich im Körper des Hundes, der ihm mehr und mehr ans Herz gewachsen war. Er fühlte sich nicht wie ein Parasit, eher wie ein guter Hirte. Er wollte sich um diesen Körper kümmern, der ihn akzeptiert zu haben schien. Die Situation kam ihm bekannt vor, doch er konnte sich an keine konkrete Szene erinnern. Nur an das warme, zuverlässige Gefühl einer festen Bindung. Die Vergangenheit lag noch immer im Dunklen, wie er mit leichten Bedauern feststellte. Doch Stunde um Stunde konnte er sich an mehr erinnern.

Der Traum zum Beispiel, aus dem er gerade erwacht war. Er spielte in einer großen Stadt. Es war ein seltsamer Traum gewesen, doch das wunderte ihn nicht. Träume funktionierten nach ihren eigenen Regeln. Er war in den Straßen der Großstadt unterwegs gewesen, am helllichten Tag, und wollte unbedingt einen Spiegel finden. Den Grund dafür wusste er nicht mehr, er erinnerte sich aber daran, wie stark, wie drängend das Bedürfnis gewesen war, sein Spiegelbild zu betrachten. Doch wen er auch fragte, jeder hatte eine Ausrede, ihn woanders hinzuschicken. Beim Friseur waren wegen des feuchten Wetters sämtliche Spiegel beschlagen. Er hatte versucht, die Feuchtigkeit wegzuwischen, doch sie fühlte sich ätzend an. Schmerzerfüllt zog er den Finger zurück. In den Kaufhäusern waren sämtliche Umkleidekabinen besetzt, in den Verkaufsräumen hingen statt Spiegeln Tuschezeichnungen mit Porträts der besten Verkäuferinnen. Eine Frau, die er nach einem Spiegel gefragt hatte, durchwühlte hektisch ihre Handtasche, nur um den Schminkspiegel dann fallen zu lassen. Er konnte in Zeitlupe verfolgen, wie das Glas in tausend Stücke zersprang. Die Scherben hatten die Form kleiner Pfeile, die sich in seine Haut bohrten. Davon war er schließlich aufgewacht. Jemand hatte auf einem Balkon über ihm Blumen gegossen, ein paar Tropfen kalten Wassers waren auf sein Fell gefallen.

Er schloss die Augen. Die beiden Fackeln waren zu seiner Erleichterung noch da.

In dieser Stadt waren viele herrenlose Hunde unterwegs. Er versuchte zwar, Begegnungen mit Artgenossen auszuweichen, denn er kannte die Regeln nicht, die es dabei einzuhalten galt. Trotzdem ließen sich zufällige Treffen nicht vermeiden. Die anderen mussten ihn für extrem unhöflich halten, weil er auf Kontaktversuche nicht reagierte. Er wollte sich nicht ablenken lassen. Die größte Gefahr stellten allerdings die Autos dar. Er bemerkte schnell, dass kein Fahrer Rücksicht auf einen Hund nahm, der gerade die Straße überquerte. Bei Motor- und Fahrrädern konnte er wagemutiger sein, weil deren Besitzer wohl fürchteten, bei einem Zusammenstoß nicht unversehrt davonzukommen. Von Menschen versprach er sich nicht allzu viel. Er spürte, dass den meisten Passanten ein streunender Hund gleichgültig war. Angst hatte niemand vor ihm. Einem aggressiven Tier wäre wohl keine lange Lebensspanne beschert, mochten die meisten Menschen denken.

ACHT: Es

Die freundlichsten Blicke schenkten ihm noch solche Zweibeiner, die ebenfalls zum Bodensatz der Gesellschaft gehörten. In ihren Augen meinte er sogar eine Art Verständnis zu entdecken. Kinder an der Hand ihrer Mütter strahlten hingegen eine unverhohlene Bewunderung aus, die ihn stolz machte.

Nur wenige Menschen ließen ihn ratlos zurück. So erging es ihm mit einem Mann im feinen Anzug, der es sich auf einer Bank bequem gemacht hatte. Er packte zunächst eine weiße Dose aus seiner Aktentasche. Geöffnet verströmte sie einen anziehenden Geruch nach gebratenem Reis. Der Mann schaute angewidert in die Dose und kippte ihren Inhalt in den Papierkorb neben der Bank. Anschließend zog er einen Stapel Papiere aus seiner Aktentasche. Er begann zu lesen, entschied sich aber dann doch anders und warf die Blätter so hoch er konnte in die Luft. Der Hund fühlte sich kurz von seinem Instinkt dazu getrieben, ihm ein paar der Zettel zurückzubringen. Doch er unterdrückte den Impuls. Der Mann fing an zu weinen.

Die zweite seltsame Begegnung, eine Stunde später, machte ihn zwar anfangs ebenso ratlos, was sich aber schnell änderte. Erneut saß ein Mann auf einer Bank. Er war nicht ganz so sorgfältig gekleidet wie sein Vorgänger, wirkte aber auch nicht schmuddelig. Er schien Hunde zu mögen, jedenfalls versuchte er, einige der Streuner mit Nahrungsresten anzulocken. Zwei Hunde strichen ihm bereits um die Beine, deshalb sah er lieber davon ab, die Chance auf eine Zwischenmahlzeit zu nutzen. Außerdem gefiel ihm das Gesicht des Mannes nicht, dessen Ausdruck verkniffen, sogar lauernd war. Erst als sich sein Fell sträubte, merkte er, dass dieser Mann, der gerade erneut in seine Einkaufstasche griff, ihm Angst machte.

Eine weitere Portion Nahrungsreste für die hungrigen Vierbeiner kam zum Vorschein. Er wollte seine Ängste schon abtun, als der Mann die linke Hand öffnete, eine riesige, fleischige Pranke, in der er einen spitzen Gegenstand hielt. Er erkannte das Objekt sofort. Der Mann hatte eine Spritze zwischen Daumen und Zeigefinger gespannt. Mit der rechten Hand tätschelte er einen der beiden Hunde und versenkte dabei blitzschnell die Nadel in der Flanke des Tieres. Dass sein Konkurrent gerade einschlief, war dem zweiten Hund nicht aufgefallen. Gierig verschlang er das Geschenk des Mannes, dem genug Zeit blieb, die Spritze neu aufzuziehen, und wenig später lag der zweite Hund ebenfalls leblos am Boden.

Wütend wollte er losrennen. Den Mann angreifen. Er hatte gerade kaltblütig zwei lebende Wesen umgebracht, vor aller Augen, und niemand kümmerte sich darum. Aber er war feige. Er rührte sich nicht von der Stelle. Sollte er wirklich sein Leben für zwei Hunde aufs Spiel setzen, die er nie zuvor gesehen hatte? Er hatte noch eine Aufgabe zu erfüllen! Doch gleichzeitig wusste er, dass das nur Ausflüchte waren. Er hätte etwas tun müssen und war doch zu feige dazu. Er war enttäuscht von sich selbst, und das versetzte ihn in Rage, in eine Wut, der er keinen Ausdruck verleihen konnte.

Offenbar hatte aber doch jemand mit angesehen, was gerade passiert war. Ein zweiter Mann, etwa Mitte 30, ging auf den Sitzenden los, der noch immer die Spritze in der Hand hielt. Baute sich drohend vor ihm auf. Was er da veranstalte, fragte er.

„Ich töte nutzlose Hunde", kam die gleichmütige Antwort. „Was dagegen?"

„Wer hat Ihnen das erlaubt?"

„Brauche keine Erlaubnis. Die Tiere gehören niemandem. Scheißen bloß die Straßen voll."

ACHT: Es

Der Mann fragte nicht, zu welchem Zweck die Hunde sterben mussten. Er hatte selbst schon Hundefleisch gegessen. Das stand zwar in keinem offiziellen Restaurant mehr auf der Karte, aber wenn man wusste, wen man fragen musste, bekam man auch den als Leckerbissen geltenden Hund serviert.

„Ich werde jetzt die Polizei rufen", sagte der Mann stattdessen. Der Hundemörder würde wohl nicht für die beiden toten Tiere bestraft werden. Doch für den illegalen Verkauf von Fleisch an Restaurants und die damit verbundene Steuerhinterziehung interessierte sich die Staatsmacht.

Die Konsequenzen mussten dem Hundemörder ebenfalls klar geworden sein. Der Hund sah, wie der Mann mit der linken Hand ausholte, die noch immer die Giftspritze hielt. Er sah die Nadel in Zeitlupe durch die Jeans hindurch in den Oberschenkel des anderen gleiten. Er hatte wertvolle Sekunden verloren, aber jetzt sprintete er endlich los. Sprang den sitzenden Mann aus vollem Lauf von der Seite an, vergrub seine Zähne in dessen Arm, dass er die Spritze fallen lassen musste. Der Mann schrie ärgerlich, rief Passanten um Hilfe an gegen den offenbar tollwütigen Hund. Die zögerten jedoch. Zwar wusste niemand, was da vor sich gegangen war. Aber dass dort ein Mann und zwei Hunde scheinbar leblos auf der Straße lagen, daran konnte kaum der sich tatsächlich wie tollwütig gebärdende Hund Schuld sein. Deshalb telefonierte man lieber Polizei und Krankenwagen herbei. Staatsmacht und Ärzte würden schon tun, was nötig war.

Das Gebiss des am Arm des Hundefängers hängenden Tieres ließ sich kaum öffnen. Der Hund spürte, dass er etwas gutzumachen hatte.

***

ACHT: Es

Hannah Harlof hat einen Link geteilt.

24. Juli

Im Bezirk Jiading wurde ein Hundehändler festgenommen – wegen Mordes an einem Passanten, der ihn daran hindern wollte, Hunde zu vergiften, um sie an Restaurants zu verkaufen. Im Laufe einer Rangelei stach der Händler dem Mann mit einer vergifteten Nadel ins Bein, dieser verstarb später. Einkommen des Hundefängers: etwa 200 Yuan/Tag.

http://bit.ly/MEfpPc — in Jiading, Shanghai.

NEUN: Hannah

Am Vorabend des letzten Schultages überraschte ihr Vater sie mit einer guten Nachricht. Hannah könne in den kommenden Wochen in der Zikawei-Bibliothek arbeiten, und das sei keine gewöhnliche Bücherei, erklärte er ihr. Mit ihren wenigen Brocken Mandarin wäre Hannah schon am ersten Tag gescheitert, hätte sie für einen Shanghaier Leser ein Buch heraussuchen müssen. Doch diese Zweigstelle der Shanghaier Stadtbibliothek hatte kaum normale Kunden, sondern war vor allem Anlaufstelle für Wissenschaftler und Studenten. Das lag an ihren speziellen Beständen, die jesuitische Priester seit 1847 gesammelt hatten. Bei der Gründung der Jesuiten-Mission vor 150 Jahren lag der Komplex noch außerhalb Shanghais. Inzwischen hatte sich das kleine Dorf Xujiahui in eine eigene Millionenstadt verwandelt, einen von Hochhäusern dominierten Stadtteil von Shanghai. Die Bibliothek war geblieben.

Hannah verbrachte den letzten Schultag noch gelangweilter als sonst. Die Schule ging sie im Grunde nichts an. Ihre Jahresnoten hatte sie schon aus Berlin mitgebracht, erst ab September würden ihre Leistungen wieder irgendeine Rolle spielen. Die Klassenlehrerin teilte die Zeugnisse aus, kaum jemand hatte wirklich schlecht abgeschnitten. Für die

NEUN: Hannah

meisten Mitschüler war es nicht die erste deutsche Schule im Ausland. Viele konnten sich mühelos in mehreren Fremdsprachen verständigen. Die Mütter, die mit ihren Männern ins Ausland übergesiedelt waren, als sie dort einen Job angenommen hatten, verfügten über genügend Zeit, ihre Kinder mit Hausaufgaben zu triezen. Und wenn nicht, war die Bezahlung eines Nachhilfelehrers kein Problem. Auch Hannah hatte ihre ersten zusätzlichen Stunden bekommen, in Mandarin. Ob sie jemals zu den anderen aufschließen würde? Die Lehrerin hatte es sich nicht nehmen lassen, Hannah eine kurze Einschätzung zu schreiben, die sie ihr statt des Zeugnisses übergab.

„Hannah, mir scheint, du bist noch nicht richtig bei uns angekommen", sagte sie freundlich. „Vielleicht magst du ja die Ferien nutzen und dich mit den anderen verabreden? Ich habe dir hier ein paar Adressen aufgeschrieben."

Hannah nahm den Computerausdruck entgegen, nickte nur stumm. Dann gab sie sich einen Ruck und ließ doch noch ein „Danke" folgen. Sie wollte sich mit keinem ihrer Mitschüler treffen. Sie wollte allein sein. Einsam. Dann konnte sie ihrem Vater den Umzug weiterhin verübeln. Hannah erschrak, weil sie plötzlich das Gefühl überfiel, ihre Gedanken laut ausgesprochen zu haben. Doch die Lehrerin antwortete nicht.

Ihr Vater hatte ihr versprochen, gleich nach der Schule mit ihr zu der Bibliothek zu fahren, die sehr gut mit der Metro erreichbar war. Sie musste nicht einmal umsteigen. Sie stiegen an einem großen, von gigantischen Kaufhäusern gesäumten Platz aus, über den sich endlose Fahrzeugkolonnen wälzten. Es schien geradezu Autos geregnet zu haben: Von allen Seiten ergossen sich Sturzbäche von Fahrzeugen auf den zentralen Platz und verstopften die Abflüsse der Boulevards. Hannah stellte sich den langsam steigenden Verkehrspegel vor, der irgendwann Passanten und Radfahrer ertränken würde. Sie merkte, wie sie panisch wurde. Für solche Menschenmassen war sie nicht gemacht.

Ihr Vater zog sie weiter. Sie passierten eine der Shopping-Malls, auf deren zentraler Bühne gerade ein Moderator in den höchsten Jubeltönen ein neues BMW-Modell anpries. An der Hand ihres Vaters fühlte Hannah sich wie ein kleines Mädchen. Sie überquerten eine Nebenstraße und standen vor einem gedrungenen Gebäude, das wie ein Kirchenbau ohne Turm wirkte. Inmitten all der Hochhäuser ein seltsamer Anblick. Ihre künftige Arbeitsstelle, erklärte ihr Vater.

Hannah war skeptisch: Dieses unscheinbare Haus sollte die wertvollste Bibliothek in ganz China beherbergen? Nur ein schmaler Durchgang trennte das Haus von der sechsspurigen Verkehrsachse. Sie wunderte sich, dass die sonst nicht zimperlichen Shanghaier Stadtplaner hier nicht einfach mit der Abrissbirne mehr Platz geschaffen hatten.

Der Eingang befand sich auf der anderen Seite. An das Kirchenschiff lehnte sich eine dreistöckige Villa, nicht gerade hübsch, doch auf jeder Etage mit einem riesigen Balkon ausgestattet, so breit wie das Haus selbst. Die Bibliothek war zwar öffentlich zugänglich, aber man brauchte einen Ausweis, den nur die Hauptfiliale der Stadtbibliothek ausstellte. Wer Bücher leihen wollte, benötigte zusätzlich irgendein amtliches Papier, etwa von der Universität, das sein Interesse an den alten Folianten begründete. Wer die Bücherei als Tourist besuchen wollte, musste am Samstagnachmittag kommen, dann fanden öffentliche Führungen statt.

Der Freund eines Kollegen ihres Vaters leitete diese Bibliothek, wenn Hannah richtig verstanden hatte, aber der

NEUN: Hannah

ließ noch auf sich warten. Sie nahmen auf einer Bank Platz. Hannah beobachtete den Wächter, der es sich mit den Füßen auf seinem Schreibtisch bequem gemacht hatte. In dem Kofferfernseher vor ihm musste ein Kriegsfilm oder Western laufen. Hannah hörte nur das Kawumm irgendwelcher Schießgeräte und das Uaaaaah der Getroffenen. Im Raum nebenan standen Gemälde mit dem Gesicht zur Wand. Anscheinend baute man gerade eine Kunstausstellung auf.

Der Bekannte ihres Vaters winkte sie von der Treppe aus zu sich. Er stellte sich in gutem Englisch als Dong Liang vor – doch sie sollten ihn einfach Li nennen. Er war Hannah auf den ersten Blick sympathisch.

„Wenn du Fragen hast, dann nur keine Hemmungen, frag einfach", bat ihr künftiger Chef. „Doch zuerst eine kleine Tour."

Über die Treppe gelangten sie in den zweiten Stock. Hier öffnete eine Doppeltür den Durchgang in den Lesesaal.

„Dein Arbeitsplatz", erklärte Li.

Der Raum wirkte schummrig, nicht hell, obwohl von zwei Seiten Fenster Licht hereinließen. Es gab keine Klimaanlage, dafür aber Deckenventilatoren. Die Einrichtung schien aus den 1970ern zu stammen. Hannah dachte sofort an Schulmöbel. Außerdem fiel ihr der rote Teppich auf, der die Schritte dämpfte. An den Tischen saßen junge Chinesen, offenbar Studenten, und ein paar Ausländer. Die meisten hatten ganze Bücherstapel vor sich. Auf jedem Tisch stand eine Lampe, über die sich jeder deutsche Antiquar gefreut hätte.

„Du wirst für die Betreuung der Ausländer zuständig sein."

Li sah sie nicht an, als er mit ihr sprach, nickte dafür einem der anderen Mitarbeiter kurz zu. Sie folgten ihm auf den

NEUN: Hannah

Balkon, der mindestens drei Meter breit war. So viel Raum in der Millionenstadt! Hannah atmete freier. Man musste über diesen Balkon gehen, um die Schatzkammer der Bibliothek zu erreichen. Eine massive Tür versperrte den Eingang. Li besaß einen Schlüssel. Einen zweiten drückte er Hannah in die Hand. Ihr Chef musste sich mit der Schulter gegen die Pforte stemmen. Hannah malte sich aus, wie sie, vielleicht noch mit ein paar schweren Büchern beladen, verzweifelt von innen gegen das schwere Holz drücken würde. Niemand würde sie hören.

„Sie braucht nur einen kleinen Stoß", beruhigte Li, der ihre Befürchtung wohl erraten hatte.

Er schaltete das Licht an. Hannah war fassungslos und begeistert. Zehntausende Bücher säumten auf zwei Ebenen die Wände, ordentlich in uralte Regale eingeordnet. Sie fühlte sich wie in einer anderen Welt. Staunend ging sie von Regal zu Regal. Was für prächtige Einbände! Es schien, als hätte manche dieser Bücher seit ihrem ersten Erscheinen niemand mehr aufgeschlagen. Hannah studierte die Beschriftungen. Die Erbauer der Bibliothek hatten ein lateinisches Ordnungssystem gewählt. Artistica. Glossologia. Res sinenses. Philosophia. Sie hatte zwar nie Latein gelernt, konnte sich oft aber mit ihrem Französisch behelfen. Sie erkannte Wörterbücher, Sammlungen alter Zeitungen, wissenschaftliche Abhandlungen. Nur bei den Abkürzungen war sie sich unsicher. Historia Eccl., theol. Dogm., Pontificatius, theol. Moral., Script. Sacra. Ohne Anleitung würde sie dieses System nicht verstehen.

Li, der anscheinend Gedanken lesen konnte, beruhigte sie: „Du wirst eine gründliche Einführung bekommen. Wir haben hier über eine Million Bände, die Hälfte davon in chinesischen Schriftzeichen. Diese Hälfte ist hier unten."

NEUN: Hannah

Er deutete auf eine weitere Tür in der Ecke, die zu einer Spiraltreppe führte. An deren Ende lag eine andere Welt. Oben war alles klassisch-europäisch, hier unten aber war Hannah in China. Im Palast eines alten chinesischen Herrschers vielleicht. Regale aus Bambus, geflochtene Verbindungen statt Nägeln und Schrauben, Bambusleitern statt Treppen. Einbände, deren chinesische Lettern in dem schwachen Licht unglaublich fremd und geheimnisvoll wirkten. Hannah glaubte, Zauberbücher vor sich zu sehen. Hier würden der Held und seine große Liebe nach der einzigen Rettung für die Menschheit suchen. Oder der Schurke nach der ultimativen Waffe. Hannah, sei nicht albern, schalt sie sich. Das ist ein Arbeitsplatz und kein Märchen.

Li berührte sie am Arm. Sie schreckte zusammen.

„Wir müssen wieder gehen", sagte er, „aber es freut mich, dass es dir gefällt."

Hannah lächelte. Sie hatte lange nicht gelächelt.

„Das ist auch mein Lieblingsplatz. Aber leider wirst du hier unten selten zu tun haben."

ZEHN: Hiro

„Soll ich Ihnen auch einen Kaffee bringen lassen?", fragte der Andere.

Er hatte die Hände im Schoß gefaltet wie ein braver Schüler. Aufrecht saß er auf dem Sessel, dessen Form zu einer bequemeren Haltung geradezu einlud. Hiro beschloss, ihm den ersten Schritt zu überlassen.

„Gern", sagte er und streckte sich auf dem Nachbarsessel aus. Er fühlte sich stark wie lange nicht mehr. Wie ein Jäger, der sein nichts ahnendes Opfer bereits ins Visier genommen hatte und nur noch abzudrücken brauchte. Seine Arme ruhten auf den Lehnen, er versank fast in der Polsterung. Hiro drehte den Kopf, um das Profil seines Gesprächspartners zu studieren, obwohl er wusste, dass es über die Natur des anderen wenig verriet.

Ein Kellner brachte ihnen Kaffee, Milch stellte er in einem zart wirkenden Porzellankännchen daneben, Zucker in einer Silberdose, die mit chinesischen Zeichen verziert war.

„Ich möchte nicht unhöflich erscheinen", sagte der Andere, nachdem Hiro einen Schluck genommen hatte. „Wir können gern die Gepflogenheiten einhalten und uns über unsere Familien austauschen, aber wir müssen uns nicht mit erdachten Geschichten aufhalten."

ZEHN: Hiro

Hiro reagierte nicht, was der Andere als Zustimmung interpretierte.

„Dann also zum Geschäft."

„Zum Geschäft", wiederholte Hiro.

„Sie brauchen etwas, das ich vielleicht habe", sagte der Andere.

„Vielleicht."

„Sie suchen Informationen."

„Das ist richtig", sagte Hiro.

„Gut. Die Frage ist, was Sie mir im Gegenzug bieten können."

„Ich muss Sie leider korrigieren. Sie werden mir verraten, was Sie wissen, so oder so."

Der Andere zog die Augenbrauen hoch. Entweder wusste er nicht, in wessen Auftrag Hiro unterwegs war oder er ignorierte die Gefahr, die ihm drohte. Hiro überlegte. Sein Gegenüber hatte, wenn auch in einem anderen Körper, vor ein paar Minuten einer Frau auf offener Straße das Gesicht zerfleischt. Es konnte sich um einen ungestümen Aufsteiger handeln, der in kurzer Zeit zu viel Macht erworben hatte und nun übermütig wurde. Er konnte sich aber auch deshalb sicher fühlen, weil er einen Beschützer hatte. Oder wenigstens zu haben glaubte. Der Dämon beschloss, beide Möglichkeiten zu testen.

„Ich werde Sie töten", sagte er in sachlichem Ton und lächelte den Anderen an. „Und damit meine ich nicht Ihren Körper." Es sollte nicht als Drohung wirken, sondern als Feststellung. Nur Hiro wusste, dass das keine taktische Finte war. Er würde den Anderen auf jeden Fall töten. Vielleicht nicht sofort, aber auch nicht erst in ferner Zukunft. Hier lief schon zu viel verkehrt.

Der Andere hob abwehrend die Hände.

ZEHN: Hiro

„Das entspricht aber nicht den üblichen Gepflogenheiten", sagte er, scheinbar ruhig. „Ich nenne meinen Preis, Sie Ihren, und dann treffen wir uns irgendwo in der Mitte."

Er hatte sich gut unter Kontrolle, doch Hiro bemerkte, wie sein linker Fuß unter dem Tisch nervös wippte.

„Der Preis ist Ihr Leben", sagte Hiro, obwohl er wusste, dass er seinen Teil des Handels nicht einhalten würde. „Und gut, ich übernehme die Rechnung für Ihren Kaffee."

Hiro hoffte, dass dieses formale Entgegenkommen den Anderen etwas entspannte. Es würde den unausweichlichen Kampf erleichtern, wenn der Gegner nicht mehr mit seinem Tod rechnen musste.

„Wie kann ich meinen Preis nennen, wenn Sie mir noch nicht gesagt haben, was Sie wissen wollen?" Der Andere freute sich, dass Hiro nun doch auf sein Spiel einging.

„Oh, ja, das." Der Dämon sah sein Gegenüber so gleichgültig an, als hätte der gerade etwas absolut Nebensächliches geäußert. „Es sind im Grunde zwei Informationen, die ich brauche. Aber eigentlich, das vermute ich jedenfalls, ist es nur ein einziges Detail."

Hiro machte eine Pause, trank einen Schluck von seinem Kaffee. Er würde erst fortfahren, wenn der Andere das Zauberwort sagte. Der Dämon hatte Spaß daran, sich Dialoge im Voraus auszumalen.

„Und das wäre?"

Fünfzehn Sekunden. Er hatte nur eine Viertelminute für das Zauberwort gebraucht. Ein gutes Zeichen? Hiro hoffte, dass die folgende Sequenz auch so glatt ablaufen würde.

„Ich muss wissen, was in dieser Welt schiefläuft. Und wer dein Förderer ist. Dein Beschützer, dein Geschäftspartner. Wie immer du ihn nennst."

ZEHN: Hiro

Er war in der auf Mandarin geführten Unterhaltung zu einer vertraulicheren Anrede übergegangen. Einer Höflichkeitsform allerdings, die üblicherweise ein Höherer gegenüber einem Niederen verwendete. Hiro wusste, wie Sprache Beziehungen beeinflusste.

„Nichts", sagte der Andere. „Mir ist nichts aufgefallen, was hier schieflaufen könnte."

Hiro hatte mit einer solchen Antwort gerechnet. Er blieb völlig ruhig. Seine Antworten würde er so oder so bekommen.

„Und meine zweite Frage?"

Der Mann im Nachbarsessel wurde sichtlich nervöser.

„Nun, es mir nicht verboten, darüber zu sprechen. Und eigentlich weiß es sowieso jeder. Also kann ich wohl auch darüber reden."

Er sprach sich offenbar selbst Mut zu. Hiro freute sich, dass er sich auf die von ihm verwendete Höflichkeitsform eingelassen hatte.

„Es gibt einen neuen Star am Unternehmenshimmel. Die General Trading Co., jeder kennt sie. Erst vor zwei Jahren gegründet, vor einem Jahr an die Börse gebracht, inzwischen das wertvollste Unternehmen Shanghais."

Hiro nickte nur knapp.

„Die Aktienmehrheit gehört einem Chinesen, von dem zuvor noch nie jemand gehört hatte. Ein gewisser Anthony Leung. Seinen chinesischen Namen kenne ich nicht. Er hat mich vor einem Jahr angeworben."

„Und was tust du für ihn?"

„Ich beschaffe Informationen. Und was sonst so anfällt."

Hiro ahnte, was er damit meinte.

„Wo finde ich ihn?"

ZEHN: Hiro

„Das ist einfach, er ist überall. Im Fernsehen, im Radio, im Internet. Sie brauchen nur mal die Nachrichten anzusehen. Bestimmt legt er heute wieder irgendwo einen Grundstein."

„Ich danke dir."

Für Hiro war das Gespräch damit beendet. Er war zufrieden und hatte keine Hemmung, das dem Mann auch zu zeigen. So konnte er ihn in Sicherheit wiegen. Er würde noch einen Moment brauchen, sich einen Plan zurechtzulegen. Deshalb lenkte er die Aufmerksamkeit des Anderen mit Smalltalk ab, bis sein Plan stand.

„Würdest du mich zu einem Zeitungsstand bringen?"

„Es liegt sowieso einer auf meinem Weg. Ich wollte gerade gehen", sagte der Andere.

Sie verließen die Villa. Die Saunahitze der Stadt wartete wie eine Wand direkt hinter der Eingangstür. Sie wandten sich nach links. Eine der erhöht konstruierten Ringstraßen lag in der Nähe. Darunter kreuzten sich zwei große Straßen. An der Ecke hatte sich ein Zeitungshändler postiert. Genau die richtige Umgebung für Hiros Plan. Es war nicht leicht, einen anderen Dämon zu töten. Zerstörte man nur den Körper des Gegners, konnte dieser einfach in einen neuen Menschen wechseln. Der Andere hatte bereits gezeigt, dass er diese Kunst bestens beherrsche, was Hiro berücksichtigen musste.

Die Strategie, die er sich ausgedacht hatte, war bisher ungetestet. Er musste einen Teil seiner Seele, seiner Macht, in jedem Passanten in der Nähe der Kreuzung deponieren. Wenn es nur für kurze Zeit war, würde der Verlust ihn nicht allzu sehr schwächen. Das hoffte er jedenfalls, denn gleichzeitig musste er seinem Opfer den Wunsch aufzwingen, sich in die Mitte der Kreuzung zu stellen und seinen sicheren Tod zu erwarten. Hiro wusste, dass vor allem die Trucker der Überzeu-

ZEHN: Hiro

gung waren, dank der Hupe ihres LKW automatisch Vorfahrt zu haben, wonach sich jeder andere Verkehrsteilnehmer zu richten hatte.

„Nochmals vielen Dank für Ihre Informationen."

Er streckte dem Anderen die Hand hin.

„Auf Wiedersehen", verabschiedete er sich. Für einen kurzen Moment standen beide Körper steif da. Der Kampf blieb von außen unsichtbar. Dann setzte sich einer der Männer zur Mitte der Kreuzung hin in Bewegung. Ein Lastwagen hupte laut. Noch einmal. Erst nach dem dritten Hupen trat der Fahrer auf die Bremse. Da war es jedoch schon zu spät. Der Dämon spürte noch, wie der Gegner seine Seele in einigen Passanten unterbringen wollte, doch die Teile von Hiros Seele waren stark genug, den Versuch abzuwehren.

Das letzte Zeichen, das Hiro empfing, war ein Gefühl der Anerkennung. Der Andere war auf seltsame Weise stolz, dass ein deutlich Stärkerer ihn geschlagen hatte. Dann fuhr ein Blitz aus dem grauen Himmel herab und ein Gewitter begann, seine Energie zu entladen.

ELF: Hannah

Der erste Ferientag. Hannah hatte beschlossen, endlich wieder einmal einkaufen zu gehen. Sie brauchte ein paar neue T-Shirts, und für die Sommerhitze in Shanghai hatte sie auch noch nicht die passenden Kleider. Die Mutter hatte ihr dafür das Taschengeld aufgestockt. In der Französischen Konzession lockten in der unmittelbaren Nachbarschaft die unterschiedlichsten Boutiquen. Meist betrieben von jungen Chinesinnen, orientierten sie sich an dem, was im Westen gerade hip war. Doch nie als simple Kopie – Hannah merkte schnell, dass die chinesischen Designer um eigene Ideen nicht verlegen waren. Die internationalen Ketten hatten sich bisher in dieser Gegend noch nicht breitgemacht.

In Deutschland hatte Hannah am liebsten mit einer Freundin zusammen eingekauft. Nicht wegen der Beratung; sie wusste in der Regel, was ihr gefiel und was ihr stand. Doch es war einfach bequemer, sich andere Größen oder Farbvarianten in die Kabine bringen zu lassen. Deshalb hatte sie zunächst überlegt, ihre Schwester mitzunehmen. Allerdings verlor die schnell die Lust am Shoppen, nörgelte dann nur noch herum, und ihre Mutter hatte einen ziemlich seltsamen Geschmack. Also war sie schließlich allein losgezogen. Und glücklich darüber, denn in den meisten der kleinen Läden war sie die einzige Kundin. Die Verkäuferinnen, die oft gleichzeitig die Ladeninhaberinnen waren, kümmerten sich hervorragend um sie.

Den Heimweg trat sie mit einem Hochgefühl an. Ihr Portemonnaie war fast leer, dafür trug sie zwei prall gefüllte Plastiktüten. Darin drei wunderschöne Kleider – zum dritten hatte sie sich von der Verkäuferin mit einem enormen Rabatt überreden lassen, nachdem sie den Preis der anderen beiden genannt hatte. In fünf verschiedenen Läden hatte sie etwas gekauft, und dabei allmählich auch ein Gefühl für die unausweichlichen Preisverhandlungen bekommen. Die beiden letzten T-Shirts hatten sie nur noch die Hälfte des ersten gekostet.

Es war noch nicht einmal Mittag – sie hatte ihrer Mutter eigentlich angekündigt, zum Essen noch nicht zurück zu sein. Die Sonne spielte mit den Blättern der Bäume, nur wenige Menschen waren unterwegs. Ein ungewöhnlicher Anblick bot sich ihr in der nächsten Querstraße: Hunderte von Spatzen hatten sich auf dem Fußweg niedergelassen. Vielleicht hatte jemand dort Futter ausgestreut? Hannah verlangsamte ihre Schritte. Es sah fast so aus, als unterhielten sich die Vögel. Es schien ein paar Wortführer zu geben, die den anderen Parolen vorgaben. Hannah fühlte sich an Fernsehbilder einer Demonstration streikender Arbeiter erinnert. Die Spatzen glichen den Tieren, die sie aus ihrer Heimat kannte, aber sie hatten die Schnäbel geöffnet, ihre Federn standen ab. Hannah wollte gerade die Straßenseite wechseln, als sich der Schwarm erhob. Plötzlich waren alle verstummt, man hörte nur noch das Geräusch Hunderter schlagender Flügel. Eine große, graue Wolke hing für einen Moment über der Straße, dann setzte sich der Schwarm in Bewegung und kam direkt auf sie zu.

ELF: Hannah

Hannah blieb stehen. Sie würde nicht vor ein paar Spatzen weglaufen! Doch als die kompakte Wolke nur noch ein paar Meter entfernt war, hatte sie das Gefühl, dass dieser Vogelschwarm von Rachedurst erfüllt war. Von Bosheit, von dem Wunsch, nein, der Gier, Schmerzen zuzufügen. Hannah wusste, sie war nicht persönlich gemeint. Die Wut galt nicht ihr, aber wenn sie im Weg stand, würde der Schwarm keine Rücksicht nehmen. Sie drehte sich um und rannte zur nächsten Kreuzung. Die beiden Plastiktüten bremsten sie, doch sie erreichte die Straßenecke vor den Vögeln. Atemlos presste sie sich ein paar Meter weiter in der Querstraße an eine Mauer.

Der Schwarm überquerte die Kreuzung und steuerte in die Millionenstadt.

ZWÖLF: Es

Die Straße hatte sich in einen Sturzbach verwandelt. Es regnete erst seit ein paar Minuten, doch die Kanalisation wurde der Wassermassen nicht Herr. Der Hund versuchte gar nicht erst, sich irgendwo unterzustellen. Sein Fell würde so oder so völlig durchweicht werden, da konnte er sich dem Regen auch ergeben. Es schien, als hätte jemand eine riesige Wanne über der Stadt ausgeschüttet. Er stellte sich eine Wanne aus Zink vor, wie er sie oft in den Gärten gesehen hatte. Doch so groß wie die Gewitterwolke, die gerade über der Stadt hing.

Das Wasser war warm. Der Hund hatte sich an den Stamm eines Baumes gelegt. Unter ihm schickte die Neigung des Gehwegs lauter kleine Bäche in Richtung Straße. Ein seltsames Gefühl stellte sich in ihm ein: Geborgenheit. Die Welt meinte es gut mit ihm. Die Regenfäden sponnen ihn in einen warmen, flüssigen Kokon. Er schloss die Augen. Das regelmäßige Trommeln der Tropfen brachte ihn in seine früheste Kindheit zurück. In eine Zeit, zu der seine Erinnerung noch nie zuvor Zutritt gehabt hatte. Als er zwar die Abwesenheit von Licht kannte, aber nicht die Dunkelheit, wie sie diese Stadt erfüllte. Grenzenloses Zutrauen erfüllte damals seinen Körper, das erst später Stück um Stück von einer unbestimmten Angst verdrängt werden

ZWÖLF: Es

sollte. Der Nachhall dieser Erinnerung genügte, dass er zum ersten Mal dankbar war für seinen jetzigen Zustand.

Ein Ruf weckte ihn. Ein Schrei, wie er nur von einer Kreatur kommen konnte, die um ihr Leben kämpfte. Der Hund erhob sich, versuchte, durch den Regenvorhang zu spähen. Etwas bewegte sich panisch in dem Sturzbach, der entlang des Bordsteins die Straße hinunter gurgelte. Das rasende Wasser ließ ihm keine Chance, sich auf den Gehweg zu retten. Die Straße hatte sich in einen gefährlichen Bach verwandelt, der behalten wollte, was er einmal gepackt hatte. Immer wieder gelang es dem nassen, schwarzen Bündel, sich kurz festzukrallen. Doch der Bordstein erwies sich stets als zu hoch und offenbar hatte sich das schwimmende Etwas derart mit Wasser vollgesogen, dass seine verbliebene Kraft für den rettenden Sprung nicht mehr reichte.

Die Hilferufe wurden schon schwächer. Sollte er zuschauen, wie das Wasser das verängstigte Wesen endgültig verschluckte? Viel Zeit zum Nachdenken blieb nicht. Kurz bevor das Fellbüschel an ihm vorbeitrieb, sprang der Hund ins Wasser. Der Sturzbach schäumte, als freue er sich über die neue Eroberung. Er brauchte einen Moment, um sich zu orientieren. Wenn er zu atmen versuchte, drang schmutziges Wasser in seine Nase ein. Es musste einen Anfall von Panik abwehren. Von hier unten war viel schwerer zu erkennen, wo sich das Ziel seiner unüberlegten Hilfsaktion befand. Ein neuer Hilferuf zeigte ihm die Richtung. Er war unsicher, ob das Ding in Not seine Absichten erkannt hatte, überhaupt erkennen konnte. Was, wenn es ihn für einen Gegner hielt? Er war groß genug, mit den Füßen das Pflaster der Straße zu erreichen. Die Strömung war zwar stark, aber für kurze Zeit konnte er ihr standhalten, wenn er sich nur kräftig genug dagegenstemmte.

ZWÖLF: Es

Beim dritten Versuch wurde er von dem schwarzen Etwas gerammt. In einer instinktiven Reaktion schnappte er mit den Zähnen danach und bekam ein Stück Fell zu fassen. Das zusätzliche Gewicht verschaffte der Strömung einen Vorteil. Der Hund versuchte erneut, Halt zu finden. Beim dritten Mal gelang es ihm. Als sich das Fellbündel, das er immer noch mit dem Maul gepackt hatte, plötzlich bewegte, freute er sich.

Allerdings nutzte das Wesen die Gelegenheit nicht ganz so wie geplant. Es stieß sich mit den Hinterbeinen kräftig von seinem Retter ab, dass es endlich den Bordstein erreichte. Der Rückstoß warf den Hund jedoch erneut in die Strömung, die inzwischen deutlich stärker geworden war. Die Stadtplaner hatten sich beim Straßenbau durchaus etwas gedacht. Einen Tropenregen verkraftete keine Kanalisation der Welt, deshalb hatten sie die Straßen mit Hilfe der hohen Bordsteine gleich in die Entwässerung einbezogen. Ohne regelmäßige Abflüsse taugte ein solches System natürlich nichts – und auf einen dieser Abflüsse trieb der Hund nun zu. Zwar wusste er nicht, welcher Art die kommende Gefahr war, aber er hatte die dunkle Öffnung längst bemerkt, in der das Wasser noch lauter toste als auf der Straße. Niemand war in Sicht, der ihm helfen konnte, kein Wesen war spürbar, in das er seine Seele übertragen könnte. Ebenso wenig gelang es ihm, der Strömung auch nur für einen kurzen Moment zu widerstehen. Seine Muskeln erlahmten.

Er fürchtete sich. Er hatte nie so allein sterben wollen. Mit Wasser in den Lungen. Er sah seine verwesende Leiche auf ewig im Abflussgraben treiben. Spürte schon die Ratten, die sich an seinem Körper zu schaffen machen würden. Trotzdem bedauerte er nicht, sich für den Sprung ins Wasser entschieden zu haben.

DREIZEHN: Hannah

Hannah setzte sich mit dem Zeichenblock an ihren Schreibtisch. Schon immer hatte sie gern gezeichnet, gemalt, gestaltet. In Farben und Formen konnte sie ihre Gefühle besser ausdrücken als in Worten. Wer sie nicht kannte, mochte sie für arrogant halten. Ihr fehlte die Gabe, auf fremde Menschen zuzugehen und fröhlich zu plaudern. Sie war unsicher: Fiel ihr Small Talk so schwer, weil sie inhaltslose Gespräche für überflüssig hielt? Oder war diese Abneigung nur eine vorgeschobene Ausrede ihres inneren Schweinehundes?

Ganz anders war es allerdings, wenn ihr das Thema einer Unterhaltung behagte. Wenn sie zum Beispiel vom Malen erzählen konnte. Beim Austausch über Stile, Techniken und verrückte Ideen verging die Zeit wie im Flug. Wer Hannah von anderen Gelegenheiten kannte, dem kam sie dann wie ausgewechselt vor. Beim Zeichnen selbst wirkte sie sehr konzentriert. In Wirklichkeit ließ sie aber ihre Gedanken schweifen. Dass gerade der Regen in ungewohnter Lautstärke gegen das Fenster prasselte, bemerkte sie gar nicht.

Sie sah die Moller-Villa vor sich. Das seltsame Haus befand sich kaum fünf Minuten Fußweg entfernt. Sie hatte schon im Reiseführer von dem etwas verrückten schwedischen (oder

DREIZEHN: Hannah

war er Däne?) Millionär gelesen, der das Haus vor gut 100 Jahren bauen ließ. Hannah hatte es sich schon dreimal angesehen, immer nur von außen. Beim letzten Mal hatte sie einen Skizzenblock mitgebracht, auf dem sie die Beziehungen der einzelnen Häuserteile untereinander markierte. So konnte sie die Villa aus jeder erdenklichen Richtung malen. Sie hatte im Garten auf dem Rasen gesessen. Ein Angestellter hatte sie zwar gesehen, aber nichts gegen ihre Anwesenheit einzuwenden gehabt.

Der Architekt musste viel von Licht und Schatten und ihrem Wechselspiel verstanden haben. Die Sonne brauchte sich nur eine Viertelstunde weiter in Richtung Westen zu bewegen, und schon zeigte das Haus ein merklich anderes Bild. Der Garten war eine perfekte Bühne für das Schauspiel der bewegten Schatten. Hannah fröstelte, als sie an ihre Entdeckung dachte.

Sie begann ihre Zeichnung. Legte zunächst die Perspektive fest. Von den Linien würde am Ende nichts mehr zu sehen sein, doch sie bestimmten schon in diesem frühen Stadium, ob das Bild am Ende echt wirken würde. Danach ließ sie sich nur noch von ihrer Phantasie leiten. Es kam ihr nicht darauf an, dass die Villa genau wie auf einer Postkarte aussah. Wichtig war ihr, ob sich das Bild richtig anfühlte. Sie konnte niemandem erklären, was sie damit meinte. Manchmal kam der entscheidende Moment auch gar nicht, der ihr sagte: Jetzt ist es fertig. So muss es sein. Dann musste sie ihre Zeichnung vielleicht ein paar Wochen liegen lassen. Irgendwann würde sie wissen, welcher Farbtupfer, welcher Pinselstrich noch fehlte.

Die Moller-Villa war nicht ihr erstes Motiv aus der neuen Stadt. Kurz nach der Ankunft hatte sie ihre Version des Bezirks um die Yuyuan-Gärten aufs Papier gebracht. Eine sehr

DREIZEHN: Hannah

touristische Gegend, aber das hatte natürlich gute Gründe: Dieser Stadtbezirk wirkte, wie man sich eine chinesische Stadt vorstellte. Hannah hatte vor allem schmutzige Grün- und Gelbtöne verwendet. Über der Szenerie schwebte ein von Wolken verhangener Mond. Sie hatte das Bild im Kunstunterricht vorgestellt – und diese Idee gleich wieder verwünscht.

„Hannah, die Häuser hier sind doch fast alle rot, aber bei dir taucht diese Farbe überhaupt nicht auf."

„Es kann doch gar nicht sein, dass dich nur ein einziger Mensch in der Menge ansieht."

„Nachts ist es in der Gegend total ausgestorben, ich war da schon mal kurz nach Mitternacht."

Wie sollte sie sich mit diesen Menschen unterhalten? Hannah sehnte sich in ihre alte Klasse in Berlin zurück. Konnte es sein, dass sie hier von lauter …? Ihr fiel kein passendes Schimpfwort ein, mit dem sie die Mitschüler titulieren konnte. Dass sie sich ärgerte, brauchte aber niemand zu wissen. Hannah hatte sich ein Lächeln abgerungen und beschlossen, ihre Bilder einfach zu Hause zu lassen.

Sicher hätte sich auch jetzt wieder irgendjemand über die fehlende Ähnlichkeit ihrer Moller-Villa mit dem Original beschwert. Als ob das irgendeine Bedeutung hätte! Hannah ärgerte sich noch immer über die Reaktion ihrer Klasse. Sie musste eine Pause einlegen, warf sich aufs Bett und schrieb weiter an den Postkarten, mit denen sie schon viel zu lange gewartet hatte.

***

Hannah Harlof
29. Juli

DREIZEHN: Hannah

Eine Skizze der alten Moller-Villa (http://www.facebook.com/photo.php?fbid=1045961478876888). Bin noch nicht so recht zufrieden, mal sehen, ob es in Farbe besser aussieht. — South Shaanxi Rd, Shanghai.

Der folgende Tag begann ungewohnt klar. Der Regen hatte eine saubere Stadt hinterlassen. Gründlich hatte er alles weggeräumt, was die Menschen nicht mehr brauchten oder nicht sorgfältig genug befestigt hatten. Auch am Himmel fehlte der Dunst, der sonst über der Stadt hing.

Hannah sollte heute ihren ersten Arbeitstag in der Bibliothek haben. Diesmal würde sie ihr Vater nicht begleiten. Ein frischer Wind wirbelte um die Häuserecken als suche er etwas. So unberechenbar hatte Hannah den Wind noch nicht erlebt. Mal blies er von vorn, mal zerrte er von der Seite an ihrem Rock, dann wieder schien er sie zu umkreisen. Spielte er mit ihr? Sie hielt ihm das Gesicht hin, atmete tief die Luft ein, konnte jedoch keine spielerische Stimmung ausmachen. Der Wind schien unsicher und zog sich bald darauf ganz zurück. Die Hitze setzte sich durch. Sie war so drückend, dass man meinen könnte, der Himmel hinge heute ein paar Kilometer tiefer.

Die Stadt lärmte, wie Hannah es inzwischen kannte. Als die U-Bahn-Station schon in Sichtweite war, hörte sie in der Ferne ein Sirren. Das Geräusch kam ziemlich rasch näher. Die Haare auf ihren Unterarmen richteten sich auf. Sie musste an die Spatzen denken, doch diese Töne stammten ganz sicher nicht von Vögeln. Sie waren, Hannah kam nicht schnell genug auf das richtige Wort, gedankenlos. Eine graue Wolke schob sich durch den Kanal, den die Wohnblocks entlang der Straße bildeten. Aus ihr kam dieses Geräusch, das Hannah trotz der Hitze frösteln ließ. Die U-Bahn-Station lag zwischen ihr und

DREIZEHN: Hannah

der Wolke, etwa auf halbem Weg. Würde sie so schnell rennen können, wie sich die Wolke vorwärts bewegte? Oder sollte sie in eine Nebenstraße ausweichen? Sie musste sich entscheiden und zwar gleich. Kopf oder Zahl?

Hannah wählte den direkten Weg. Während die Menschen um sie herum in die andere Richtung flüchteten, rannte sie direkt auf die Wolke zu. Hannah zweifelte schon, ob sie sich richtig entschieden hatte. Immer wieder musste sie Menschen ausweichen, abgestellten Fahrrädern und sich vor hohen Bordsteinkanten hüten. Die Wolke kam rasch näher und Hannah erkannte, dass sie aus Millionen Insekten bestand. Heuschrecken, viel größer als die Grashüpfer, die sie aus der Heimat kannte. Sie hatte Bilder aus Afrika gesehen, wo solche Schwärme ganze Landstriche kahl fraßen. Warum hatten sie sich mitten in die Großstadt verirrt? Noch 15, vielleicht 20 Schritte. Die ersten Insekten trafen ihr Gesicht. Sie hielt sich die Hände vor die Augen. Eines der Tiere war in ihren Nackenausschnitt gerutscht und bewegte sich dort. Ein Ekelgefühl überfiel sie, doch sie musste unbedingt den schützenden U-Bahnhof erreichen. Sie knickte mit dem linken Fuß um, als sie über eine lose Gehwegplatte stolperte. Das Tier im Nacken kratzte. Hannah traute sich nicht mehr, Luft zu holen. Womöglich atmete sie dann noch eine der Heuschrecken ein. Sie konnte nicht Mund, Nase, Augen gleichzeitig zuhalten.

Endlich die Unterführung! Die Rolltreppe lief in die falsche Richtung. Hannah nahm zwei, manchmal drei Stufen auf einmal. Dann merkte sie, dass sie dem Schwarm entkommen war. Sie schüttelte sich, Heuschrecken fielen von ihrer Kleidung. Das Tier in ihrem Nacken bewegte sich nicht mehr. Sie entfernte es. Auch dieses Insekt war tot.

DREIZEHN: Hannah

Verschwitzt stieg sie in die U-Bahn, war froh, einen Sitzplatz zu bekommen und strich sich erleichtert die Haare aus dem Gesicht. Eine tote Heuschrecke fiel zu Boden.

Zur ausgemachten Uhrzeit betrat Hannah die Bibliothek. Eine andere Welt. Shanghai blieb draußen. Der Duft jahrhundertealter Folianten hieß sie schon im Eingang willkommen. Heuschrecken? Hatte sie davon geträumt? Ihr neuer Chef Li begrüßte sie wie beim ersten Mal von der Treppe aus. Anschließend schärfte er dem Wächter ein, Hannah in Zukunft gleich in den zweiten Stock kommen zu lassen. Sie wunderte sich, dass sie keinen Ausweis brauchte. Wenn für sie alle Chinesen ähnlich aussahen, musste es dem Wächter mit ihr doch genauso gehen? Dann fiel ihr auf, dass alle anderen Besucher deutlich älter waren als sie.

Oben wies Li ihr einen Platz an einem der Schultische zu. Für den Fall, dass sie nichts zu tun habe, solle sie sich doch etwas zu lesen mitbringen.

„Ich gebe zu, es klingt seltsam, hier gibt es ja jede Menge Bücher", sagte er, „aber du wirst nicht viel Freude daran haben, wenn du nicht gerade Lateinisch oder Chinesisch sprichst."

Hannah musste lächeln. Ihr Chef hatte eine sehr charmante Art und sein Englisch klang, nun ja, entzückend. Sie schalt sich selbst für diese oberflächlichen Gedanken.

„Es ist ganz einfach", erklärte Li und winkte einer jungen Frau, die am anderen Ende des Raumes saß. „Bao, deine Kollegin, begrüßt jeden neuen Besucher. Ihr Englisch ist noch nicht perfekt, deshalb wird sie dir den Gast überlassen, wenn sie meint, dass das nötig ist."

„Klar", sagte Hannah, „und was werden mich die Besucher so fragen?"

„Genau kann ich das natürlich nicht wissen, aber meist

DREIZEHN: Hannah

brauchen sie entweder einen bestimmten Titel oder haben ein Thema, zu dem sie Literatur suchen."

„Woher weiß ich, wo ..."

„Da hilft dir der Computer weiter", unterbrach Li sie. "Der Katalog ist seit einem Jahr digitalisiert und mit Stichworten versehen. Nun ja, jedenfalls für die meisten Bücher."

„Die meisten?"

„Ab und zu wirst du dich auch mal selbst auf den Weg in unsere kleine Kirche machen müssen. Ich finde ja, das ist der schönste Teil dieses Jobs."

Hannah stimmte ihrem Chef in Gedanken zu. Vermutlich hatte der selbst dafür gesorgt, dass ein paar der Titel im Computer unauffindbar blieben. So hätte sie es jedenfalls gemacht.

„Ach ja", sagte Li, „wenn du mal Pause machen willst, sag bitte Bao Bescheid. Mittags lassen wir uns hier meist etwas bringen. Ist nicht teuer."

„Danke." Hannah hatte keine weiteren Fragen. Li verabschiedete sich und wünschte ihr viel Spaß. Er würde für den Rest des Tages in der Hauptverwaltung der Stadtbibliothek zu tun haben. Hannah fand, dass sie sich nun noch ihrer neuen Kollegin vorstellen sollte. Doch ihr Chef hatte Recht gehabt – oder besser gesagt freundlich übertrieben: Baos Englisch war nicht verbesserungswürdig, es war grauenhaft.

Trotzdem erfuhr sie, dass Bao zwei kleine Töchter hatte, beide unter zehn, die sie zusammen mit ihrer Mutter und der Großmutter versorgte. Dass sie zu fünft in einer Zweizimmerwohnung lebten, mit dem Verdienst aus der Bibliothek gerade so hinkamen, und dass der Vater ihrer Kinder irgendwo abgeblieben war – Hannah verstand nicht, welchen Ort ihre Kollegin meinte. Ein längeres persönliches Gespräch würde

DREIZEHN: Hannah

warten müssen, bis Hannah mehr Mandarin gelernt hatte. Immerhin begriff sie, dass Bao sie ganz und gar nicht als Konkurrenz sah, sondern sich im Gegenteil über ihr Auftauchen freute. Denn so würde sie vor Besuchern aus dem Ausland nicht mehr das Gesicht verlieren.

VIERZEHN: Hiro

Obwohl es nur ein paar Schritte waren, hatte der Dämon die Villa nicht mehr trocken erreicht. Die Wolken entluden derartige Wassermassen, dass Hiro bis auf die Knochen durchnässt den hohen Raum betrat, in dem er vorhin dem Anderen gegenüber gesessen hatte. Der Mann an der Rezeption erkannte ihn. Er ließ sich ein Zimmer geben. Der Rezeptionist gab sich damit zufrieden, dass der neue Gast Ausweis und Kreditkarte nachreichen wollte. Hiro hatte sich absichtlich besonders gewählt ausgedrückt, um einen seriösen Eindruck zu machen. Außerdem sprach wohl in den Augen des Angestellten für ihn, dass er mit einem anderen Hotelbewohner bekannt war.

„Einen guten Aufenthalt", wünschte ihm der Rezeptionist noch. Hiro hatte da schon die ersten Treppenstufen auf dem Weg ins Obergeschoss genommen. Das Zimmer war zwar klein, aber sauber. Der Duft nach Zimt und Märchen, der sonst der alten Villa anhaftete, fehlte hier. Der Dämon stellte sich vor, dass eine alte englische Jungfer den Raum eingerichtet haben mochte. Schwere Vorhänge schirmten Sonnenlicht und Tageshitze ab. Eine geblümte Tagesdecke lag über dem Bett, dessen geschnitzte Füße auf einem plüschigen Teppich zu schweben schien.

VIERZEHN: Hiro

Bei seiner flüchtigen Besichtigung hinterließ Hiro überall auf dem Fußboden kleine Pfützen. Deshalb griff er zum Handtuch, das auf dem Bett lag, und ging damit ins Bad. Als er sich dort die Haare trocknete, sah ihm aus einem Rundspiegel ein junger Mann entgegen. Sein Züge hatten noch etwas Weiches, Kindliches an sich. Trotzdem wirkte das Gesicht männlich, vielleicht wegen des Dreitagebarts, und das Kinn strahlte eine gewisse Trotzigkeit aus. Hiro war zufrieden mit seinem Äußeren. Gegner würden ihn deshalb vermutlich unterschätzen.

Der Andere hatte vor seinem Tod erzählt, dass seine Aufgabe im Beschaffen von Informationen bestand. Genau diese Informationen benötigte Hiro jetzt. Dazu frische Kleidung und Geld. Welches Zimmer hatte der Andere wohl bewohnt? Würde er dort finden, was er brauchte? Der Andere hätte sicher nicht freiwillig verraten, was er wusste. Doch einen Fehler, gestand Hiro sich ein, hatte er begangen: Er hatte ihn nicht nach seinem Namen gefragt, konnte sich also auch nicht an der Rezeption einfach nach der Zimmernummer erkundigen. Der Dämon ärgerte sich. Er hätte das Problem lieber ohne Gewalteinsatz gelöst. Aber vielleicht gab es auf indirektem Weg eine Chance.

Nachdem er Hemd und Hose trockengebügelt hatte – mit den nassen Schuhen würde er leben müssen –, verließ er sein Zimmer und setzte sich im Empfangsraum auf denselben Sessel wie zuvor und tat, als wartete er. Sah ab und zu auf eine imaginäre Armbanduhr unter der Hemdmanschette. Räusperte sich, gähnte gelangweilt. Streckte seine Glieder, um sich schließlich in Zeitlupe zu erheben und zur Rezeption zu gehen. Der Dämon lehnte sich über die Theke und klopfte dem Angestellten vertraulich auf die Schulter.

„Würden Sie bitte meinem Bekannten sagen, dass ich hier nun schon seit 15 Minuten herumsitze?"

VIERZEHN: Hiro

Er wartete die Bestätigung nicht ab, sondern nutzte die Zeit, sich im Inneren des Rezeptionisten umzusehen. Er bemühte sich, ihn nicht zu erschrecken, indem er sich möglichst unauffällig verhielt. Er wollte nur durch die fremden Augen mit ansehen, welche Telefonnummer er eintippte. Als das Freizeichen ertönte, hatte er sich längst wieder zurückgezogen.

„Es meldet sich niemand", sagte der Angestellte, „tut mir leid, mein Herr."

Hiro grummelte etwas in sich hinein.

„Ich werde selbst nachschauen", sagte er. Der Andere wohnte im zweiten Stock. Er hatte im zweiten Stock gewohnt, verbesserte sich Hiro.

Die zweite Etage sah völlig anders aus als die erste. Hiro meinte fast, in einem anderen Hotel zu sein. Die Tapete löste sich von den Wänden. Der Teppich auf dem Boden hatte Flecken. Hier musste vor nicht allzu langer Zeit eine Menge Wasser eingedrungen sein. Die Luft roch feucht, als gäbe es keine Klimaanlage. Der Andere hatte seine Tür nur zugezogen, nicht abgeschlossen. Das erleichterte es Hiro, sie so zu öffnen, dass keine Spuren bleiben würden. Er brauchte kaum zu befürchten, erwischt zu werden. Vom Putzkommando war weit und breit nichts zu sehen. Das gesamte Haus strahlte Stille aus.

Im Zimmer war die Anwesenheit des Anderen noch deutlich zu spüren. Das Bett war ungemacht, dem Laken war der Umriss des Schlafenden noch eingeprägt. Der gesamte Raum schien die Persönlichkeit seines früheren Bewohners angenommen zu haben. Anscheinend hatte dieser schon seit Monaten hier gewohnt. Das zeigte auch ein Blick in den Wandschrank. Für einen Reisenden hing ungewöhnlich viel Kleidung darin. Mehrere Paar Schuhe, ein Berg Unterwäsche. Hiro war dem Anderen ausgesprochen dankbar, dass er offenbar regelmäßig

VIERZEHN: Hiro

hatte waschen lassen. Ein kleiner Leinensack neben dem Schrank enthielt die Schmutzwäsche.

Der Dämon durchwühlte Schreibtisch und Kommode, bemühte sich, dabei keine Spuren zu hinterlassen. Irgendwann würde die Staatsmacht den unbekannten Toten von der Kreuzung mit diesem Zimmer in Verbindung bringen. Hiro hoffte, bis dahin sein Ziel längst erreicht zu haben. Der erste Teilerfolg ließ nicht lange auf sich warten: Als er mit den Fingern in das Innere eines Stoffschlauchs griff, spürte er die spezielle Textur von Geldscheinen. Er zog das Bündel heraus und zählte nach. 100.000 Yuan. Er setzte sich zufrieden auf das Bett, dessen Federn knarrten. Danke, Unbekannter, dachte er. Es tut mir leid, dass ich dich nicht nach deinem Namen gefragt habe.

Doch er war noch nicht fertig. Welcher Art waren die Informationen, die der Andere gesammelt hatte? Nachdem er vergeblich alle offensichtlichen Verstecke durchsucht hatte, ahnte er, dass er einer wichtigen Sache auf der Spur war. Auch wer sich keiner Gefahr ausgesetzt sieht, versteckt das, was ihm besonders wertvoll erscheint, möglichst raffiniert. Wo konnte dieses Versteck sein? Es musste nicht nur sicher sein, sondern auch im Notfall schnell zu räumen. Hiros Blick fiel auf die Reisetasche, die im Kleiderschrank stand. Sie besaß nur wenige Fächer und war aus einem festen Material hergestellt. Der Dämon holte sich eine Nagelschere aus dem Bad und schnitt den Stoff der Tasche damit auf. An der linken Seite wurde er fündig.

Das Material bestand hier aus zwei Lagen. Die obere Schicht war mit wenigen Stichen an der unteren festgenäht, eine Lederkante verdeckte die Naht. Hiro zog ein paar eng beschriebene Blätter aus dem Versteck. Der Stuhl vor dem Schreibtisch schien ihm diesmal passender als das Bett. Gespannt setzte er sich, zog

VIERZEHN: Hiro

mit der linken Hand die Vorhänge etwas weiter auf, um besser lesen zu können.

Der Andere begann seine Aufzeichnungen mit ein paar simplen Beobachtungen, von denen ihm offenbar sein Auftraggeber erzählt hatte. Zum Beispiel, dass die Schatten ihre Form verändert hatten. Das war aber nicht das einzige Zeichen gewesen. Die Gesetze dieser Welt funktionierten offenbar mit einem Mal ein bisschen anders als zuvor. Nicht so, dass es sofort und jedem auffallen musste. Nur wer die Gabe besaß, etwas genauer hinzusehen, konnte diese Veränderungen bemerken. Der Prozess hatte anscheinend vor einem halben Jahr eingesetzt.

Der Andere hatte auch herausgefunden, dass ähnliches schon früher einmal passiert sein musste. Er hatte Zeugen ausfindig gemacht, die sich erinnerten. Das Problem hatte allerdings darin bestanden, Träume, Geschichten, Sagen und die Wahrheit voneinander zu trennen. Wenn eine Erinnerung lange genug in den verschlungenen Gängen des Gehirns haust, veränderte sie sich unweigerlich. Je lebendiger ein Erlebnis in der Rückschau wirkt, desto mehr Misstrauen ist angebracht. Der Andere hatte deshalb versucht, neutrale Zeugen ausfindig zu machen. Was irgendwann aufgeschrieben worden war, konnte sich nicht mehr verändern. Der letzte Hinweis, den Hiro in den Papieren seines Opfers fand, hieß Zi-ka-wei. Dabei sollte es sich um eine Bücherei handeln, die einzigartige Bestände aus der chinesischen Geschichte besaß.

Der Dämon beschloss, zunächst in seinem eigenen Zimmer über das Gelesene nachzudenken. Doch zuvor nahm er aus dem Schrank noch ein Paar trockene Schuhe. Später würde er versuchen, diese Bibliothek zu finden.

FÜNFZEHN: Es

Zu sterben fühlte sich jedes Mal anders an. Er hatte den Tod seines Körpers schon einmal miterlebt. Erst jetzt erinnerte er sich wieder daran. Ein Schmerz, der nicht auszuhalten gewesen war, hatte Körper und Seele getrennt. Berstende Knochen, reißendes Fleisch. Viel Blut. Selbst die Erinnerung war schwer zu ertragen. Die Traurigkeit hatte sich schnell in Wut verwandelt.

Beim Ertrinken verläuft das Sterben anders. Zunächst der Kampf gegen das Wasser, das sich in die Lungen drängt. Doch dann ist der Tod einfacher. Fast fürsorglich kümmert er sich um sein Opfer. Der Sauerstoffmangel schaltet das Gehirn auf Sparflamme. Gedanken werden unmöglich. Gefühle verwandeln sich in Farben.

Die Panik, die er gespürt hatte, war nun ein dunkles Blau. Die Angst hatte sich in ein kitschiges Rosarot verwandelt. Aus dem Bedauern, diesen Körper verlassen zu müssen, war ein warmes Grün geworden. Die Seele hatte Zeit, sich zu verabschieden.

Die Rettung kam in Form eines Fahrrads. Jemand hatte sein Gefährt wohl unabgeschlossen am Straßenrand stehen lassen. Der Strom riss die Trophäe an sich und beförderte sie

FÜNFZEHN: Es

bis vor den dunklen Abfluss. Aber hier hatte sich das eiserne Tier störrisch gezeigt. Legte sich quer vor den Mund, der den Regen aus der Stadt saugen sollte. Für das Wasser kein echtes Hindernis, doch was der Sturzbach sonst so mit sich gerissen hatte, blieb unweigerlich hängen. Dem Hund gelang es, sich an den Rand der Strömung zu ziehen. Er bekam wieder Luft, Sauerstoff und Hoffnung frischten seine Kräfte auf. Direkt neben dem Abfluss war das Wasser ruhiger. Endlich fand er wieder Boden unter den Füßen. Fester Untergrund, von dem er sich abstoßen konnte zu einem Sprung, der ihn auf den sicheren Bordstein brachte.

Zwei Minuten lang lag er einfach nur da. Er wollte das Gefühl der Rettung auskosten, dessen süßen Geschmack er bisher nicht gekannt hatte. Dann spürte er, wie eine Zunge sein Gesicht ableckte. Ein angenehmes, raues Streicheln. Aus Furcht, der kostbare Moment wäre dann vorbei, hielt er die Augen geschlossen. Doch schließlich war die Neugier stärker. Ein triefnasses schwarzes Fellbündel stand vor ihm. Eine Katze, die ihn unsicher anstarrte. Sie schien fluchtbereit, doch als das Wesen nicht reagierte, das sie für einen Hund halten musste, entspannte sie ihre Muskeln.

Er schloss erneut die Augen. Für Fragen war später noch Zeit. Er musste erst ein wenig ausruhen. Es machte keinen Unterschied, wo – der Regen fiel noch immer in Strömen. Seit seinem Sprung ins Wasser waren nur ein paar Minuten vergangen. Seine Seele ließ die Vorhänge herunter. Sie würde den beiden Fackeln nachspüren, während der Hundekörper schlief.

Er träumte. Er besaß einen Körper mit zwei Armen und zwei Beinen. Aufrecht lief er durch die Stadt, mitten unter anderen Menschen, die alle dieselbe Richtung gewählt hatten. Er sah

FÜNFZEHN: Es

hunderte Hinterköpfe mit schwarzen, kurzen oder schulterlangen Haaren, mit einer kleinen Glatze, mit Zöpfen. Lagen die Ohren frei, konnte er Ohrringe ausmachen. Die Köpfe wiegten im Takt der Schritte hin und her. Er schritt kräftiger aus und wollte einen der Passanten überholen, um in sein Gesicht zu sehen. Eine Welle durchlief die Menschenmasse, die ebenfalls ihre Schritte beschleunigte. Er spurtete. Außer Atem blieb er stehen, drehte sich um. Hinter ihm war niemand.

Die Menschen vor ihm marschierten wieder in ihrem alten Tempo. Er wechselte die Richtung, die anderen folgten ihm. Er lief im schnellen Zickzack, und alle ahmten seine Bewegungen nach. Sie hatten eine Shoppingmeile erreicht, Schaufenster reihte sich an Schaufenster. Er blieb stehen, betrachtete die Auslagen. Links und rechts neben ihm blickten viele andere Menschen in dasselbe Geschäft. Als die Sonne hinter den Wolken hervorkam, verwandelte sich das Schaufenster in einen Spiegel. Endlich konnte er den anderen ins Gesicht schauen. Doch da war nichts. Nur eine dunkle Fläche mit leuchtenden Rändern. Ein Gefühl grenzenloser Einsamkeit erfüllte ihn. Er war allein. Zur Sicherheit tastete er sein eigenes Gesicht ab. Überzeugte sich, dass Nase, Mund und Augen noch vorhanden waren. Dabei vermied er, in die spiegelnde Schaufensterscheibe zu sehen.

Er setzte seinen Spaziergang fort, begleitet von der gesichtslosen Menschenmenge. Sie legten viele Kilometer zurück, der Tag schien sich endlos zu dehnen. Seine Füße schmerzten, die Sonne brannte auf ihn herab. Sie durchmaßen die riesige Stadt. Ihm fiel auf, dass sie keinem einzigen Auto begegneten. Er konnte, er wollte nicht aufhören zu laufen. Anzuhalten war sinnlos, nur der zurückgelegte Weg zählte. Er summte ein Kinderlied, das seinen Füßen einen neuen Takt vorgab. Die

FÜNFZEHN: Es

Menschenmenge passte sich an. Auch die anderen begannen, das Lied zu summen. Manche schienen sogar den Text zu kennen und sangen leise mit. Andere pfiffen die Melodie. Wie ein Fluss aus Köpfen wogte die Menge durch die Schluchten der Großstadt.

In der Ferne erkannte er ein Hindernis. Der Strom der Leiber teilte sich. Mit zunehmender Nähe schrumpfte das Objekt, das sich dem Gesetz der Perspektive verweigerte. Aus hundert Schritten Entfernung erkannte er, dass da jemand im Strom stand. Eine Person, die sich nicht bewegte, die in seine Richtung blickte. Er erschrak. Zunächst wollte er stehen bleiben, zögerte kurz, dann setzte er wieder vorsichtig einen Fuß vor den anderen. Auch die Menschenmenge kam erneut in Gang. Die Sonne stand jetzt so am Himmel, dass das Gesicht der stehenden Person im Schatten lag. Er erkannte, dass sie lange Haare hatte, ein Kleid trug.

Inzwischen war er nah genug, um auch das Gesicht erkennen zu können, das nur leicht asiatische Züge besaß. Die junge Frau, er schätzte ihr Alter auf unter 20, hatte eine eigentümliche Schönheit an sich. Nicht der Typ, der in Modezeitschriften die neuesten Kollektionen präsentierte. Er verhielt seinen Schritt, nahm das Bild der Fremden in sich auf. Die Sonne hatte ihren mittäglichen Höchststand erreicht, sie brannte heiß, doch die junge Frau, fast noch ein Mädchen, schwitzte nicht. Sie stand völlig entspannt auf der Straße. Die Ruhe, die sie ausstrahlte, hatte sich längst auf die Menschenmenge übertragen, und auch er konnte sich ihr nicht entziehen. Er fühlte sich wohl in ihrer Anwesenheit, eine angenehme Benommenheit ließ all seine Gedanken innehalten. Auch als er längst erwacht war, dauerte dieses Gefühl noch an.

SECHZEHN: Hannah

Hannahs erster Klient war ein Professor, wie ihr seine Visitenkarte verriet, obwohl er noch wie ein Student wirkte. Er erzählte, er habe eine Gastprofessur an einer der Shanghaier Universitäten, und seine Zeit in China neige sich langsam ihrem Ende zu. Was er brauchte, war leicht im Computer zu finden: Ausgaben einer der ersten englischsprachigen Zeitungen in China. Die Lektüre war für die Ausleihe gesperrt, der Wissenschaftler musste sie an einem der Tische im Lesesaal durchblättern. Er hatte extra eine Kamera mitgebracht, um seine Fundstücke fotografieren zu können. Hannah begleitete ihn zu seinem Tisch. "Sie riechen aber gut", sagte er auf Englisch, bevor er sich setzte. Hannah merkte, wie sie errötete.

Beim nächsten Kunden passten Äußeres und Alter besser zusammen: Der junge Mann in hellen Jeans und T-Shirt war tatsächlich Student. Sein schüchternes Lächeln gefiel ihr. Er brauchte Material für eine Hausarbeit, in der er die Sprachentwicklung des Shanghaier Dialekts untersuchen sollte. Hannah war zunächst etwas ratlos. Glücklicherweise hatte der Student ein paar Namen von Forschern parat, nach deren Aufsätzen sie suchen konnten. Sie nahmen gemeinsam am Rechner Platz. Hannah bemerkte die Schweißflecken auf der Rückseite seines

SECHZEHN: Hannah

Hemds. Die Atmosphäre in der Bibliothek war so angenehm, dass sie die Hitze draußen ganz vergessen hatte.

So tröpfelte die Zeit vor sich hin. Wenn sie nichts zu tun hatte, saß Hannah auf ihrem Platz in einer Ecke des Lesesaals und träumte vor sich hin. Die Bibliothek schien ihr wie aus der Zeit gefallen. Vielleicht lag es an den alten Büchern, denen Hannah sich verbunden fühlte. Alles war gedämpft. Die Menschen flüsterten, wenn sie unbedingt Worte wechseln mussten. Sie blätterten so um, dass möglichst wenige Geräusche entstanden. Alle Bewegungen schienen verlangsamt, als füllte nicht Luft den Raum, sondern ein Gelee. Sogar die Deckenventilatoren drehten sich behutsam. Sie erzeugten eine angenehme Strömung, der Hannah gern ihre Gedanken anvertraute.

Nach der Mittagspause kam sie mit dem Wächter ins Gespräch, der bei ihrem ersten Besuch im Erdgeschoss den Kriegsfilm angesehen hatte. Sie war überrascht, dass er fließend Englisch sprach. Tatsächlich hatte er einmal Sprachen studiert.

„Als ich noch kein alter Mann war wie heute, sondern so jung und hoffnungsfroh wie du", erklärte er ihr.

„Was hat Sie dann als Wächter in diese Bücherei verschlagen?" Hannahs Frage sollte sie zum ersten Mal mit einem dunklen Kapitel der chinesischen Geschichte in Berührung bringen.

Der Mann seufzte.

„Ich will mich nicht über mein Schicksal beschweren. Es ist, wie es ist. Ich erzähle es dir trotzdem, weil es mit dieser Bibliothek zu tun hat."

Neugierig musterte Hannah den Wächter. Sie hatte ihn für einen ganz normalen alten Mann gehalten, der mit der leichten Arbeit hier seine Rente um ein paar Yuan aufbesserte.

SECHZEHN: Hannah

„Die Bibliothek gibt es, wie dir Li sicher schon erklärt hat, bereits seit über 150 Jahren."

Hannah dachte an die beiden Archive im nachgebauten Kirchenschiff, die ihr eher vorkamen, als seien sie 500 Jahre alt.

„Die Jesuiten, die sie betrieben, sammelten im Laufe der Jahre viele wertvolle Bände. Erstübersetzungen ausländischer Literatur ins Chinesische, die allerersten gedruckten Zeitungen, aber auch in Latein verfasste Werke. Im Grunde alles, dessen sie habhaft werden konnten", erzählte der Wächter.

„Nach dem zweiten Weltkrieg mussten die jesuitischen Priester das Land verlassen. 1956 nahm die Volksbefreiungsarmee von Mao Zedong Shanghai ein. Auch unsere Bibliothek wurde besetzt. Zunächst lief alles gut, uns wurden sogar wertvolle Bestände anderer Büchereien zugeteilt."

Der Wächter machte eine kleine Pause, wie um seine Gedanken zu ordnen.

„Ich war damals Student und habe mir hier etwas hinzuverdient. Meine Eltern waren zwar Grundbesitzer, konnten mich aber kaum unterstützen."

„Waren Sie denn für Mao und die Revolution?" Hannah konnte sich die Zwischenfrage nicht verkneifen.

„Oh ja, absolut, ich war ein junger Mann, und wer lässt sich in diesem Alter nicht für Gerechtigkeit begeistern? China war ein rückständiges Agrarland, wenige lebten auf Kosten der vielen anderen. Die Partei versprach, alles zu verändern, sodass jeder sein Potenzial ausschöpfen könnte."

Der Wächter setzte sich jetzt gerade hin, als stünde ein Funktionär vor ihm, der ihn zur Rechenschaft ziehen wollte.

„Wir überstanden sogar den ‚Großen Sprung nach vorn' unbeschadet. Du weißt vielleicht, dass die Partei damals 20

SECHZEHN: Hannah

Millionen Menschen opferte, um in kürzester Zeit den Übergang zum Kommunismus zu erreichen?"

Hannah kannte die Zahl noch nicht. Der Wächter erzählte weiter.

„Doch dann kam die Kulturrevolution, und mit ihr die Roten Garden. Mao hatte Schüler und Studenten dazu aufgerufen, gegen die ‚sijiu' vorzugehen, die ‚Vier Alten', nämlich alte Denkweisen, alte Kulturen, alte Gewohnheiten und alte Sitten. Dabei waren die Roten Garden nicht zimperlich, ‚zerstören' war fast immer wörtlich gemeint. Und ich war immer mit dabei."

Der Wächter räusperte sich.

„Ich schäme mich noch immer dafür. Ich war selbst dabei, als wir Ende August 1966 die katholische Kathedrale hier um die Ecke gestürmt haben. Wir verbrannten, was brennbar war, zerstörten Altar und Einrichtung. Dann machte unser Kommandeur als nächstes Ziel die Bibliothek aus."

Hannah sah, dass der Wächter seinen Rücken versteifte. Er schien das Geschehen noch einmal zu erleben.

„Wir erreichten die Pforte unten, vielleicht 50, 60 Jugendliche mit Stöcken, besessen von Zerstörungswut. Die Angestellten hatten uns wohl kommen gehört, jedenfalls hatten sie sich vor dem Eingang aufgestellt, darunter auch der Leiter der Bibliothek. Ich kannte ihn, und er kannte mich. Er hatte mich gleich mit seinem Blick fixiert. Als unsere Gruppe begann, ‚Nieder mit den vier Alten' zu skandieren, konnte ich nicht mit einstimmen."

Der Wächter war sichtlich bewegt. Seine Lider flatterten.

„Der Leiter der Bibliothek hob die Hände, und tatsächlich wurden die Rufe leiser. Er strahlte eine natürliche Autorität aus. ‚Leute', rief er, ‚ich habe hier einen amtlichen Katalog, der alle revolutionären chinesischen Dokumente dieser Bücherei

SECHZEHN: Hannah

aufzählt. Er ist von Mao Zedong persönlich abgezeichnet. Seid vernünftig und geht nach Hause, oder der Große Vorsitzende wird euch persönlich für jeden Verlust verantwortlich machen'."

„Natürlich war das ein Trick", erklärte der Wächter, „und ich war ganz und gar nicht überzeugt, dass er funktionieren würde. Deshalb trat ich nach vorn und gab zu, selbst in dieser Bibliothek gearbeitet zu haben. ‚Ich kann bezeugen, dass der Kamerad Bibliotheksvorsteher die Wahrheit sagt', rief ich laut. Der Kommandeur gab sich mürrisch geschlagen und zog mit seiner Truppe ab. ‚Du kannst gleich bei diesen revisionistischen Elementen bleiben', sagte er mir noch zum Abschied."

Hannah dachte sich, dass die Geschichte des alten Mannes damit noch nicht zu Ende sein konnte. Tatsächlich fuhr er nach einer kleinen Pause fort.

„Nach dem Zwischenfall wurde die Bibliothek geschlossen. Zwar sollte den Büchern nichts mehr geschehen. Doch der Kommandeur sorgte dafür, dass es den Angestellten an den Kragen ging. Hier gearbeitet zu haben genügte, als revisionistisches Element abgestempelt zu werden. Wer Glück hatte, verbrachte danach viele Jahre im Umerziehungslager. Der Leiter der Bibliothek wurde, so hieß es, ‚auf der Flucht erschossen'."

Trotzdem sind Sie wieder hier? Hannah traute sich nicht, die Frage zu stellen. Der alte Wächter beantwortete sie dennoch.

„Ich habe mein Studium nie beenden können. Als ich nach zehn Jahren aus dem Umerziehungslager entlassen wurde, kam ich wieder nach Shanghai und hielt mich mit Gelegenheitsjobs über Wasser. 1977 hörte ich dann, dass die Bibliothek für wissenschaftliche Nutzung wiedereröffnet würde. Seitdem arbeite ich hier als Wächter."

SECHZEHN: Hannah

Hannah war so bestürzt, dass ihr keine andere Reaktion einfiel als ein fester Händedruck. Der Wächter sah trotz seines Schicksals nicht unglücklich aus. Er wirkte, als gehörte er hierher. Sie hoffte, eines Tages ebenfalls den Ort zu finden, an den sie gehörte – und bis dahin weniger leiden zu müssen als der alte Mann.

Auf dem Heimweg blieb Hannah noch eine Station länger in der U-Bahn sitzen als sonst. Es dämmerte zwar schon, doch sie wollte lieber noch etwas von der Stadt sehen als mit den Eltern zu essen. Außerdem konnte sie so in Ruhe ihren Gedanken nachhängen. Ihr Ziel war der Fuxing-Park. Ein Blick auf den Stadtplan in ihrem Handy hatte ihr verraten, dass er kaum eine Viertelstunde Fußweg vom Haus ihrer Eltern entfernt war. Sie würde also anschließend bequem heimspazieren können. Nach westlichen Maßstäben war der Begriff „Park" übertrieben. Die gesamte Anlage hatte etwa die Ausdehnung von vier oder fünf Fußballfeldern. Für die Bewohner der umliegenden Häuser stellte er eine Art erweitertes Wohnzimmer dar.

Sie betrat den Park über den nordöstlichen Ausgang. Hier erinnerte eine monumentale Marx-Engels-Statue daran, dass sie sich in einem kommunistisch regierten Land befand. Gleich daneben übte ein junger Mann auf seiner Flöte. Auf der Wiese gegenüber spielte ein Paar Federball. Vier Mütter kamen ihr mit Kinderwagen entgegen. Über der Südhälfte des Parks flogen Papierdrachen. Riesige Bäume beschatteten die Wege, an denen man Bänke aufgestellt hatte. Sie wich einem älteren Mann aus, der ihr barfuß rückwärts laufend begegnete. Ein Ehepaar übte Tai Qi, ein paar Herren im Rentenalter saßen sich vor Go-Brettern gegenüber.

Die große Wiese hinter den beiden Begründern des Kommunismus lud Hannah mit ihrem Grün ein. Hier war es ruhig. Die

SECHZEHN: Hannah

meisten Parkbesucher blieben auf den Wegen. Sie liebte das Gefühl, mit bloßen Füßen über eine Wiese zu laufen. Einmal hatte sie sich einen grasbewachsenen Abhang hinunterrollen lassen, abwechselnd den Himmel und die Erde im Blick, bis ihr schwindlig geworden war. Ihre Mutter hatte über die Grasflecken auf ihrer Hose geschimpft. Hannah zog die Sandalen aus. Sie wollte die Erde spüren, die Feuchtigkeit des Grüns. Sie nahm die Sandalen in die Hand und lief los. Herrlich. Sie fühlte sich wie befreit. Wenn sie mit den Armen schlug, würde sie gleich abheben wie ein Vogel.

Ein stechender Schmerz holte sie abrupt in die Realität zurück. Hannah sank zu Boden. Etwas hatte sich in ihren Fuß gebohrt. Sie tastete ihre Ferse ab, den Ballen. Ein spitzer Gegenstand. Ein Glassplitter? Sie musste nach Hause laufen, also hatte sie keine andere Wahl: Sie zog das Objekt heraus.

Sie hatte Glück gehabt. Die Wunde blutete kaum, sie war so schmal, dass sie sich schnell schloss. Hannah betrachtete die Ursache der Verletzung, nachdem sie das Objekt von Blutresten befreit hatte. Ein ungewöhnlicher Splitter, kein Dorn, es sah eher wie ein extrem harter und spitzer Grashalm aus, dabei trotzdem grün und mit der typischen Oberfläche. Es war gewachsen, nicht von Menschenhand gemacht. Seine Unterseite spiegelte.

SIEBZEHN: Hiro

Die Denkpause im Zimmer hatte ihm nicht weitergeholfen. Seine Informationen genügten nicht, um irgendwelche Schlüsse zu ziehen. Der Nachmittag war jedoch schon zu weit fortgeschritten, deshalb beschloss er, erst am kommenden Tag sein Glück in der Bibliothek zu versuchen. Er ließ sich im Restaurant der Villa ein gediegenes Essen servieren. Mit einem kleinen Teil seiner Bar-Reserven hatte er den Mann an der Rezeption davon überzeugen können, dass er gar keinen Ausweis benötigte.

In der Nacht schlief der Dämon schlecht. Die Klimaanlage ließ sich nur sehr grob einstellen. Entweder war ihm zu warm oder zu kalt. Außerdem war er ungeduldig. Er hätte die Pause eigentlich nicht gebraucht, aber sein Körper musste sich ausruhen. Und bei den meisten Menschen würde er tagsüber weiterkommen als nachts. Er hielt es allerdings nur bis sieben im Bett aus. Das Hotelrestaurant hatte gerade erst für das Frühstücksbuffet geöffnet, als er sich schon einen Platz zuweisen ließ. Obwohl außer ihm noch niemand da war, hielt der Manager die Regel aufrecht, dass er sich nicht selbst einen Tisch suchen dürfe. Das Büffet war auf die vorwiegend chinesische Klientel der Villa zugeschnitten. Hiro war beim Essen nicht wählerisch. Als

SIEBZEHN: Hiro

erster und einziger Gast hatte er den Vorteil, sich nirgends anstellen zu müssen und noch die volle Auswahl zu haben.

Von seinem Tisch aus hatte er einen guten Blick in den Garten. Dort war ein Angestellter schon emsig dabei, das im warm-feuchten Klima wuchernde Grün zu bändigen. Der Gärtner wollte wohl die wenigen Stunden nutzen, in denen man bei Arbeiten im Freien noch nicht im eigenen Schweiß ertrank. Im Schatten bemerkte Hiro ein paar schwarze Schmetterlinge.

Zunächst wollte er sich heute frische Kleidung beschaffen. Hier in der Französischen Konzession sollte das kein Problem sein. Dann musste er in diese Bibliothek. Er fragte den Ober, ob ihm eine alte Bücherei in der Stadt bekannt sei, und hatte Glück. Der Kellner hatte von einer Einrichtung namens Zi-kawei gehört, die sich in der Nähe der großen Kirche in Xijahui befinden sollte. Er wusste auch, dass es möglich war, sie zu besichtigen. Andere Gäste hatten ihm davon erzählt.

Hiro ließ sich mit dem Frühstück Zeit, denn er wusste, dass die meisten Geschäfte nicht vor neun Uhr öffnen würden. Er beobachtete die anderen Gäste, die inzwischen eingetroffen waren. Die meisten kamen zu zweit, auch ein paar Familien mit Kindern waren darunter. Er teilte die Paare in Gedanken ein. Da gab es welche, die sich fast ununterbrochen unterhielten. Andere schwiegen beim Essen, mit den Gedanken anderswo. Der Dämon war froh, mit niemand reden zu müssen.

Dann konnte er sich endlich auf die Suche nach passender Kleidung machen. Er stellte schnell fest, dass er für einen Chinesen recht groß war. Eine der Boutique-Besitzerinnen flirtete mit ihm. Lächelte ihn an, meinte, dass er bestimmt überall so groß gewachsen sei. Er ging auf ihre Scherze ein. Ja, natürlich, seine Füße seien auch sehr groß. Tatsächlich

SIEBZEHN: Hiro

verbesserte sich seine Laune. Auch die Ladeninhaberin freute sich, gleich mit dem ersten Kunden des Tages ein so gutes Geschäft gemacht zu haben. Hiro überlegte, ob er nach ihrer Telefonnummer fragen sollte, entschied sich dann aber doch dagegen. Er würde sich sowieso nicht mehr lange in dieser Stadt aufhalten. Er wusste noch nicht, wie sehr er sich irren sollte.

Der Bequemlichkeit halber nahm er für den Weg zur Bibliothek ein Taxi. Er wollte einen ordentlichen Eindruck machen. Der Tag war sowieso schon weiter fortgeschritten, als sein Plan es vorsah. Er nannte dem Taxifahrer die Adresse und versank in den gepolsterten Sitzen. Zwanzig Minuten später hielt der Fahrer an einer stark befahrenen Straße. Von einer Bibliothek, noch dazu einer alten, weit und breit keine Spur.

„Sie müssen noch ein paar Schritte laufen, sehen Sie, dort vorn, wo der Durchgang ist, da sind Sie richtig", erklärte ihm der Taxifahrer, der seinen skeptischen Blick bemerkt haben musste.

Der Dämon folgte der Anweisung, und tatsächlich fand er in einer Einfahrt rechterhand ein Hinweisschild zur Bibliothek Zi-ka-wei. Er hatte sich das Gebäude anders vorgestellt, vielleicht mehr wie die Moller-Villa, in der er wohnte. Doch zunächst musste er sich mit der chinesischen Bürokratie auseinandersetzen. Natürlich besaß er keinen Bibliotheksausweis der Shanghaier Stadtbücherei, nach dem ihn ein älterer Mann fragte, der sich als Wächter vorstellte. Der Ausweis könne man ihm hier nicht ausstellen, das sei nur in der in der Hauptfiliale möglich. Er versuchte, den Wächter mit ein paar Geldscheinen zu überzeugen, erntete aber lediglich einen bösen Blick.

Es half nichts, er musste erneut ein Taxi rufen, damit zur Zentralbücherei fahren und hoffen, dort den benötigten Aus-

SIEBZEHN: Hiro

weis zu bekommen. Die komplette Prozedur kostete ihn fünf Stunden. Zunächst musste er einen Bürokraten dazu bringen, ihm trotz fehlender Identifikation einen Bibliotheksausweis auszustellen. Zum Glück hatte wenigstens dieser Angestellte keine Skrupel, sein Gehalt etwas aufzubessern. Auf der Rückfahrt setzte dann auch noch die tägliche Rushhour ein, sodass er erst um fünf wieder an seinem ursprünglichen Ziel ankam. Erleichtert winkte er dem Wächter mit seinem frischen Ausweis. Er würde allerdings nur noch eine Stunde haben, bevor die Bibliothek schloss.

Hiro ließ sich von dem Wächter in den Lesesaal im ersten Stock führen. Eine Frau begrüßte ihn auf Chinesisch. Sie kümmere sich gern um seine Wünsche.

„Ich bin mir leider nicht so ganz sicher, was ich eigentlich suche", begann der Dämon. „Sie führen auch alte chinesische Zeitungen?"

„Ja, unser Archiv reicht einige Jahrhunderte zurück. Wir haben verschiedene Zeitungen aus den hintersten Provinzen Chinas, von denen es nirgendwo anders mehr eine Kopie gibt".

Hiro hörte den Stolz in der Stimme der Angestellten.

„Ich interessiere mich für Berichte von sonderbaren Ereignissen. Ich hoffe, das klingt nicht zu seltsam."

„Glauben Sie mir, wir konnten schon die skurrilsten Texte ausgraben. Erst neulich kam ein Mann hierher, der nach Meldungen über ungewöhnliche Häufungen von schwarzen Schmetterlingen suchte."

Der Dämon machte sich in Gedanken eine Notiz. „Und Sie konnten ihm helfen?"

„Versteht sich. Leider sind noch nicht all unsere Schriftstücke im Volltext erfasst, deshalb dauert es manchmal etwas

SIEBZEHN: Hiro

länger. Für die Schmetterlinge haben wir fast eine Woche gebraucht. Leider hat der Kunde dann nicht einmal die Ergebnisse abgeholt."

„So sehr in Eile bin ich nicht."

„Womit sollen wir denn beginnen?"

Hiro überlegte, wie er sein Ansinnen am besten formulierte, ohne zu viel zu verraten.

„Gibt es vielleicht Berichte, in denen sich Mathematiker oder auch ganz normale Menschen mit der Geometrie der Schattenbildung befassen?"

Die Frau überlegte kurz. „Sie meinen, in Form von Fachaufsätzen?"

„Ja, das auch", sagte Hiro, „aber vielleicht auch in einer Zeitung."

„Etwa die Hälfte unserer Bestände ist in Chinesisch verfasst, die andere Hälfte in Fremdsprachen. Haben Sie da irgendwelche Vorlieben?"

Hiro verneinte.

„Dann lassen Sie uns mit einer Stichwortsuche in den chinesischen Beständen beginnen. Wir können heute schon anfangen. Haben Sie morgen auch noch Zeit?"

„Ich nehme mir die Zeit, die wir brauchen."

„Sehr schön", sagte die Angestellte. „Bei den fremdsprachigen Beständen kann Ihnen dann morgen meine Kollegin weiterhelfen. Sie ist noch recht neu, hat aber einen erstaunlichen Spürsinn."

„Danke", sagte Hiro, der eigentlich noch etwas hinzufügen wollte. Sein Blick war der Handbewegung der chinesischen Angestellten gefolgt, die auf eine junge Frau in der Ecke des Raumes deutete, und er verstummte.

Er wusste, dass es unhöflich war, einen Gesprächspartner

SIEBZEHN: Hiro

nicht anzusehen. Er durchkreuzte gerade seinen eigenen Plan, möglichst unauffällig aufzutreten. Die junge Frau, offensichtlich aus dem Westen, schien an ihrem Platz vor sich hinzuträumen. Sie musste deutlich unter 20 sein. Ihre langen schwarzen Haare und die leicht mandelförmigen Augen gaben ihrem Gesicht eine asiatische Note. Trotzdem war sie eindeutig eine „Langnase", eine Ausländerin. Der Dämon musterte sie, bis es ihm schon selbst peinlich war. Dieses Bild der versonnen blickenden jungen Frau, von dem er sein Auge nicht wenden konnte, weckte etwas in ihm. Er konnte es nicht benennen, es war völlig neu. Es belebte ihn – und es machte ihm Angst.

ACHTZEHN: Es

Die Katze hatte ihm wieder über die Nase geleckt. Er musste niesen und schüttelte den Kopf. Diese Angewohnheit musste er ihr schleunigst abgewöhnen. Und überhaupt – wenn er sich recht erinnerte, mochten Katzen eigentlich keine Hunde. Die grundverschiedene Körpersprache sollte die Ursache sein, dass die beiden Tierarten sich nicht verstanden. Er wunderte sich, woher er dieses Wissen hatte. Er musste viel gelernt haben in der Vergangenheit, die seiner Erinnerung noch immer verschlossen blieb. Die Katze jedenfalls, die da gerade vor ihm stand, sah nicht nur völlig verwahrlost aus, sie war eindeutig nicht ganz normal.

Dass sie ihm, einem Hund, über die Nase geleckt hatte, mochte ja noch angehen. Sie war vermutlich dankbar für ihre Rettung und wollte dieses Gefühl irgendwie ausdrücken. Aber jetzt hatte sie mit Verrenkungen begonnen, die an Turnübungen erinnerten. Sie stand auf zwei Beinen und streckte gleichzeitig den linken Vorderfuß und das rechte Hinterbein aus. Er wunderte sich, dass die Katze dabei nicht das Gleichgewicht verlor. Dann wechselte sie die Seite und wiederholte die Übung. Sie legte sich auf den Rücken, um Kopf und Brust mit Schwung anzuheben, danach führte sie

ACHTZEHN: Es

die rechte Vorderpfote zum linken Hinterbein. Erneut ein Seitenwechsel. Und die nächste Übung. Staunend starrte er die Katze an, die sich davon jedoch nicht stören ließ. Sie hielt es auch nicht für nötig, irgendetwas zu erklären. Er bellte sie an, erhielt aber noch immer keine Reaktion. Ergeben legte er den Kopf auf die Vorderbeine. Er würde eben abwarten müssen, bis sie wieder bei Verstand war.

„Ich muss dir etwas zeigen", sagte die Katze schließlich.

Er war überrascht, sie sprechen zu hören. Dabei sollte er sich inzwischen eigentlich über nichts mehr wundern.

„Klar, worum geht es? Und warum gerade mir?"

„Du bist wie ich", sagte die Katze, „und du suchst nach Antworten."

„Ich wäre schon froh, die richtigen Fragen zu finden."

„Du hast Recht." Die Katze betrachte ihre Vorderpfote. „Für Antworten ist es zu früh."

Beide schwiegen.

„Ich weiß auch nicht, was ich damit anfangen soll", sagte die Katze schließlich. „Lass uns einfach losmarschieren."

Es kam wohl auch in Shanghai nicht oft vor, dass ein Hund und eine Katze einträchtig eine Straße entlang spazierten. Von den neugierigen Blicken ließen sich die beiden jedoch nicht stören. Die Katze lief zügig voran. Sie schien ein ganz bestimmtes Ziel zu haben. Er dagegen hatte längst die Orientierung verloren. Liefen sie vielleicht sogar im Kreis? Die Straßen kamen ihm bekannt vor, doch das konnte Zufall sein.

„Wir wollen zu den Yuyuan-Gärten", sagte die Katze, als sie seine zunehmende Verwirrung bemerkte. Er hatte bereits von dieser Anlage gehört, die zu den beliebtesten Sehenswürdigkeiten Shanghais gehörte. Die wachsende Zahl chinesischer

ACHTZEHN: Es

und ausländischer Touristen signalisierte, dass sie sich dem Ziel näherten. Sie mussten achtgeben, nicht von menschlichen Füßen getreten zu werden. Die Katze schlüpfte unter dem Drehkreuz durch, an dem die Touristen ihre Eintrittskarte vorzeigen mussten.

Der Hund war dafür etwas zu groß. Deshalb musste er sich einem Menschen anschließen. Er hoffte, ein nettes Exemplar zu finden, das vor der fremden Kreatur nicht erschrak. Instinktiv hielt er sich an ein 10-jähriges blondes Mädchen, das prompt versuchte, sein Fell zu streicheln. Die Mutter rief es zurück, sie befürchtete wohl, das Kind könne sich mit Krätze und anderen schlimmen Krankheiten anstecken. Egal, das Hindernis war jedenfalls überwunden. Die Katze blickte sich kurz um und setzte ihren Weg fort. An einer Baumgruppe blieb sie stehen.

„Sieh dich um und sag mir, ob dir etwas auffällt", sagte sie.

Der Architekt der Anlage hatte hier eine Art Gruppenbildnis geschaffen. Statt Personen bestand es aus drei Bäumen und zwei steinernen Stelen. Alles wirkte wie zufällig gewachsen. Wind und Wasser schienen die Steine geformt zu haben. Vögel mussten die Samen der Bäume genau so verteilt haben, dass sich heute ein harmonischer Eindruck ergab. Erst ein genauerer Blick offenbarte, dass jedes Detail fein arrangiert war. In der gesamten Anlage hatten die Erbauer nichts dem Zufall überlassen. Die Stelen waren ohne Mörtel aus Einzelteilen zusammengesetzt, die perfekt aufeinander passten. Die Bäume mussten Jahr um Jahr so beschnitten worden sein, dass ihr Wachstum das Bild nicht zerstörte. Ein Bonsai-Arrangement – aber in Lebensgröße.

Die Katze hatte Recht. Etwas stimmte hier nicht. Dem

ACHTZEHN: Es

Architekten war das kleine Wunder gelungen, mit drei Bäumen und zwei schweren Stein-Monumenten einen Eindruck von Leichtigkeit zu erzeugen. Doch eben diese Perfektion wurde getrübt. An den Stämmen der Bäume hatten sich Ausstülpungen gebildet, dunkelbraune Erhebungen, die wie Warzen aussahen. Er dachte zunächst an eine Krankheit, doch die Stelen wiesen ähnliche Symptome auf. Die glatte Oberfläche des Steins hatte sich verformt. Blasen hatten sich gebildet, die wie erstarrte Lava wirkten. Die Sonne über Shanghai konnte solche Temperaturen nicht erzeugen, die zu derartigen Veränderungen führten.

Auch der Geruch des Ensembles war ungewohnt. Die Hundenase hatte eine sehr genaue Erinnerung daran, wie diese spezielle Baumart riechen musste. Doch hier war ein Aroma von Verwesung hinzugekommen, ein Zerfallsprozess, äußerlich nicht wahrzunehmen. Von den Steinen hätte der Hund einen harten, trockenen Duft erwartet, der fast exakt ihrer Farbe entsprach. Der tatsächliche Farbton des Geruchs war jedoch weitaus dunkler, ein tiefes Schwarz. Er hatte das Bedürfnis, Bäume und Steine auszubellen. Lauerte irgendetwas darin? Nein, es war keinerlei Anwesenheit zu spüren. Es schien eher, als gehöre das Ensemble nicht mehr ganz zu dieser Welt. Als sei die menschliche Konstruktion im Begriff, in eine andere Dimension abzurutschen, von der die im Hundekörper untergekommene Seele nicht den Hauch einer Vorstellung hatte.

Die Parkverwaltung hatte ein Absperrband rund um die Baumgruppe gezogen. Offenbar hatten auch die Menschen diese Veränderungen bemerkt, ohne sich einen Reim darauf machen zu können. Besonders aufmerksam verfolgten sie die Vorgänge aber offensichtlich nicht. Als Hund und Katze die Yuyuan-Gärten weiter inspizierten, fanden sie noch viele ähnliche Erscheinungen. Die wenigsten waren irgendwie gekennzeichnet. Vielleicht hatten die Menschen die seltsamen Symptome auch dem allgemeinen Verfall zugeordnet und ihre Aufmerksamkeit dringenderen Problemen gewidmet.

„Ich muss dir noch etwas anderes zeigen", sagte die Katze.

NEUNZEHN: Hannah

Hannah lächelte dem Wächter zu, ehe sie die große Treppe hinauf in den ersten Stock der Bibliothek stieg. Es war erst ihr zweiter Arbeitstag, und doch fühlte sie sich im Lesesaal wohler als in ihrem eigenen Zimmer zuhause. Sie hatte die morgendliche Rushhour unterschätzt und war deshalb ein paar Minuten zu spät dran. Einige der Besucher von gestern saßen schon wieder an ihren Plätzen. Sie begrüßte sie wie alte Bekannte und versuchte, nach der Höhe des jeweiligen Buchstapels zu beurteilen, wie lange derjenige wohl heute noch in der Bücherei sitzen müsste. Sitzen darf, korrigierte sie sich selbst, und freute sich auf den Arbeitstag.

Ihre Kollegin Bao saß mit einem Chinesen an einem der Tische. Sie blätterten gemeinsam durch ein paar abgenutzte Zeitungsbände und unterhielten sich auf Mandarin. Hannah konnte dem Gespräch nicht folgen. Der Fremde schien sehr ernsthaft an chinesischer Geschichte interessiert, wozu sein jungenhaftes Äußeres nicht ganz passte. Hannah konnte nicht weiter darüber nachdenken, sie musste sich um einen neuen Besucher kümmern, ihren ersten Kunden heute.

Als es Zeit für die Mittagspause wurde, saß Bao immer noch mit dem Fremden über alte Zeitungen gebeugt. Hannah tippte Bao behutsam auf die Schulter, die bei der unverhofften Berührung erschrak und sich umdrehte.

„Dui bu qi, entschuldige", sagte Hannah, „ich wollte euch nicht stören."

Beim Klang ihrer Worte schaute der Fremde auf. Hannah war gar nicht aufgefallen, dass sie ihm die ganze Zeit ins Gesicht geblickt hatte. Jetzt fühlte sie sich wie ertappt und wollte die Augen niederschlagen. Doch es war zu spät. Der Blick des Fremden ruhte auf ihr, und sie hatte keine Chance, ihm zu entgehen. Sie sah in zwei dunkelbraune, fast schwarze Augen, deren Pupillen sich wegen des schummrigen Lichts im Lesesaal weit geöffnet hatten. Ein Tränenfilm bildete davor einen dünnen Vorhang. Hannah hätte nicht zu sagen vermocht, ob es ihre Tränen waren oder die des Fremden. Oder ob die Tränen überhaupt real waren.

Die Pupillen wirkten unnatürlich groß. Auf einer Urlaubsreise hatte Hannah im Geburtsort von Leonardo da Vinci eine Camera Obscura gesehen, auch Lochkamera genannt. Ein dunkler Raum mit einem kleinen Loch, durch das ein Bild der Außenwelt kopfüber an die Innenwand des Raumes geworfen wird. Als sie nun in die Augen des Fremden schaute, fühlte sie sich an diese uralte Konstruktion erinnert. Die Pupillen, die sich auf sie richteten, waren die Löcher der Camera Obscura. Aber nicht dahinter lag der dunkle Raum, in dem das Abbild der Außenwelt erzeugt wurde, sondern davor. Sie selbst, ihre ganze Welt, erschienen ihr wie die flache, kopfstehende Projektion einer viel umfassenderen Wirklichkeit, die sie hinter diesen Pupillen vorfinden würde.

Hannah wusste nicht, wie lange sie den Fremden auf diese Weise angestarrt hatte. Erst ein Räuspern ihrer Kollegin weckte sie. „Entschuldige, bitte." Sie bemühte sich um Fassung. „Ich

NEUNZEHN: Hannah

wollte nur fragen, was ich dir zum Essen bringen lassen soll."

Bao lächelte. „Frag den Lieferanten nach den gebratenen Nudeln vom Freitag, die waren gut. Würde ich dir auch empfehlen."

„Vielleicht ist ja unser Besucher hier auch hungrig?"

Bao verstand, dass sie Hannah den Klienten vorstellen sollte.

„Wenn Sie erlauben", sie sah erst Hannah an und dann den Fremden, „das ist meine Kollegin Hannah, und unser Gast heißt Hiro."

Der Mann nickte. Konnte oder wollte er nicht sprechen?

„Ihr werdet später sowieso noch miteinander zu tun haben. Hiro hat nämlich nicht nur Interesse an chinesischer Literatur, sondern auch an fremdsprachigen Quellen."

Hannah verabschiedete sich und ging zurück an ihren Arbeitsplatz. Die Atmosphäre im Lesesaal kam ihr nicht mehr so entspannend vor wie noch am Vormittag. Ihr schien, als braue sich in der Sommerluft ein Gewitter zusammen und der Raum sei von statischer Elektrizität erfüllt. Die feinen Härchen an ihren Armen hatten sich aufgestellt.

Am Nachmittag kam dann unweigerlich der Moment, den Hannah herbeigesehnt, vor dem sie sich aber auch gefürchtet hatte. Bao kam mit dem Fremden an ihren Tisch.

„So, wir wären jetzt fertig, du bist am Zug", sagte ihre Kollegin auf Englisch.

„Na dann." Hannahs Stimme klang rau. Sie ärgerte sich, dass ihr nichts Intelligenteres einfiel.

„Es freut mich, dass du mir bei meinen Recherchen helfen willst."

Der junge Chinese stieg überraschend schnell auf die fremde

NEUNZEHN: Hannah

Sprache um. Hannah konnte nicht beurteilen, wie gut er Mandarin sprach – flüssig war er darin ganz sicher –, doch Englisch beherrschte er, ohne dass ihr ein Akzent aufgefallen wäre. Das vertrauliche „du" hatte Hannah sich in Gedanken selbst so übersetzt, vielleicht einem inneren Wunsch entsprechend. Aber immerhin waren sie sich ja mit Vornamen vorgestellt worden.

„Deine Kollegin hat mir hier eine Liste zusammengestellt, Lektüre, die wir im Archiv finden. Sie meinte, du begleitest mich?"

Hannah dachte an ihren ersten Besuch in den Räumen, die sie so sehr an eine Kirche erinnert hatten.

„Ja, natürlich."

Sie ließ sich von Bao den Schlüssel geben, der an einem Stoffband hing. Auf der großen Terrasse tauchten sie in den Dunst der Stadt ein. Hannah steckte den Schlüssel ins Schloss, drehte ihn herum. Die Tür zum Archiv öffnete sich nicht. Sie probierte es erneut, nahm die Linke zur Hilfe. Bei ihrem Chef Li hatte sich das Schloss nicht derart gewehrt. Hannah wurde rot. Sie schwitzte. Noch ein Versuch. Dann legte ihr Begleiter seine rechte Hand auf ihre. Die Hand war groß, ihre Unterseite fühlte sich rau an. Sie hätte gern ihre Linke obenauf gelegt. Hannah dachte an das Spiel aus ihrer Kindheit, bei dem mehrere Personen abwechselnd immer schneller ihre Hände aufeinander platzieren. Diese Berührung fühlte sich ganz anders an. Nicht spielerisch. Bestimmt. Eine unglaubliche Kraft wohnte ihr inne. Hiro zog ihre Hand, die den Schlüssel hielt, kurz nach hinten, drehte sie nach rechts. Das Schloss gab nach, die Tür öffnete sich.

Hannah war froh, als sie die kalte Luft des klimatisierten Archivs auf ihrer Haut spürte. Sie musste regelrecht glühen,

NEUNZEHN: Hannah

so heiß fühlte sich ihr Gesicht an. Hannah schluckte den Kloß hinunter, der sich in ihrer Kehle gebildet hatte.

„Da sind wir", brachte sie mit noch immer belegter Stimme heraus.

Ihre Beine waren schwach, sie glaubte zu schwanken. Doch die soliden Bücherregale gaben ihr wieder Kraft. Sie standen seit vielen Jahren hier, ohne unter der Last der schweren Bände nachzugeben. Sie knipste das Licht an und schaute auf die Liste, die Bao am Computer ausgedruckt hatte. Die Bücher waren leicht zu finden, es herrschte eine vorbildliche Ordnung. Sie lief voraus. Plötzlich fühlte sie sich wieder leichtfüßig. Sie holte die gesuchten Bände aus dem Regal, lud sie Hiro auf, der mit beiden Armen eine Art Bauchladen gebildet hatte. Sieben schwere Sammelbände vorwiegend mit alten Zeitungen, doch er schien das Gewicht nicht zu spüren. Hannah ertappte sich dabei, wie sie seine Muskeln taxierte, die sich unter dem Hemd abzeichneten.

Die restlichen Bücher auf der Liste würden sie aus dem Untergeschoss holen müssen, das auf chinesische Art eingerichtet war. Schade, dachte Hannah, als sie merkte, dass die Tür dorthin nicht abgeschlossen war. Hiro hatte die bereits gesammelten Bücher oben auf einem Tisch abgelegt. Hannah betätigte den Lichtschalter. Das Untergeschoss war nur schummrig beleuchtet, das sollte wohl die Bücher schonen. Die Wendeltreppe nach unten war so eng, dass sie die nächste Stufe immer mit dem rechten Fuß zuerst betrat. Treppen hatte sie schon als kleines Kind gehasst, vor allem, wenn sie hinabsteigen sollte. Sie erinnerte sich, dass sie fast bis zur Schulzeit solche Angst vor dem Stolpern hatte, dass sie jede Treppe mit rechts voraus heruntergegangen war. Hiro musste sie für ängstlich halten, wenn sie es nun genauso machte.

NEUNZEHN: Hannah

In Gedanken war sie bereits beim ersten Regal. Die Ordnung hier unten war ihr weniger vertraut, eigentlich war das Baos Revier. So entging ihr, dass die letzte Stufe höher war als die anderen. Nicht viel, doch der Schreck, den Fußboden nicht in der erwarteten Höhe vorzufinden, ließ sie stolpern. Hannah wäre gestürzt, hätte Hiro sie nicht festgehalten.

„Langsam, Hannah", sagte er.

Ihr gefiel, wie er ihren Vornamen aussprach. Er hauchte das „h" fast wie ein Franzose. So klang ihr Name viel weicher als mit dem deutschen H. Leider war die Treppe zu Ende, sodass sie nicht noch einmal stolpern konnte. Sie sah sich nach ihm um. Durch die indirekte Beleuchtung wirkte sein Gesicht geheimnisvoll. Schatten spielten um seine Züge. Er wirkte weich und hart zugleich. Erfahren und kindlich naiv. Er lächelte nicht. Seine Augen hatte er leicht zusammengekniffen, eine Furche lief über seine Stirn. Machte er sich etwa Sorgen um sie? Hannah lächelte ihm zu. Dann merkte sie, dass seine Hand noch immer ihre Schulter hielt.

Hiro trat noch einen Schritt näher. „Hier unten sind wir ungestört."

Hannah wollte diesen Satz gern als Versprechen verstehen, doch unwillkürlich bemerkte sie, dass darin ein drohender Unterton mitschwang. Ihr Herz schlug schneller.

„Am besten erkläre ich dir erst einmal, worum es mir geht. Ich bin auf der Suche nach Berichten aus der Vergangenheit, die in bestimmter Weise seltsam klingen."

„Aha." Hiros Gesicht war ihr nun so nah, dass sie seinen Atem auf ihren feuchten Wangen spürte. Er flüsterte beinahe.

„Ja, ich weiß, das klingt natürlich merkwürdig. Ich kann es dir leider nicht genauer beschreiben. Ich will dich nicht in

NEUNZEHN: Hannah

irgendetwas hineinziehen, das ich selbst noch nicht verstanden habe."

Er hielt sie für ein Kind, schon klar.

„Und von dem ich selbst noch nicht überzeugt bin, dass ich ihm gewachsen sein werde", ergänzte er. „Am besten, wir fangen mit dem einzigen Sachverhalt an, über den ich ein bisschen mehr weiß. Mit den Schatten."

Hannahs Neugier war geweckt. Mochte Hiro sie ruhig für ein Kind halten. Mit Schatten hatte sie ihre eigenen Erfahrungen.

„Es soll Zeiten gegeben haben, da verhielten sich die Schatten nicht so, wie man es von ihnen erwarten würde", sagte Hiro. „Ich hoffe, dass wir Berichte über solche Phänomene ausfindig machen können."

„Und dann?"

„Dann sehen wir uns an, was in diesen Zeiten sonst noch passiert ist."

„Darf ich fragen, wozu?"

Hannah fand, dass sie ein wenig mehr Aufklärung verdient hätte. Die Antwort würde ihr verraten, wie weit dieser Mann ihr vertraute, den sie so gern näher kennenlernen wollte.

Er druckste herum. „Ich habe meine Gründe."

Sie hatte es befürchtet. Deshalb ging sie nun zum Gegenangriff über. „Ich weiß, warum du ausgerechnet nach Berichten über Schatten suchst."

Er sah sie aufmerksam an.

„Ich habe sie vermessen. Sie sind kürzer, als sie eigentlich sein müssten."

Jetzt war er sichtlich überrascht, schwieg aber noch immer.

„Ich glaube, du willst herausfinden, was da passiert. Warum

es passiert und vielleicht sogar, ob es notwendig ist, etwas dagegen zu tun."

Es waren lediglich Vermutungen, um ihn in die Enge zu treiben. Sie sah jedoch seinem Gesicht an, dass sie an der richtigen Stelle bohrte.

„Wahrscheinlich hat dich irgendjemand geschickt. Du gehst so planmäßig vor, nicht wie jemand, der nur zufällig auf ein interessantes Phänomen gestoßen ist."

An einem leichten Zucken seiner Lider bemerkte sie, dass sie ins Schwarze getroffen hatte. Sie hatte sich die ganze Zeit bemüht, ihm nicht direkt in die Augen zu sehen, dabei aber trotzdem sein Gesicht zu beobachten.

„Willst du mir nicht einfach alles erzählen?"

ZWANZIG: Hiro

Hiro war hin und her gerissen. Er würde nichts lieber tun als ein Geheimnis, sein Geheimnis, mit dieser jungen Frau zu teilen. Und doch hatte er Angst um sie, aus mehreren Gründen. Den ersten hatte er ihr schon genannt. Er wusste gar nicht, auf was oder wen er sich gerade einließ. Er hatte einen Auftrag. Erfüllte er ihn nicht, würde er sterben, ansonsten konnte er in seine Welt zurückkehren. Zwar besäße er dann bestenfalls ein ganzes Stück mehr Macht, doch im Grunde würde sich nicht viel ändern.

Hiro hatte seinen Glauben an den Sinn irgendeiner Existenz vor langer Zeit aufgegeben. Er erinnerte sich noch genau daran. Er hatte in seinem ersten, seinem eigenen Körper gelebt und noch viele Jahre in diesem Körper vor sich gehabt. Doch eines Tages, er stand am Ufer des großen Flusses, der damals Shanghai noch nicht in eine alte und eine moderne Hälfte teilte, war ihm ein Gedanke in den Sinn gekommen: Es ist egal, ob ich sterbe oder lebe. Der Satz war von entspannender, ja befreiender Wirkung und wuchs von einer vagen Idee zu einer festen Überzeugung. Tatsächlich hatte dieser Glaube ihm geholfen, in seiner Dämonenexistenz Macht anzuhäufen. Nur wenige setzten sich wie er mit ihrem gesamten Ich für eine Sache ein. Wer an seiner Existenz hing, versuchte, nur für den Notfall, irgendwo im hintersten Winkel eine kleine Reserve zu verstecken. Das verschaffte Hiro oft den entscheidenden Vorteil.

Bei dieser Aufgabe jedoch, zunächst nur ein Auftrag des Oberen, war ein Mensch ins Spiel gekommen, der seinen Glauben nicht teilte. Hiro fragte sich, ob das sein eigentlicher Grund war, die junge Frau nicht einzuweihen, und er musste sich eingestehen, dass er sich selbst betrog. Er wollte nicht, dass Hannah etwas passierte. Er konnte nicht für seine eigene Existenz garantieren, wie sollte er da für diesen Menschen einstehen? Und es gab einen weiteren Grund, Abstand zu halten. Er war ein Dämon. Er hatte viele Wesen getötet. Zwar nie grundlos, aber stets absolut gewissenlos. Was notwendig war, musste getan werden. Wie würde er handeln, sollte die Aufgabe den Tod Hannahs notwendig erscheinen lassen?

„Jetzt sag schon etwas", holte ihn Hannahs Stimme aus seiner Grübelei.

Er schaute ihr ins Gesicht. Versuchte, sich mit Hilfe der Logik zu entscheiden. Wenn seine Existenz sowieso gleichgültig war, konnte er auch sein eigenes Versagen riskieren, indem er bestimmte Optionen von vornherein ausschloss, etwa die Möglichkeit, die Mitwisserin zu töten. Er war froh, eine so klare Schlussfolgerung gezogen zu haben. Als er Hannah antwortete, wusste er allerdings, dass diese Entscheidung nicht sein Verstand gefällt hatte.

„Gut. Du musst mir versprechen, niemandem zu erzählen, was ich dir jetzt verrate."

Sie setzten sich auf zwei Korbstühle, ohne auf die Staubschicht zu achten, die sich darauf angesammelt hatte.

„Du musst wissen, dass ich anders bin als du", sagte Hiro. „Ich bin das, was ihr Menschen einen Dämon nennt."

ZWANZIG: Hiro

Er musterte die junge Frau, bevor er weitersprach. Sie schien ganz gefasst zu sein. Er wusste, dass die meisten Menschen schon ängstlich reagierten, wenn man das Wort nur erwähnte.

„Wo lebst du?", fragte Hannah stattdessen.

„Das ist schwer zu erklären. Du lebst in Shanghai."

Er zeichnete die chinesischen Zeichen Shang 上 und Hai 海 auf ihre Handfläche. Hannahs Haut fühlte sich warm und weich an. Hiro sah, wie ihr Unterarm eine Gänsehaut bekam. Und erschrak dabei.

„Shang meint ‚oben', und Hai heißt ‚die See'. Shanghai ist also ungefähr die ‚obere See' oder ‚oberhalb des Meeres'. Daneben gibt es aber noch eine andere Welt. Wobei du ‚daneben' nicht wörtlich nehmen darfst. Stell es dir lieber wie die Symbole Yin und Yang vor."

Sein Finger fuhr erneut über ihre Handfläche. Sie lächelte, vielleicht war sie ein wenig kitzlig.

„Das sind die chinesischen Zeichen Xia 下 und Di 地. Sie stehen für ‚unten' und ‚Erde'. Xiadi, das ist der Name meiner Welt. Aber wie gesagt, ihr Menschen hättet uns mit euren Bohrungen schon längst gefunden, läge unsere Welt wirklich unter der euren."

„Sehen alle Dämonen aus wie du?"

Hannahs Frage war berechtigt. Er hoffte, dass sie ihn ob seiner Antwort nicht verurteilen würde.

„In unserer Welt brauche ich keinen Körper. Wenn ich zu euch kommen will, muss ich einen menschlichen Körper in Besitz nehmen. Ja, das heißt, ich muss einen Menschen töten. Ich kann mir den Körper nicht für längere Zeit mit einem Menschen teilen. Das würde die menschliche Seele nicht verkraften. Der Mensch würde wahnsinnig. Deshalb tötete ich den Besitzer dieses Körpers lieber gleich. Es ist schonender."

Dass Hannah nach diesem Geständnis immer noch neben ihm saß, nahm er als gutes Zeichen.

"Was ist mit der Seele des Menschen passiert, dessen Körper du besitzt?"

"Ehrlich gesagt, ich weiß es nicht. Als ich diesen Körper übernahm, war der Mann bewusstlos, das heißt, seine Seele hatte sich bereits aus dem Körper entfernt."

Hannah war nicht anzumerken, was sie dachte. Sie schaute ihn nicht mehr an, saß kerzengerade auf ihrem Stuhl. Die Beine hatte sie geschlossen, die Füße zeigten in Richtung Ausgang. Sie hatte die Arme vor der Brust verschränkt und die Schultern zusammengezogen, als friere sie. Aber sie saß noch dort, war nicht geflüchtet vor dem Monstrum, als das er ihr vielleicht erschien.

"Ich weiß, das ist schwer zu verdauen. Aber ich habe deine Frage noch nicht beantwortet."

Hannah nickte. Er bemerkte, dass sie die Augen geschlossen hatte.

"Man hat mich geschickt, um herauszufinden, was hier gerade passiert. Die Veränderungen, die unter anderem zu den kürzeren Schatten führen, haben auch in meiner Welt Konsequenzen. Es klingt vielleicht seltsam, aber unsere Welten scheinen sich ähnlicher zu werden."

EINUNDZWANZIG: Großmutter

Klappernd schloss sich die Fahrstuhltür hinter ihr. Der Raum, den sie gerade betreten hatte, roch muffig. Er war von einem winzigen, vergitterten Fenster erhellt, durch dessen schmutziges Glas kaum Licht fiel. Sie drückte den Schalter, doch die Lampe an der Decke blieb dunkel. Da hatte wohl wieder jemand die Glühlampe gestohlen. Sie ärgerte sich. Mit ihren 94 Jahren war ihr Sehvermögen sowieso schon getrübt. Und irgendein Nichtsnutz hatte nichts Besseres zu tun, als dauernd im Keller die Glühbirnen herauszuschrauben. Gnade diesem Kerl, wenn sie ihn erwischte...

Sie musste über sich selbst lächeln. Aber mit ihrem Krückstock verprügeln würde sie den Dieb ganz bestimmt. Es hatte mal eine Zeit gegeben, da sie jedem Gegner ebenbürtig gewesen war. So ein Stock, richtig geführt, konnte eine tödliche Waffe sein. Nur war dazu auch ein Mindestmaß an Beweglichkeit und Kraft nötig, die sie in ihrem Alter längst nicht mehr aufbrachte. Sie bedauerte es jedoch nicht. Jedes Alter hatte seine Vorzüge. Sie litt heute zum Beispiel nicht mehr unter der Ungeduld, die sie früher geplagt hatte. Sie konnte jeden Tag auf sich zukommen lassen, ohne etwas Bestimmtes zu erwarten. Sie hatte auch keine Angst mehr vor

EINUNDZWANZIG: Großmutter

dem Verfall. Ihr Körper konnte ihr kaum noch unangenehme Überraschungen bereiten. Schönheit war kein Wert mehr, der sie interessierte.

Dafür war sie stolz auf ihren Verstand. Wenn ihr wüsstet, dachte sie oft und lachte in sich hinein, wie wehrhaft man auch mit 94 noch sein kann! Ein Gegner würde gar nicht merken, in welcher Gefahr er sich befand, und dann wäre es auch schon um ihn geschehen. Sie gestand sich ein, dass ihre Faszination für die Technik des Tötens mit dem Alter nicht abgenommen hatte, im Gegenteil. Nein, ganz normal war sie sicher nicht, obwohl jeder sie für eine harmlose Alte halten musste.

Sie schlurfte die Kellergänge entlang. Hier hatte lange niemand mehr geputzt. Den meisten Bewohnern des Hauses dienten die winzigen Kellerabteile als Abstellräume. Was hier lagerte, war in der Welt oben meist schon vergessen. Kaum jemand setzte seinen Fuß in dieses Labyrinth. Höchstens mal ein paar Kinder, die sich gruseln wollten und mit Taschenlampen auf Expedition gingen. Sie hatte sich einen Spaß daraus gemacht, die allzu Neugierigen zu erschrecken. Deshalb ging das Gerücht um, das Kellergeschoss sei von Geistern bevölkert. Ihr war das nur recht, so hatte sie ihre Ruhe.

Endlich erreichte sie ihr Ziel, eine Holztür, die anders als die meisten anderen Türen hier unten keine Risse aufwies. Das Schloss unter der Klinke, sie hatte es selbst installiert, war nur Tarnung. Wer versuchte, es mit einem Dietrich zu knacken, würde sich eine schmerzhafte Verletzung zuziehen. Sie nahm ihr Handy aus der Hosentasche und tippte eine SMS ein. Ein Klacken, und die Tür öffnete sich. Als sie vor ein paar Jahren gemerkt hatte, dass das Telefon auch hier unten ein Netz fand, war sie auf diese Idee gekommen. Technik hatte sie schon immer fasziniert. Mit einer anderen

EINUNDZWANZIG: Großmutter

SMS konnte sie die Ergebnisse ihrer Arbeit auch in Sekundenschnelle pulverisieren – für den Fall, dass ihr jemals ein Mensch auf die Schliche kommen sollte.

Sie trat ein und schloss die Tür. Das Licht schaltete sich automatisch an. Hier würde niemand die Lampen klauen. Ihr Kellerabteil war doppelt so groß wie das ihrer Nachbarn. Vor einiger Zeit hatte sie einem anderen Mieter seines abgekauft, nicht für Geld, sondern für eine kleine Dienstleistung. Der Mann hatte ihr nicht nur seinen Keller überlassen, sondern war ihr seitdem fast aufdringlich dankbar.

Die alte Frau betrachtete ihr Arsenal. An der linken Wand waren verschiedenste Chemikalien in Fläschchen aufgereiht, die wie eine Armee von Zinnsoldaten wirkten. Rechts war Platz für die Elektronik. Sie hatte zunächst mit einfachen Schaltkreisen angefangen, als diese noch schwer zu bekommen waren. Hatte aus Transistoren, Widerständen und Spulen Schaltungen gelötet, die sich etwa als Fernzünder oder zur Zeitsteuerung eigneten. Doch diese Zeit war vorbei, sie bewahrte die Sachen eher aus Sentimentalität auf. Oder für den Fall, dass ihr junger Hacker-Freund sie irgendwann im Stich lassen sollte. Menschen hatten nun mal leider die unangenehme Eigenschaft, einfach wegzusterben, wegen einer Krankheit oder auch aus Altersschwäche. Der Hacker, der in ihrem Auftrag Software für die Standard-Elektronik-Module schrieb, die ihre selbst gelöteten Schaltungen abgelöst hatten, war immerhin auch schon weit über 60. Ein Ingenieur in Rente. Er hatte in einer der Fabriken gearbeitet, die iPhones und Fernseher für die ganze Welt herstellten. Auch er war ihr wegen einer Dienstleistung zu Dank verpflichtet. Außerdem hatte sie den Verdacht, dass er ein wenig in sie verschossen war. Die Welt ist töricht, dachte sie. Und nahm sich selbst dabei nicht aus.

EINUNDZWANZIG: Großmutter

Zu ihrem aktuellen Projekt hatte sie ein Kinothriller angeregt. Darin hatte ein Verbrecher mit einer Sprengladung ein Auto in die Luft gejagt. Allerdings hatte es so ausgesehen, als sei die Bombe auf der Straße deponiert gewesen und dann ferngezündet worden. In Wirklichkeit hatte sie sich die ganze Zeit unter dem Auto befunden. Als das im Wagen sitzende Ziel ein Telefongespräch annahm, löste sich die Ladung vom Fahrzeugboden und explodierte, sobald sie auf den Asphalt traf. Das Konzept war der alten Frau interessant erschienen. Eine hübsche Kombination verschiedener Herausforderungen.

Sie besaß alle nötigen Komponenten. Mit dem in diesem Kellerabteil gelagerten Sprengstoff könnte sie leicht das komplette Hochhaus dem Erdboden gleichmachen. Einer ihrer Schwiegersöhne hatte ihr die verschiedenen Varianten besorgt, TNT und Plastiksprengstoff, aber sie war auch in der Lage, aus Chemikalien ganz spezielle Sorten herzustellen. Die Elektronik-Module waren heutzutage Alleskönner, sie brauchte nur die richtige Software und die passenden Sensoren. Außerdem musste sie einen Mechanismus zusammenlöten, der die Ladung bis zum entscheidenden Moment am Wagenboden hielt. Sie hatte zwischen einem Elektromagneten und einer rein mechanischen Lösung geschwankt. Der Magnet wäre zwar einfacher anzusteuern, brauchte aber wohl zu viel Energie, deshalb war sie auf eine Klammer umgeschwenkt, die von einem Glühdraht an Ort und Stelle gehalten wurde. Um die Ladung zu lösen, musste ein Stromstoß den Draht schmelzen lassen.

Es sah nicht so aus, als würde sie ihre Konstruktion je benötigen. Wichtig war ihr nur die Herausforderung. Ein bisschen bedauerte sie es allerdings doch, dass sie nie sehen würde, ob ihre Ideen tatsächlich funktionierten. Sie hatte nicht nur Bomben gebaut, sondern auch Fallen für kleine, mittlere und

EINUNDZWANZIG: Großmutter

große Tiere. Dieses Hochhaus war das einzige in der Stadt, in dessen Keller keine Mäuse und Ratten mehr lebten.

Sie setzte sich auf den drehbaren Hocker. Ihre Knie waren auch nicht mehr die besten. Das lag aber nicht am Alter. Man hatte ihr einst die Kniescheiben zerschlagen. Damals hatte sie gelernt, wozu Menschen fähig waren. Doch jetzt war nicht die Zeit, darüber nachzudenken. Sie ließ ihre Erinnerung lieber noch ein paar Jahre zurückwandern. Dachte an die Tochter des Dorfvorstehers, die sie gewesen war. Ihr Vater hatte das Feng Shui studiert. Er konnte den Menschen sagen, wo ihre Seelen ruhig schlafen würden, beriet sie beim Bau ihrer Häuser und half ihnen, die Namen ihrer Kinder auszusuchen. Er kannte die obere Welt und die untere. Solange er konnte, hatte er mit ihr, der Ältesten, viel von seinem Wissen geteilt. Dann hatte das alte Wissen nichts mehr gegolten. Ihr Vater wäre vermutlich auch bald gestorben, wenn ihn die aufgeputschten Massen nicht gesteinigt hätten.

Ihr Handy vibrierte. Die Enkeltochter war auf dem Heimweg. Sie musste wieder nach oben.

ZWEIUNDZWANZIG: Hannah

Das hast du nun davon, dachte Hannah, hast gefragt und eine Antwort bekommen. Sie fühlte sich völlig ruhig, und das wunderte sie. Der Mann neben ihr hatte ihr eine total unglaubliche Geschichte erzählt. Sie hatte noch nie an irgendwelche Mächte geglaubt. Selbst dem Weihnachtsmann war sie als Kind mit Skepsis begegnet. Wer immer den in ihrer Familie gespielt hatte, musste damit rechnen, von der kleinen Hannah energisch befragt zu werden, woher er kam und wer er in Wirklichkeit war. Und jetzt: ein Dämon?

Hannah öffnete die Augen. Sie überlegte, ob sie vielleicht zu weit gegangen war. Diese Art von Wahrheit hatte sie gar nicht hören wollen. Musste das Leben immer so ungerecht sein? Konnte da nicht ein ganz normaler Student neben ihr sitzen, der vielleicht heimlich aufrührerische Texte schrieb? Warum wollte sie ausgerechnet diesen Hiro näher kennenlernen? Was machte diese Anziehungskraft aus, die sie bei jeder seiner Berührungen gespürt hatte?

Noch immer vermied sie, in seine Augen zu schauen. Sie wusste, dass er jetzt auf ein Wort von ihr wartete. Angespannt saß er auf seinem Korbstuhl. Sie betrachtete ihn genau. Er hatte wegen der Tageshitze die Ärmel seines Hemds hochge-

ZWEIUNDZWANZIG: Hannah

krempelt. Auf den muskulösen Armen waren Tattoos zu sehen, deren Bedeutung sie nicht auf Anhieb erfasste. Er trug einen Dreitagebart. Seine Augen (Vorsicht, nicht hinsehen, dachte sie) blickten trotzig, ein Eindruck, den das ausgeprägte Kinn noch verstärkte. Trotzdem wirkte er wie ein großer Junge. Er strahlte keine Gefahr aus. Aber musste dieses Gefühl nicht täuschen?

Wer war es überhaupt, den sie da ansah? Sie löste ihre vor der Brust verschränkten Arme, lockerte ihre Schultern. Ein Dämon in einem geliehenen Körper, behauptete er. Doch was hieß das genau? Saß da ein junger Mann neben ihr, ein böses Wesen – oder beides? Und vor allem: Wem hatte sie in die Augen gesehen? Was sie dort erkannt hatte, da war Hannah sicher, war auf keinen Fall von böser Natur. Es hatte ihre Seele berührt.

Hannah lächelte. Sie malte sich aus, wie sie Hiro ihren Eltern vorstellen würde. Hallo Dad, das ist Hiro, ein Dämon. Er kommt aus Xiadi und rettet gerade die Welt. Ich helfe ihm dabei. Na, hoffentlich schafft ihr das bis zum Ferienende, antwortete ihr Vater in ihrer Vorstellung, ihre Schwester zog ein neidisches Gesicht und ihre Mutter umarmte Hiro wie einen Sohn. Jaja, dachte Hannah, du bist mal wieder mit den Gedanken der Zeit voraus. Jetzt musste sie erst einmal eine Antwort formulieren.

„Interessant", sagte sie vorsichtig, und in diesem Moment fiel ihr die passende Reaktion ein. „Nehmen wir an, ich würde dir glauben. Dann stellt sich mir die Frage: Welche Rolle ist denn für mich in dieser Geschichte vorgesehen?"

Richtig so. Wenn ihr Leben schon eine unverhoffte Wendung nehmen sollte, dann mit allen Konsequenzen. Sie spürte auf einmal die Chance, ihrem Leben einen Sinn zu geben. Ein schönes, ein ehrenhaftes Motiv, dachte sie. Sollte ich je einen Roman über mich schreiben, dann werde ich meine wildeste Entscheidung genau so begründen. Hannah merkte, dass sie sich damit selbst von einer anderen Tatsache ablenken wollte, die ihrem Verstand überhaupt nicht behagte: Sie würde viel Zeit mit Hiro verbringen dürfen, wenn sie diese Chance ergriff.

„Du könntest mir bei der Suche nach den Informationen helfen. Den Rest erledige ich dann schon."

Klar, dachte Hannah. Das ist nichts für kleine Mädchen. Nur harte Männer dürfen die Welt retten.

„Tut mir leid, aber auf so eine Nebenrolle lasse ich mich nicht ein. Du kannst gern meine Hilfe haben, aber dann will ich auch in alles eingeweiht sein."

Hiro antwortete nicht. Er schien mit sich zu kämpfen.

„Du brauchst vermutlich jede Hilfe, die du bekommen kannst."

Hannah versuchte, ihm mit ihrem entschlossenen Gesicht zu zeigen, dass sie auf jeden Fall hart bleiben würde. Natürlich bestand die Gefahr, dass er sich dann von jemand anderem helfen lassen würde. Doch ihre Kollegin Bao wäre bei den fremdsprachigen Medien für ihn kaum von Nutzen.

„Gut", sagte Hiro schließlich. „Ich werde dich über alles, was ich erfahre, auf dem Laufenden halten. Und wenn du helfen kannst, ohne dich in Gefahr zu bringen, nehme ich dein Angebot gern an."

Mehr würde sie im Moment nicht erreichen können, das war Hannah klar, und sie war sehr zufrieden damit. Sie hatte so eine Ahnung, dass Hiro eher früher als später seine Einschränkung widerrufen würde. Es war nicht so, dass sie sich gern in Gefahr begab. Aber sie brauchte und wollte weder

ZWEIUNDZWANZIG: Hannah

einen Beschützer noch jemanden, der sie bevormundete. Davon hatte sie zuhause genug.

„Dann lass uns mit der Suche beginnen", sagte Hannah.

Zunächst brauchten sie dazu den Computer, der im Lesesaal stand. Es gab zwar kein Volltextarchiv der Bestände, aber die Stichwortsuche war brauchbar. Sie begannen, wie es Hiro vorgeschlagen hatte, mit den Schatten. Die Arbeit war überraschend einfach, denn das Suchprogramm verblüffte sie mit seinen Fähigkeiten. Als sie es mit den passenden englischen und lateinischen Begriffen fütterten, schlug es von sich aus Fundstellen aus früheren Suchvorgängen vor.

„Ah, der Mann, von dem ich meine Informationen habe", erklärte Hiro das Phänomen, „er war wirklich schon hier."

Sie ließen sich die ersten Verweise ausdrucken. Die Quellen konzentrierten sich auf zwei Zeitabschnitte, auf die 30-er des vorigen Jahrhunderts und die Zeit um 1750. Sie beschlossen, sich zunächst um das zwanzigste Jahrhundert zu kümmern. Dafür lagen die meisten Quellen in englischer Sprache vor, sodass sie sich die Lektüre teilen konnten. Hannah trug weitere Zeitungsbände aus dem Archiv zusammen. Erneut stellten sie fest, dass ihnen schon jemand zuvorgekommen war, denn die Staubschicht fehlte, die sich auf den Nachbarexemplaren angesammelt hatte.

Tatsächlich war auch damals schon einigen Experten aufgefallen, dass sich die Geometrie der Schatten verändert hatte. Entsprechende Berichte fanden sich allerdings nur in Blättern aus der Region Shanghai. Weiter waren diese Nachrichten nie verbreitet worden. Sie hatten die internationalen Medien wohl ungefähr so interessiert wie der sprichwörtliche Sack Reis. Welche Gemeinsamkeiten gab es mit dem, was gerade passierte? Auffällig war vor allem eines: Im geschäftlichen

ZWEIUNDZWANZIG: Hannah

Gefüge der Großstadt war es damals zu überraschenden Veränderungen gekommen.

Ein von allen nur „großer Gangster Wu" genannter Chinese hatte zu jener Zeit die Unterwelt beherrscht. Er hatte sich das erste Hochhaus der Stadt bauen lassen, als erster einen gläsernen Außen-Aufzug installiert. Er besaß stets mehrere Freundinnen gleichzeitig. Die Bilder der jeweiligen Favoritinnen wurden sogar in der Zeitung abgedruckt. Seine Exzesse in teuren Restaurants waren ebenso berüchtigt wie die in Drogenhöhlen. Gekauft hatte er nicht nur Stadträte und Reporter, sondern auch die Polizei. Doch seine Zeit war schneller vorüber, als er es wohl selbst für möglich gehalten hatte. Ende 1934 räumte er, für alle überraschend, das Feld und zog sich mit einer einzigen Frau in ein Landhaus in der Provinz zurück. Er sollte nie zurückkehren.

An seiner Stelle regierte die Stadt plötzlich ein Mann aus dem Untergrund, dessen Namen niemand je zuvor gehört hatte. Ein Emporkömmling, dachten die meisten seiner Geschäftspartner, bis er ihnen auf meist brutale Weise seine Macht demonstrierte. Der Neue führte eine so strikte Herrschaft, dass niemand es wagte, sich gegen ihn aufzulehnen. Es gab keine kleinen Verbrechersyndikate neben dem seinen mehr, dadurch kehrte sogar so etwas wie Ordnung ein, weil auch die Verteilungskämpfe beendet waren. So hatten die Politiker gleich etwas, das sie als ihr Verdienst ausgeben konnten. Im Grunde wusste allerdings jeder Einwohner, wer in Shanghai tatsächlich die Fäden zog.

Gegen den Lauf der Weltgeschichte konnte allerdings auch dieser geheimnisvolle Mensch (dessen echter Name nie bekannt wurde) nichts ausrichten. Als die Japaner die Stadt okkupierten, hieß es, habe er noch mit ihnen zu kooperieren versucht.

ZWEIUNDZWANZIG: Hannah

Doch nach dem Weltkrieg, Maos Kommunisten-Armee rückte schon auf die Stadt vor, war der Gangsterchef irgendwann einfach verschwunden.

Hiro erzählte Hannah, dass ihm sein Informant von einem gewissen Anthony Leung berichtet hatte, mit seiner General Trading Co. angeblich der neue Stern an Shanghais Unternehmerhimmel. Unglaublich reich – und damit enorm mächtig. Auch er war aus dem Nichts aufgetaucht und hatte Firma um Firma aufgekauft. Inzwischen regierte er wohl auch die städtische Unterwelt, die trotz der kommunistischen Herrschaft nie ganz verschwunden war. Der Informant jedenfalls gehörte ganz sicher zu den halblegalen Elementen, die an der staatlichen Ordnung vorbei lebten. Was in diesem Fall nicht mehr ganz korrekt war.

Sie mussten also irgendwie an Herrn Leung herankommen, so viel war klar. Hiro berichtete Hannah auch, dass sein Auftrag die Begriffe „Strafe" und „Risse" enthalten hatte. Vielleicht hatte der neue Starunternehmer gewisse Regeln verletzt? Bei der Lektüre der alten Zeitungen entdeckten sie etwas, das zum Thema „Risse" passte: Schon damals waren den Menschen seltsame Veränderungen an Pflanzen und unbelebter Natur aufgefallen. Die Dinge hatten ihre Form und Struktur verändert, als liefen in ihrem Inneren merkwürdige Vorgänge ab. Hannah hatte allerdings den Verdacht, dass die Zeitungsschreiber damals nicht alles veröffentlicht hatten, was sie wussten. Vielleicht, weil ihnen manches einfach zu unglaublich erschienen war. Sie selbst würde von Hiros Geständnis auch niemandem berichten – geschweige denn einen Zeitungsartikel darüber verfassen. Konnte es ihnen gelingen, einen Zeitzeugen ausfindig zu machen?

Hannah dachte daran, was Bao über ihre kleine Familie

ZWEIUNDZWANZIG: Hannah

erzählt hatte. Wie alt mochte die Großmutter sein, die mit in dem Mini-Haushalt lebte? Vielleicht konnte sie aus eigener Anschauung aus der alten Zeit berichten? Allzu große Hoffnungen hegte Hannah nicht: Die Frau musste ja wenigstens 90 Jahre alt sein, damit sie eine bewusste Erinnerung an die 1930-er haben konnte.

„Bao, darf ich dich fragen, wie alt deine Großmutter ist?"

Die Kollegin reagierte überrascht.

„Ja, wir sind sehr stolz auf sie. Sie hat ein wirklich gesegnetes Alter erreicht. Nächsten Monat wird sie 95."

Damit stand das nächste Ziel fest. Hannah überlegte kurz, ob sie sich wirklich auf dieses Abenteuer einlassen sollte. Sie könnte einfach den jungen Mann neben ihr losschicken. Sie würde sowieso nicht verstehen, was Baos Großmutter zu sagen hatte, so gut war ihr Mandarin nicht. Dann stellte sie sich vor, hier in der Bücherei zu sitzen, während Hiro draußen Erkundigungen einzog. Nein, sie hatte schließlich selbst darauf bestanden, dabei zu sein.

Bao versprach ihnen, sie nach dem Arbeitstag mit nach Hause zu nehmen und ihrer Familie vorzustellen. In den Stunden bis dahin konnten sie mit ihrer Lektüre weitermachen. Hannah setzte sich wieder an den Tisch und öffnete einen der alten Bände. Sie stützte sich mit den Ellbogen auf. Dabei berührte sie Hiros rechten Arm.

Sie spürte, wie sich ihre feinen Härchen aufstellten, als sei die Luft elektrisch geladen.

DREIUNDZWANZIG: Hiro

„Vielen Dank, verehrte Frau Mutter, hochverehrte Frau Großmutter, dass Sie uns empfangen." Hiro bemühte sich, sämtliche Höflichkeitsrituale einzuhalten. Er war überrascht, wie unkompliziert alles abgelaufen war. Bao hatte sie mit nach Hause genommen. Sie waren U-Bahn gefahren, hatten dann einen Vorortbus genommen und mussten schließlich noch fünfzehn Minuten laufen. Eine zentraler gelegene Wohnung konnte sich die Bibliotheksangestellte nicht leisten. Der Gegend war deutlich anzusehen, dass hier vor 20 Jahren noch Reis gewachsen war. Nun schossen Hochhäuser aus dem Boden. Shanghai wuchs in atemberaubendem Tempo.

Das Gebäude, in dem Bao wohnte, hatte zwanzig Stockwerke. Architektonisch war es kein Glanzstück. Doch die Familie hatte eine funktionierende Klimaanlage, und die zwei Zimmer waren für chinesische Verhältnisse groß. Bao teilte sich mit ihren beiden Kindern ein Zimmer, ihre Mutter und ihre Großmutter bewohnten gemeinsam das andere. Die drei Generationen schienen sich sehr gut zu verstehen, obwohl sie auf engstem Raum zusammenleben mussten.

Zuerst gab es Abendessen, Reis und Gemüse. Als alle ge-

DREIUNDZWANZIG: Hiro

sättigt waren, setzte man sich auf bequemen Kissen rings um den Lehnstuhl der Großmutter auf den Boden.

„Wir interessieren uns für die Vergangenheit", sagte Hiro. Er wollte auf keinen Fall gleich mit der Tür ins Haus fallen, sondern zunächst ein paar allgemeinere Fragen stellen. Hannah würde von dem Gespräch vermutlich nicht viel mitbekommen. Er hatte zwar vor, für sie zu übersetzen, doch im Zweifel würde er dem Gesprächsfluss den Vorrang geben.

„Wir freuen uns sehr über Ihr Interesse, sind uns aber unsicher, ob wir kleinen Leute es überhaupt verdient haben."

„Die verehrte Dame unterschätzt sich. Frau Großmutter, Sie haben ein so langes Leben hinter sich, ich bin sicher, dass viele wichtige Details an den Geschichtsbüchern vorüber gegangen sind."

Die alte Frau, die einen geistig hellwachen Eindruck machte, zwinkerte ihm zu. Eine Reaktion, die er nicht erwartet hatte.

„Dürfte ich Sie bitten, mit Ihrer Kindheit zu beginnen, verehrte Frau Großmutter?"

„Wenn Sie darauf bestehen. Ich bin 1920 geboren. Sie können sich vorstellen, dass Shanghai damals noch ganz anders aussah. Ich war die älteste Tochter meines Vaters. Meine Mutter war allerdings schon seine zweite Frau. Die erste starb bei der Geburt des ersten Kindes, das sie leider mit ins Grab genommen hat."

„Ein trauriger Verlust. Welchen Beruf hat ihr Vater ausgeübt?"

„Er hatte zwei Berufe. Die Familie hat er ernährt, indem er den Boden bewirtschaftete, den ihm sein Vater überlassen hatte. Seine Berufung lag aber im Feng Shui. Mein Vater interessierte sich für alles, was zwischen Himmel und Erde passierte."

„Hatten Sie Geschwister?"

„Aber natürlich. Eine Familie galt als umso reicher, je mehr Kinder sie besaß. Ich war aber wohl immer das Lieblingskind meines Vaters. Nur ich durfte ihn auf den Markt in der Stadt begleiten, wenn er dort das selbst gezogene Gemüse verkaufte."

„Er hat Ihnen viel gegeben."

„Das kann man wohl sagen. Er hat mir all sein Wissen vermittelt und seine Werte."

„Was wurde aus ihm, wenn ich vorgreifen darf?"

Die alte Frau schluckte.

„Er wurde zu Beginn der Kulturrevolution gesteinigt. Als Dorf-Vorsteher, Grundbesitzer und Feng-Shui-Meister war er geradezu ein Sinnbild der alten Gesellschaft, die es auszurotten galt. Dabei hat er nie einem Menschen geschadet. Er hat nur sich selbst ausgebeutet. Er kam um, weil er das Pech hatte, Land zu besitzen."

„Ich hoffe, der Rest Ihrer Familie hatte mehr Glück?"

„Leider nicht. Auch mein Mann und mein Bruder galten als Volksschädlinge. Sie wurden auf einer Dorfversammlung ein paar Tage danach als Opfer auserkoren. Wir hatten unser Haus verlassen müssen. Meine Kinder, auch meine Tochter hier, saßen in der uns zugewiesenen Hütte, während man die erwachsenen Männer unserer Familie verurteilte."

„Wie lief das ab? Bitte ignorieren Sie meine Frage, wenn ich Ihnen damit Schmerzen bereite."

„Die Stelle in meiner Seele, wo dieser Schmerz sitzt, ist damals gestorben. Am Flussufer, nicht weit vom Versammlungsplatz, wurde den zum Tode Verurteilten ein schwarzes Schild hinten in den Kragen gesteckt, die Hände auf den Rücken gefesselt, die Beine mit einem Seil zusammengebunden und

DREIUNDZWANZIG: Hiro

ein blaues Tuch in den Mund gesteckt. Ich stand nur zwei Meter weg und musste untätig zusehen, wie mein Mann und mein Bruder von der Miliz auf die Knie gezwungen wurden, wie man die schwarzen Schilder herauszog und ihnen die Gewehrmündung auf die Brust setzte, und dann peng! peng! Mein Bruder war großgewachsen, er schwankte ein paar Mal hin und her, fiel aber nicht. Der hinter ihm bereitstehende Schütze kam nach vorne und setzte sein Gewehr gegen die schon aufgerissene Brust. Das Blut spritzte sehr hoch, ein Spritzer landete auf der Schulter des Schützen, der erschrak für einen Augenblick und trat dann meinen Bruder zu Boden. Er wischte sich das Blut ab und stieß Verwünschungen aus, trat vor und schoss noch einmal auf meinen Bruder, der sich auf dem Boden quälte. Als er seinen letzten Atemzug tat, lag mein Bruder quer über dem Körper meines Mannes, er reckte die Hand zum Himmel hinauf und schlug damit wie mit einer Peitsche, dann rollte der Kopf nach links, genau neben den meines Mannes. Das Blut strömte weiter, es wirkte in der Sonne ganz hell, und meine beiden Lieben schienen sich heimlich zu unterhalten.

Ich wurde von zwei Milizsoldaten gestützt, sie griffen mir ins Haar, so hatte ich keine Möglichkeit, den Kopf zu senken, dabei waren das doch meine nächsten Verwandten, aber sie ließen es nicht zu. Ich konnte nicht mehr hinsehen, ich hielt es nicht mehr aus! Wie oft habe ich die Augen zugemacht, sie waren ganz blutunterlaufen, aber jedes Mal haben sie mich angefahren, ich solle meine Rotzaugen aufmachen.

Mir liefen die Tränen in Strömen, mein Kopf fühlte sich an wie ein Knoten, auch aus der Wunde strömte dickes Blut. Ich wollte ständig auf die Beine kommen, von anderen gestützt zu werden, war schlimm, außerdem machte das keinen guten

DREIUNDZWANZIG: Hiro

Eindruck, man verlor das Gesicht, auf jeden Fall wollte ich eine gute Frau sein! Im großen Unglück sollte man wenigstens Haltung bewahren. Aber ich konnte machen, was ich wollte, ich kam nicht auf die Beine, ich versuchte es wieder und wieder mit den Zehenspitzen, aber meine Waden verkrampften. Ach, ich verlor das Gesicht, ich konnte nichts machen! Am Ende sah ich auf einmal, wie zwei Milizsoldaten ihre Gewehre hoben und meinen beiden Lieben mit der Mündung die Vorderzähne einstießen und sie dann mit dem Bajonett mit aller Kraft hochwuchteten. Ich wusste, was sie machen wollten, ich war schließlich kein kleines Kind mehr, sofort drehte sich alles. Ich biss mir wild auf die Zunge und wollte schreien: ‚Nehmt meine Zunge! Vergeht euch nicht auch noch an den Toten!' Aber da dröhnte mein Kopf, und ich wusste gar nichts mehr."*

Als die alte Frau geendet hatte, war es erst einmal still im Raum. Ihre Tochter, Baos Mutter, weinte leise. Hiro wusste nichts zu sagen. Jeder Trost würde jetzt hohl klingen.

Erst die kleine Tochter Baos brach das Schweigen. Mit ihren fünf Jahren hatte sie kaum mitbekommen, worum es in dem Gespräch ging, aber gespürt, dass die Erwachsenen traurig waren. Also versuchte sie, die anderen mit einem selbst gemalten Bild abzulenken. Das Manöver gelang, weil es so naiv war. Jeder lobte die Zeichnung der Kleinen.

Hiro überlegte, ob er noch einen Vorstoß in die Vergangenheit wagen konnte. Die 1930-er Jahre waren vielleicht nicht so heikel. Die Großmutter hatte kurz erwähnt, dass sie damals immer mit ihrem Vater auf den Markt in die Stadt fahren durfte.

„Verehrte Großmutter, erinnern Sie sich noch an die Zeit, als Ihr Vater Gemüse auf dem Markt verkauft hat? Wie war Shanghai damals?"

DREIUNDZWANZIG: Hiro

„Oh, für ein junges Mädchen wie mich war das ein ungeheures Erlebnis. Die Stadt war die ganze Welt, auf einem kleinen Fleck konzentriert, so schien es mir. Franzosen, Engländer, Amerikaner und natürlich auch die Chinesen hatten ihre eigenen Viertel. Menschen aus aller Herren Länder kamen an unseren Verkaufsstand. Ich musste schnell lernen, Zahlen in Englisch und Französisch zu nennen und zu verstehen."

„Fühlten Sie sich von den Ausländern beherrscht?"

„Natürlich hatten die meisten Ausländer Geld. Und Geld war das einzige, das zählte. Doch es gab auch damals schon Chinesen, die zu Reichtum gekommen waren. Die wenigsten allerdings auf legalem Weg. Wer einen gewöhnlichen Beruf ausübte, würde nie zur Oberschicht gehören. Es waren eher Chinesen als Ausländer, die das Verbrechergewerbe beherrschten."

„So wie der große Gangster Wu?"

„Ganz genau. Ein richtiges Vorbild für viele junge Männer war er, dieser feine Herr. Jeder wusste, dass er der Oberste der Unterwelt war. Und trotzdem war er geachtet und akzeptiert wie ein Bankier oder Reedereibesitzer."

„Was war denn so faszinierend an ihm?"

„Er hat sein Leben in aller Öffentlichkeit geführt. Die Zeitungen waren voll von den Bildern seiner Freundinnen. Er hätte nur mit dem Finger schnippsen müssen, und kein Reporter würde mehr gewagt haben, auch nur eine Silbe über ihn zu veröffentlichen."

„Doch dann war es plötzlich vorbei mit ihm. Haben Sie eine Ahnung, warum?"

„Ich war noch zu jung, um das genau zu verstehen. Aber wenn es Sie interessiert – mein Vater schrieb die Geschichte damals auf. Er zeigte uns seine Notizen nie, ich fand sie erst nach seinem Tod, damals, zu Beginn der Kulturrevolution.

DREIUNDZWANZIG: Hiro

Nachdem ich sie gelesen hatte, verstand ich, warum er sie uns nie gegeben hatte."

Hiro stand auf und verbeugte sich. Die Großmutter freute sich erkennbar über die Ehrenbezeugung.

„Ich danke Ihnen von ganzem Herzen. Auch im Namen meiner...", er suchte nach dem richtigen chinesischen Begriff, „Freundin Hannah, die eine Kollegin Ihrer Enkeltochter ist. Es wäre uns eine Ehre, die Erinnerungen Ihres hochverehrten Herrn Vaters lesen zu dürfen."

„Meine Tochter gibt Ihnen die Mappe gern mit, wenn Sie gehen", sagte die alte Frau.

„Gibt es denn vielleicht Kopien? Wir möchten Ihnen nicht das Original nehmen, das Ihr Vater hinterlassen hat."

„Nein, wir haben nie Kopien dieser Aufzeichnungen angefertigt. Aber das ist kein Problem. Ich weiß, dass sie bei Ihnen in guten Händen sind. Ich habe das Gefühl, dass sie an Kraft verlieren, wenn man sie nicht in der ursprünglichen Fassung liest. Ich hoffe nur, Sie haben kein Problem mit den altertümlichen Formulierungen."

Hiro verbeugte sich erneut. Er wusste nicht, wie er der Großmutter anders danken sollte. „Keine Sorge", sagte er. „Ich bin sozusagen Experte in alten Dialekten."

Sie setzten ihr Gespräch noch für eine Weile fort. Die alte Frau hatte so viel zu erzählen. Und wenn ihr der Stoff ausging, nahm ihre Tochter den Faden auf. Es war 23 Uhr geworden, als Hiro einfiel, dass Hannah womöglich zu Hause erwartet wurde. Er sah ihr an, dass sie angesichts der Uhrzeit erschrak. Sie würden kaum vor Mitternacht in der Französischen Konzession ankommen. Hiro nahm sich vor, der Familie gegenüber alle Schuld auf sich zu nehmen. Den Bericht des Vaters der alten Frau würden sie erst am nächsten Tag lesen können.

*Aus: Liao Yiwu, Fräulein Hallo und der Bauernkaiser. © 2002 by Liao Yiwu. Aus dem Chinesischen von Hans Peter Hoffmann und Brigitte Höhenrieder. © S.Fischer Verlag GmbH, Frankfurt am Main 2009

VIERUNDZWANZIG: Urgroßvater

Mein Name ist Zhang Guo. Ich bin der zweite Sohn meines Vaters. Der Erstgeborene starb mit zwei Jahren an einem schweren Durchfall, deshalb fiel das Familienerbe an mich. Es umfasste einen Anteil Land, auf dem mein Vater eine Gärtnerei eingerichtet hatte. Ich setzte seine Arbeit fort. Mein Vater gab mir auch sein Wissen über die Kunst des Feng Shui und die Praxis des Umgangs mit den Toten weiter, so wie ich es an mein erstgeborenes Kind weitergeben werde. Ich bestelle mein Land, und wenn die Menschen meines Dorfes ein Problem haben, versuche ich ihnen zu helfen. Am liebsten sind mir die Schwierigkeiten, die sich durch meine Standard-Therapie lösen lassen: Ich lasse die Leute eine kräftige Hühnersuppe kochen, in die ihr Ältester dreimal spucken muss. Das hilft gegen fast jedes Leiden. Wenn nicht, schicke ich sie weiter zum Heiler; wenn sie viel Geld haben, auch zum Arzt.

Meine Fähigkeiten sind erst dann gefragt, wenn Kräuter und Pillen nicht mehr helfen. Ich kann verirrte Seelen wieder auf den richtigen Weg bringen. Ich weiß, wie man ihre Aufmerksamkeit erregt und ihr Vertrauen erringt. Die meisten Menschen erkennen gar nicht, wenn sich eine Seele verirrt hat. Dazu braucht es auch viel Erfahrung. Ein Schwein, das sich

VIERUNDZWANZIG: Urgroßvater

in Krämpfen auf dem Boden windet, kann ein giftiges Kraut gefressen haben und benötigt vielleicht bloß ein Abführmittel. Aber vielleicht ist sein Krampf auch ein Zeichen dafür, dass Seele und Körper nicht mehr zusammenfinden.

Das passiert den Lebenden genauso wie den Toten. Eine Seele, heißt es, kehrt nach dem Tod zu dem Baum zurück, an dem sie groß wurde. Stirbt ein Mensch in der Ferne, findet die Seele nicht mehr heim. Sie ist verzweifelt, und wenn sie zu lange in dieser Form unterwegs ist, kann sie den Dingen Schaden zufügen. Vielleicht ist aber auch der Mensch, in dem die Seele lebt, so in Not, dass sie sich nicht mehr anders zu helfen weiß, als zu fliehen. Ein Mensch ohne Seele ist zu allem fähig.

Ich glaube nicht, dass ich in irgendeiner Form wichtig für diese Welt bin. Es gibt viele Wissende wie mich. Ich schreibe nur über mich, damit der Leser besser beurteilen kann, wer ihm von den folgenden Ereignissen berichtet.

Mit der Dunkelheit kam ich zum ersten Mal Anfang 1934 in Berührung. Ich weiß es deshalb so genau, weil meine Tochter gerade ihren vierzehnten Geburtstag gefeiert hatte und ich sie mitnahm auf den Markt in der Stadt. Dort gab ich ihr ein wenig Geld, damit sie sich ein Geschenk kaufen konnte. Der Markt ist immer eine schöne Abwechslung zum Alltag auf dem Dorf. Man trifft viele Leute, erfährt das Neueste...

Nachdem ich mein Gemüse verkauft hatte, wollte ich die Aufträge meiner Frau erledigen. Dazu gehörte, ein Huhn zu kaufen, das sie für ein Familienfest zubereiten wollte. Ich handelte den Verkäufer auf den richtigen Preis herunter, der danach zum Messer griff, um dem Tier die Kehle durchzuschneiden. In diesem Moment spürte ich eine dunkle Präsenz mit enormer Macht, wie ich sie noch nie erlebt hatte. Das

VIERUNDZWANZIG: Urgroßvater

Huhn öffnete die Augen und riss den Schnabel auf. Ein Wort drang aus seiner Kehle, das sich wie „Hach" anhörte. Noch nie habe ich von Hühnern ein derartiges Geräusch vernommen. Ich bezweifle, dass die Tiere überhaupt in der Lage sind, solche Töne zu produzieren. Der Händler erschrak ebenso wie ich. Seine Hand mit dem Messer zuckte zurück. Doch anschließend verhielt sich das Tier wieder ganz normal. Es schlug mit den Flügeln, als er das Messer erneut zum Schnitt ansetzte, zuckte noch einige Male, während er es kopfüber ausbluten ließ, und verhielt sich dann wie jedes andere tote Huhn.

Ich vergaß das Erlebnis relativ schnell. Der Alltag hatte erschreckendere Vorkommnisse zu bieten als ein Huhn, das sich kurz vor seinem Tod seltsam verhält. Doch dann wurde ich in meinem Dorf von einer verzweifelten Mutter an das Bett ihres Kindes geholt. Der Heiler hatte schon sein Glück versucht, einen Arzt konnte sich die Familie nicht leisten. Der Säugling lag verkrümmt in seiner hölzernen Wiege, Arme und Beine ließen sich nicht mehr biegen, er atmete flach. Seine Haut hatte sich leicht bläulich verfärbt. Ich dachte zunächst an eine Vergiftung, doch die versammelte Verwandtschaft versicherte mir, dass die Mutter ihr Kind noch stillte.

Nachdem der Heiler erfolglos abgezogen war, schien ein böser Fluch die einzig mögliche Erklärung. Man hatte bereits Kräuter gesammelt, die gemeinhin Schutz und Abwehr versprachen, und hoffte nun, ich würde diese entsprechend anwenden. Ich halte allerdings nichts davon. Heilpflanzen sind sehr gut bei körperlichen Gebrechen geeignet. Hat sich hingegen die Seele verletzt, hilft ihr nur die starke Präsenz einer guten Macht. Jeder Mensch trägt einen Splitter dieser Macht in seinem Herzen. Aber normalerweise fällt es uns schwer, einer fremden Seele so nahe zu kommen, dass sie

VIERUNDZWANZIG: Urgroßvater

unsere Anwesenheit spürt und sich daran aufrichten kann. Der Liebesakt ist eine solche Gelegenheit, die Ekstase reißt viele Schranken nieder.

Mein Vater hatte mir einen anderen Weg gezeigt, wie ich mich unter den Zäunen durchwinden kann. Diese Abkürzung wählte ich auch bei diesem Säugling. Ich erwartete, eine Kinderseele in Not vorzufinden. Doch was mir stattdessen begegnete, erschütterte mich ins Mark. Ich schreckte zurück. Ich durfte den Menschen, die mich nun ebenfalls erschrocken ansahen, auf keinen Fall erzählen, was ich gesehen hatte. Ich hatte schon einmal erlebt, wozu die pure Furcht vor Dämonen die Menschen treiben konnte. Denn eine solche urtümliche, dunkle Kraft hatte sich in dem Kind verschanzt.

Mir blieb nicht lange Zeit zum Überlegen. Von der Seele des Kindes schien mir nichts übrig. Der Dämon füllte den Körper vollständig aus. Er hatte sich offenbar ein schwaches Glied gesucht und dabei Pech gehabt – mit dem Säuglingskörper würde er nichts anfangen können. Der Übergang von der Unten- zur Obenwelt kostet enorme Kraft, und in dem winzigen Säugling fehlte dem Dämon offenbar die Möglichkeit, sich zu regenerieren.

Der Volksglauben besagt, man könne Dämonen mit Feuer austreiben. Das musste ich verhindern. Denn erstens spürte der kleine Körper vor mir in der Wiege noch immer Schmerzen. Und zweitens bestand das Risiko, dass der Dämon auf einem Scheiterhaufen freigesetzt würde. Der Säugling musste eines natürlichen Todes sterben und dann beerdigt werden.

Den Eltern log ich deshalb etwas von einem besonders bösen Fluch vor, der ihr Kind getroffen habe. Sie nahmen es mit Fassung. Vor Fremden gibt man sein Leid nicht preis. Ihr Kind würde sterben, erklärte ich ihnen, in ein paar Tagen,

VIERUNDZWANZIG: Urgroßvater

und dann sollten sie es am Waldrand in Ost-West-Richtung begraben. Der Leichnam dürfe nicht eingeäschert werden, um den Fluch nicht vom Körper zu trennen. Er könne sonst auf ein anderes Kind übergehen. Im Grunde war meine Notlüge nah an der Wahrheit.

Leider blieb das Erlebnis kein Einzelfall. Tiere, die an Tollwut litten. Menschen, die unnatürlich verkrampften. Ich konnte den Betroffenen nie helfen, immer kam ich zu spät, weil der Dämon sich schon im Körper verkrallt hatte. Wenn ich mich auf dem Markt mit Kollegen unterhielt, erzählten sie mir ähnliche Geschichten. Irgendetwas musste den Dämonen den Übergang in unsere Welt erleichtert haben. Was mir besonders Furcht einflößte: Ich wurde ja immer nur zu den Fällen gerufen, wo etwas schiefgelaufen war. Was mochte aus der Armee von Dämonen geworden sein, die sonst noch in die Obenwelt geströmt war? Und offenbar kamen immer weitere Dämonen nach. Was bewog sie zu dem auch für sie nicht ganz ungefährlichen Übergang?

Vielleicht kamen sie, weil sie jemand rief: Dieser Gedanke hatte schon eine Weile in meinem Kopf herumgespukt. Die Geschichte des „Großen Gangster Wu" brachte mich darauf. Der Mann, das wusste jeder, hatte unangefochten alle Gangster dieser Stadt beherrscht. Dann kam ein Neuling, und er setzte sich widerstandslos zur Ruhe. Das passte überhaupt nicht zu dem Wu, wie ihn die Zeitungen beschrieben hatten. Jeder hier hält sehr viel auf die Tradition. Wäre Wu von einem ehemaligen Vertrauten umgebracht worden, hätte es niemanden überrascht. Aber ein Emporkömmling ohne jeden Rückhalt in den mächtigen Familien?

Ich war unsicher, ob ich je eine Antwort auf diese Fragen finden würde. Aber letztlich waren mir die Menschen in meiner

VIERUNDZWANZIG: Urgroßvater

Umgebung wichtiger als ein paar Gangster-Chefs. Es ist traurig, wenn man zu einer Familie gerufen wird und bereits vor dem Eintreffen ahnt, dass es erneut zu spät sein würde. Die Hoffnung verließ mich, mit meinen Kräften helfen zu können. Und doch durfte ich nicht aufgeben. Musste den Angehörigen beistehen, wenn ich schon bei den Opfern versagte. Bis mich ein alter Mann in einem Gespräch auf eine mögliche Lösung hinwies.

Der Mann, der in unserem Dorf Verwandte besuchte, kam vom Land, aus der Provinz. Bis in die nächste größere Ortschaft musste er einen Tagesmarsch über Wege zurücklegen, die für Esel und Ziegen gebaut worden waren, nicht für Fuhrwerke. Es war fast ein Wunder, dass er es trotz seines fortgeschrittenen Alters bis zu uns geschafft hatte.

Er erzählte mir von einer alten Tradition, die sich in seiner Provinz noch erhalten hatte: den Totenrufern. Ein ehrbarer, notwendiger Beruf, heute eigentlich mehr denn je, der trotzdem auszusterben scheint. Die Aufgabe eines Totenrufers besteht darin, eine Seele wieder an ihren Geburtsort zurückzubringen. Jede Seele sollte, wenn ihr Körper stirbt, wieder dorthin, wo sie herkam. „Das Blatt muss zurück zum Baum", sagt das Sprichwort.

Hat es nun einen Menschen in ein fernes Dorf weitab seiner Heimat verschlagen, wird er alles versuchen, kurz vor seinem Tod nach Hause zu kommen. Denn stirbt er in der Fremde, muss seine Seele orientierungslos durch die Welt irren. Niemand weiß dann, was aus ihr wird. Bleibt sie zu lange in diesem Zustand, kann sie sich verändern. Trauer verwandelt sie in Wut, Liebe in Hass. Vielleicht zieht es sie sogar in die Dämonenwelt. Deshalb ist es wichtig, Körper und Seele an ihren Ursprungsort zu bringen. Das übernehmen die Totenrufer.

VIERUNDZWANZIG: Urgroßvater

Sie sind immer zu zweit unterwegs. Einer geht voraus und ruft laut „Hoho, die Toten". Eigentlich ruft er nicht, er singt diese Worte mit einer reichhaltigen Melodie. Das hat zwei Funktionen: Der Warnruf genügt, dass die Menschen auf den engen Wegen zur Seite treten. Und außerdem folgt die Seele des Toten, deren Verbindung zum Körper nur noch sehr lose ist, unweigerlich diesem Ruf. Nicht jeder Mensch kann die nötigen Laute so formulieren, dass die verirrte Seele wirklich keine andere Wahl hat als dem Ruf zu folgen. Je nachdem, wie viel Wut, Ärger und Enttäuschung sie schon angesammelt hat, versucht sie oft, sich zu wehren.

Der Kollege des Rufers hat den körperlich anstrengenderen Job, denn er muss die Leiche auf seinem Rücken transportieren. Der tote Körper ist auf ein kreuzförmiges Holzgestell geschnallt, das der Träger sich wie einen Rucksack umschnallt. Dabei sind er und seine Last vollständig von einem dunklen Gewand verhüllt. Für den Betrachter wirken sie wie eine Einheit, ein riesiger, düsterer Mensch. Ich vermute, dass ihm der Ruf des anderen auch zur Orientierung dient, denn unter der Kapuze kann er sicher nicht viel erkennen.

Einen Totenrufer zu bezahlen, können sich nur reiche Familien leisten. Deshalb wundert es mich, dass es sie ausgerechnet in unserer Gegend, die doch vom Reichtum Shanghais profitiert, nicht mehr gibt. Vielleicht liegt es daran, dass aussichtsreicher Nachwuchs sein Glück lieber gleich in der Stadt versucht. Ich wollte aber unbedingt den Versuch wagen, ob ein Totenrufer vielleicht helfen könnte. Deshalb bat ich den alten Mann, mich mit in sein Dorf zu nehmen.

Die Reise dorthin kostete mich zwei wertvolle Wochen, in der meine Frau all meine Aufgaben übernehmen musste. Doch ich kehrte erfolgreich mit einem Totenrufer zurück. Ich hatte ihm erklärt, dass ich die Hilfe des Trägers nicht benötigte. Es käme mir lediglich darauf an, eine Seele an einen anderen Ort zu locken. Dass es sich nicht um eine gewöhnliche Seele handelte, verschwieg ich ihm lieber.

In meiner Abwesenheit hatten sich erneut zwei der schrecklichen Ereignisse abgespielt, die dem sehenden Auge das Wirken einer Dämonen-Seele verraten. Einer der beiden Patienten, ein etwa vierjähriges Mädchen, zeigte noch Zeichen von Leben. Der Totenrufer verstand sehr schnell, worum es ging, als ich ihn ans Krankenbett führte. Er machte mir keine Vorwürfe und schickte nur die Verwandten aus dem Zimmer. Meine Aufgabe bestand darin, das Mädchen festzuhalten. Denn der Totenrufer befürchtete, dass sich der Körper wehren könnte. Dann setzte er zu seinem seltsamen Gesang an. Er begann ganz nah am Gesicht des Mädchens und entfernte sich allmählich Schritt für Schritt.

Das Kind geriet in Aufregung. Besonders erschreckten mich seine Augen, die sich nach außen wölbten, als drücke jemand von innen dagegen. Sie hatten keinen Blick mehr. Die Finger des Mädchens krampften sich um die Sessellehnen. Es begann, unverständliche Wörter zu sprechen, nein, es flötete in einer Sprache, die wir nicht verstanden. Das Kind versuchte, mich zu beißen, dazu ließ ich es jedoch nicht kommen. Da ich fürchtete, dass es sich die Zunge abbeißen könne, steckte ich ihm ein Holzscheit zwischen die Zähne. Das Zimmer verdunkelte sich, als würde dem Sonnenlicht seine Energie entzogen. Die Luft flirrte wie an einem heißen Tag, die Außenwelt erreichte meine Sinne nur noch verzerrt. Ich befürchtete bereits, auf einen übermächtigen Gegner gestoßen zu sein. Doch dann drang ein Hauch aus dem Mund des Mädchens, der sich wie „Hach" anhörte. Das Kind entspannte sich. Ich sah dem To-

VIERUNDZWANZIG: Urgroßvater

tenrufer an, dass er sich ähnlich fühlte wie ich. Er war froh, aber nicht glücklich. Was von dem Mädchen Besitz ergriffen hatte, gehörte nicht in diese Welt.

Dem Kind ging es von Tag zu Tag besser. Der Totenrufer musste wieder in seine Heimat zurückkehren. Weil ich sicher war, dass noch weitere Fälle auftreten würden, bat ich ihn, mir vor der Abreise seine Fähigkeiten zu vermitteln. Womöglich hatte ich ja auch einen Sinn dafür. Der Totenrufer beschrieb mir, wie er selbst seinen Beruf gelernt hatte: von seinem Vater, dem ebenfalls der Vater beigebracht hatte, wie sich Seelen locken ließen. Die Technik war nicht kompliziert, wenn die entsprechenden Anlagen im Lernenden vorhanden waren. Schon mein erster Einsatz war erfolgreich. Eine Ziege, die wie ein Wolf ihre Artgenossen und sogar den Hund ihres Besitzers angefallen hatte, verhielt sich danach wieder lammfromm. Sie hatte der betroffenen Familie allerdings einen derartigen Schreck eingejagt, dass sie trotzdem geschlachtet wurde.

Zum Abschied richtete das ganze Dorf für den Totenrufer ein Fest aus. Wir haben nie wieder von ihm gehört. In den folgenden Monaten reiste ich viel durch die kleinen Gemeinden rund um Shanghai. Überall hatten die Menschen von ähnlichen Vorfällen zu berichten, wie sie unser Dorf erlebt hatte. Ich half, wo ich konnte. Meine Familie und meinen Hof habe ich in dieser Zeit vernachlässigt, ich hoffe, meine Frau und meine Kinder vergeben mir.

Von der Großstadt hielt ich mich fern, seit ich an einem Donnerstag wieder einmal den Bauernmarkt besucht hatte. Was unser Dorf in Atem hielt, war hier in konzentrierter Form zu spüren. Die Menschen hatten sich verändert, Misstrauen bestimmte ihren Umgang miteinander. Als Händler bin ich nörgelnde Kunden gewohnt, aber nie waren die Preisver-

VIERUNDZWANZIG: Urgroßvater

handlungen schwieriger als jetzt. Immer wieder fielen mir Marktbesucher auf, die plötzlich laut lachten, schrieen oder weinten. Kein Chinese würde freiwillig in der Öffentlichkeit derart auf sich aufmerksam machen, der Gesichtsverlust wäre ihm unerträglich. Selbst die Tiere der Stadt verhielten sich ähnlich. Straßenköter, deren Überleben davon abhängt, sich Stärkeren gegenüber unauffällig zu benehmen, schnappten nach meinen Hosenbeinen oder versuchten gar, etwas von dem Wagen zu stehlen, den ich durch die Straßen schob. Ich wagte nicht, der Angriffslust auf den Grund zu gehen und mit den Tieren von Seele zu Seele zu sprechen. Denn ich ahnte, was ich vorfinden würde.

Von diesem Tag an verfolgte ich das Geschehen in Shanghai lieber in der Zeitung. Ich konnte mein Gemüse auch auf den Dorfmärkten verkaufen, selbst wenn ich dann niedrigere Preise akzeptieren musste. Was ich las, lockte mich nicht wieder in die Stadt. Die Bandenkriege hatten sich offenbar verschärft. Der neue, aus dem Nichts aufgetauchte Chef des Syndikats ging hart und brutal gegen echte und vermeintliche Gegner vor. Bald hatte er seine Position so weit ausgebaut, dass niemand ihm jemals seine Macht würde streitig machen können. Den gut ausgerüsteten und modern bewaffneten Japanern, die Jahre später die Stadt besetzten, hatte er allerdings nichts entgegenzusetzen. Er versuchte es zunächst mit Kooperation. Tatsächlich hatte er begrenzten Erfolg damit, im Namen der Japaner mit seinen eigenen Mitteln die chinesische Opposition zu unterdrücken. Irgendwann muss er seinen Partnern jedoch zu erfolgreich geworden sein. Ein erneuter Wechsel der Seiten glückte ihm nicht, weder die erstarkenden Kommunisten noch die Kuomintang wollten etwas von ihm wissen. In den Zeitungen verloren sich allmählich seine Spuren.

FÜNFUNDZWANZIG: Hannah

Hannah klappte die Mappe zu, aus der ihr Hiro bis eben vorgelesen und übersetzt hatte. Sie saßen in einem Pavillon in den Yuyuan-Gärten. Hannah war schon zweimal allein hier gewesen und hatte die Anlage bewundert. Der Plan des Baumeisters war so genial wie einfach. Wer in den Yuyuan-Gärten spazierte, hatte fast immer das Gefühl, allein zu sein, obwohl Hundertschaften von Touristen den Park durchstreiften. Hannah fühlte sich müde. Am vergangenen Abend hatte sie einen heftigen Streit mit ihrem Vater gehabt. Im Grunde wusste sie, dass er Recht hatte – sie hätte zumindest abrufen sollen. Doch das konnte sie unter keinen Umständen zugeben. Er musste ein für allemal aufhören, sie wie ein kleines Kind zu behandeln.

Hiro hatte sich mehrfach dafür entschuldigt, dass er sie so spät nach Hause gebracht hatte, immerhin habe er die Verantwortung für sie gehabt. Aber davon wollte Hannah nichts hören, es machte sie nur wütend, wenn er den Erwachsenen herauskehrte. Dabei sah er höchstens zwei, drei Jahre älter aus als sie. Wie alt er wirklich war, hatte sie ihn noch nicht gefragt. Sie wollte die Antwort auch gar nicht hören, das würde sie wahrscheinlich nur verwirren. Sie wollte nicht darüber nachdenken, wer da eigentlich neben ihr saß. Seine

FÜNFUNDZWANZIG: Hannah

Nähe wollte sie spüren. Die Wärme, die von ihm ausging. Sie badete darin wie in den ersten Sonnenstrahlen nach einem langen Winter. Mit der linken Hand berührte sie die Blumen, die er ihr mitgebracht hatte. Ein einfacher, bunter Strauß, er sah beinahe wie selbst gepflückt aus. Hannah schaute zu ihm hinüber. Das für ihn so typische, trotzige Kinn. Er sah gerade ziellos in die Ferne, wirkte abwesend. Vermutlich dachte er über die Geschichte nach, die sie gerade gelesen hatten.

Vor ihrer Bank lag ein kleiner See, in dem sich die umliegenden Gebäude, Tempeln nachempfunden, spiegelten. Enten zogen auf den Spiegelbildern ihre Kreise. Veränderten sie, fügten neue Formen hinzu, bis die gespiegelte Welt der äußeren nicht mehr glich. Alles wirkte friedlich, doch es waren Veränderungen im Gang, die sie noch gar nicht überblicken konnten. Hannah musste über die seltsamen Parallelen lächeln. Die Welt, in der sie lebte, lief Gefahr, sich zu verlieren, von einer unbekannten Macht überschwemmt zu werden. Und gleichzeitig saß sie neben diesem Mann und musste sich eingestehen, dass es ihr ähnlich ging. Würde sie verhindern können, sich selbst zu verlieren an diese andere Seele, die ihr so vertraut vorkam und doch so fremd war? Wollte sie sich überhaupt dagegen wehren? Und konnte sie sich den seltsamen Veränderungen ihrer Welt so widmen, wie es notwendig war, während sie sich noch derartige Fragen stellte?

„Wir müssen noch einmal mit Baos Großmutter sprechen", unterbrach Hiro ihre Gedanken.

Sie war froh, dass er sie in die reale Welt zurückgeholt hatte.

„Dieser neue Geschäftsmann, Anthony Leung, er ist der Schlüssel, glaube ich."

FÜNFUNDZWANZIG: Hannah

Hannah nickte. „Es wird schwer sein, an ihn heranzukommen."
„Das ist das eine Problem."
„Und das zweite?", fragte Hannah, obwohl sie die Antwort ahnte. Sie wollte es aus seinem Mund hören.
„Er scheint ein Dämon zu sein wie ich", sagte Hiro.
Nein, das D-Wort hatte Hannah doch nicht hören wollen. Sie zuckte kaum merklich zusammen, doch Hiro fiel es trotzdem auf. Er griff nach ihrer Hand.
„Ich habe natürlich keine Beweise. Aber es gibt nun schon so viele Anzeichen dafür. Sein Aufstieg muss mit den Veränderungen zu tun haben, die uns aufgefallen sind. Und von denen der Bericht in der Mappe hier erzählt."
„Wenn an dieser Geschichte ein Fünkchen Wahrheit ist, haben wir damit auch schon eine Lösung für das zweite Problem", sagte Hannah, „Wir brauchen einen Totenrufer."
Hiro stimmte ihr wortlos zu.

Es war noch nicht einmal Mittag. Sie hatten in der Bibliothek angerufen, sich mit einer Recherche im Zusammenhang mit Hiros Studien entschuldigt. Hannah hätte gern noch Stunden auf dieser Bank verbracht. Doch ewig konnte sie nicht von ihrem Arbeitsplatz fernbleiben. Sie wollte ihrer Kollegin gegenüber nicht unfair oder verantwortungslos erscheinen. Hiro hatte sich ein neues Motorrad besorgt, auf dem sie es in 25 Minuten bis zur Bücherei schafften. Hannah war froh, als sie absteigen durfte. Zwar hatte es sich gut angefühlt, hinter Hiro zu sitzen und ihm die Arme um den Bauch zu schlingen. Doch die Art und Weise, wie er durch den dichten Verkehr manövrierte, war ihr schnell auf den Magen geschlagen.

An ihrem Arbeitsplatz wartete bereits ein englischsprachiger Kunde. Hiro hatte noch ein paar Wälzer auf seinem

FÜNFUNDZWANZIG: Hannah

Tisch liegen, mit denen er sich die Zeit vertreiben würde. Hannah kümmerte sich um den Klienten, einen älteren Herrn mit dicker Hornbrille. Die Bibliothek war heute gut besucht, deshalb verging die Zeit bis zum Feierabend schnell. Bao war einverstanden gewesen, sie erneut mit nach Hause zu nehmen. Dass ihre Großmutter den beiden die wertvolle Mappe überließ, hatte sie sehr beeindruckt. Hannah und Hiro waren dadurch zu Freunden der Familie aufgestiegen. Hannah spürte das neue Verhältnis bei der Arbeit.

Als sie in der engen Wohnung ankamen, erwartete die Großmutter sie schon. Bao musste per Handy Bescheid gesagt haben. Nein, sie würden diesmal nicht den ganzen Abend im Wohnzimmer verbringen.

„Verzeiht meine Unhöflichkeit", sagte die Großmutter auf Chinesisch, sodass Hiro übersetzen musste, „aber ich muss euch etwas zeigen. Und ich weiß nicht, wie viel Zeit ihr noch habt."

Sie entschuldigte sich bei der Familie, dass sie mit den Gästen einen kleinen Spaziergang machen wollte. Doch der Weg führte nicht um den Wohnblock, sondern in den Keller.

Als sie das kleine, aber gut ausgerüstete Labor erblickte, beschloss Hannah, sich von nun an über nichts mehr zu wundern. Der Großmutter war zwar anzumerken, dass sie geistig noch sehr rege war, doch Hannah hätte eher vermutet, dass sie gern strickte, viel Zeitung las oder, wenn es etwas Verrücktes sein musste, vielleicht Haikus dichtete.

„Der Ehemann meiner vierten Tochter hat mich auf die Idee gebracht", sagte die Großmutter. „Er bastelt auch so gern wie ich."

Hannah sah, dass sie sich diebisch über die verblüfften Gesichter ihrer Gäste freute. Sie schaute sich in dem Labor um, konnte aber wenig einem konkreten Zweck zuordnen.

FÜNFUNDZWANZIG: Hannah

„Also, da haben wir Bomben mit Zeitzünder, Sprengladungen, die kein Scanner entdeckt, verschiedene Mordwaffen, die nicht als solche erkennbar sind... Wenn meine Tochter wüsste, warum ich mir immer DVDs mit Agententhrillern mitbringen lasse ..."

Sie hatte vermutlich noch nie jemandem von ihrem kleinen Hobby erzählt, deshalb war sie nun umso gesprächiger. Die 94-Jährige wirkte direkt um ein paar Jahre verjüngt.

„Und wozu bauen Sie das?", fragte Hiro.

„Weil ich beweisen will, dass ich es kann. Außerdem kann ich damit ab und zu jemandem einen Gefallen tun."

„Einen Gefallen?"

„Oh, das willst du nicht genauer wissen, junger Mann."

Hannah stellte fest, dass Hiro ein sehr guter Dolmetscher war. Er traf offenbar auch den Tonfall der alten Dame sehr gut – genau solch einen Spruch hatte Hannah jedenfalls von ihr erwartet. Sie hatte beinahe das Gefühl, sie direkt aus dem Mund des Übersetzers sprechen zu hören was wohl daran lag, dass Hiro auch die Mimik imitierte. Er war ein sehr guter Schauspieler.

„Ich möchte mich sehr bei Ihnen für das Vertrauen bedanken", sagte Hannah auf Englisch und wartete auf Hiros Übersetzung. „Der Bericht Ihres verehrten Vaters ist wirklich aufschlussreich."

Die Großmutter nickte und sah dabei abwechselnd die junge Frau und den Mann neben ihr an.

„Wir hatten gehofft, Sie könnten uns noch ein paar Fragen dazu beantworten."

„Genau deshalb bin ich mit euch in mein kleines Labor hinab gestiegen. Hier sind wir ungestört. Ich vermute, dass eure Neugier einen vertraulichen Rahmen braucht."

FÜNFUNDZWANZIG: Hannah

Hannah und Hiro hatten besprochen, um welche Auskünfte sie die alte Dame bitten wollten. Da Hiro stets für mindestens eine Seite übersetzen musste, machte es keinen Unterschied, wer die Fragen stellte. Die kurze Pause, die im Gespräch dadurch entstand, war akzeptabel.

„Gut." Hannah suchte nach den richtigen Worten und entschloss sich dann zur Direktheit. Die Großmutter machte den Eindruck, als wären ihr chinesische Höflichkeitsregeln nicht ganz so wichtig. „Wir brauchen, wenn wir den Text richtig verstanden haben, einen Totenrufer."

„Heißt das, ihr habt ähnliche Phänomene beobachtet wie damals mein Vater?"

„Ja, solche und andere erschreckende Vorfälle, von denen der Bericht nichts erwähnt."

„Ihr habt eine Ahnung, mit welchen Kräften ihr euch da einlasst?"

Hannah war kurz davor, die Wahrheit zu sagen. Nein, sie hatte natürlich nicht die geringste Ahnung. Vor ein paar Tagen hatte sie noch zuhause an ihrem Schreibtisch gesessen, vor sich hingeträumt und gemalt. Dann war ein junger Mann an ihrem Arbeitsplatz erschienen und hatte ihr eine unglaubliche Geschichte von Dämonen und finsteren Mächten erzählt. Und weil er so außergewöhnliche Augen besaß, hatte sie ihm geglaubt. Hannah, Hannah, was machst du nur, dachte sie. Ein Blick zur Seite überzeugte sie, dass der Mann mit den so faszinierenden Augen real war. Im Moment schauten sie etwas ratlos, weil Hannah nicht antwortete, deshalb erwiderte sie schnell: „Ja, wir glauben schon."

Die Großmutter hatte ihr Schweigen sicher ebenfalls bemerkt, doch sie ging nicht darauf ein. „Wessen Seele wollt ihr denn aus ihrer Umklammerung befreien?" Sie glaubte

FÜNFUNDZWANZIG: Hannah

offenbar, dass die beiden einem bestimmten Menschen helfen wollten.

„Wenn es nur das wäre", sagte Hannah, „aber es ist alles ein bisschen komplizierter, weil wir einen Dämon stellen müssen, von dem wir nicht einmal genau wissen, wo er sich verbirgt. Wir vermuten aber, dass er sich in seinem Menschenkörper Anthony Leung nennt."

„Oha", sagte die alte Dame. Es war klar, dass sie den Namen kannte. „Dann habt ihr aber mehr als ein Problem."

„Das mag sein. Wir würden trotzdem gern einen Schritt nach dem anderen machen. Können Sie uns verraten, wo wir einen Totenrufer finden?"

„Ich muss euch enttäuschen. Es gibt keine Totenrufer mehr."

„Nein!", entfuhr es Hannah.

Sie fühlte ihre Hoffnung schwinden wie eine Meereswelle, die kurz auf den Sand geschwappt war und sich nun wieder zurückzog.

„Sie verschwanden alle während der Kulturrevolution. Der Beruf wurde als Teil der „Vier Alten" angesehen, die es zu überwinden, also zu vernichten galt. Ich glaube nicht, dass auch nur ein einziger dieser außergewöhnlichen Menschen überlebt hat. Ich habe euch ja gestern vom Tod meines Vaters erzählt. Aber ich habe vielleicht den Ansatz einer Lösung für euer zweites Problem."

Hannah bemühte sich, ihre Enttäuschung hinunterzuschlucken. Möglicherweise konnten sie ihr Ziel ja auf anderem Weg erreichen.

„Die meisten Rohstoffe für mein Labor kann ich nicht einfach auf dem Markt kaufen. Einer meiner Schwiegersöhne beschafft sie mir. Er hat fast zu allem Zugang, was sich ein

FÜNFUNDZWANZIG: Hannah

Bombenbastler wie ich nur wünschen kann. Denn er ist Sicherheitschef bei Anthony Leung."

Hannah horchte hoffnungsvoll auf. „Und was heißt das für uns?"

„Da bin ich mir nicht sicher. Ich weiß nicht, wie er zu seinem Arbeitgeber steht, ich wollte es bisher auch nicht wissen – ich will nicht von seinem üblen Gewerbe profitieren, obwohl er uns gern auch finanziell unterstützen würde. Vielleicht hilft er mir aus reiner Loyalität der Familie gegenüber, obwohl er befürchten muss, dass seinen Kindern und seiner Frau, also meiner Tochter, etwas zustößt, wenn die Sache auffliegt. Das, muss ich zugeben, macht mir ebenfalls Angst. Allerdings solltet ihr wissen, dass er vor Leungs Auftauchen selbst Chef des Syndikats war."

„Wo finden wir ihn?", fragte Hannah.

„Bitte, geht sehr behutsam vor. Euch zuliebe, aber auch meiner Familie wegen. Euer Ziel versteht ganz und gar keinen Spaß."

Die Großmutter sah beide eindringlich an. Sie hatte sich mit geradem Rücken auf ihren Hocker gesetzt und strahlte eine beeindruckende Energie aus.

„Natürlich könntet ihr ihn in seinem Büro in der vorletzten Etage des World Financial Center aufsuchen. Doch vielleicht ist eine indirekte Kontaktaufnahme eher zu empfehlen."

„Gibt es denn einen Ort, wo wir ihn unverfänglich treffen können, ohne dass er misstrauisch wird?"

„Zhao Weng, so heißt er, hat eine Leidenschaft. Das ist das Shanghai der 1930-er Jahre. Damals galt die Stadt als das Paris des Ostens. Es gibt noch immer ein paar Plätze hier, wo zumindest Spuren der Atmosphäre von damals zu finden sind. Weng hält sich zum Beispiel oft im Paramount Ballroom auf."

FÜNFUNDZWANZIG: Hannah

„Der Name klingt ein bisschen nach Diskothek?"

„Zwei Etagen belegt eine Disko. Doch im vierten Stock gibt es noch immer die Tanzhalle. Ein echtes Juwel! Dort traf sich in den 1930-ern die Shanghaier Oberschicht zum Feiern. Erst vor gut zehn Jahren haben Anleger aus Taiwan das Gebäude renovieren lassen. Seitdem treffen sich dort wieder die Reichen in dekadenter Atmosphäre zum Standard-Tanz."

„Und da wird wirklich nur getanzt?"

„Schaut es euch am besten mal an. Der chinesische Name des Ballrooms lautet zwar ‚Bailemen', wörtlich ‚Tor der 1000 Freuden', doch es geht heute sehr gesittet zu. Dienstags ist Weng übrigens nie dort, das wäre eine gute Gelegenheit, sich unauffällig umzusehen."

Hannah war sich noch nicht sicher, was sie mit dieser Information anfangen konnten. Doch sie hatte sich das wichtigste Stichwort zu Beginn des Gesprächs schon selbst gegeben: Sie mussten einen Schritt nach dem anderen machen.

SECHSUNDZWANZIG: Hiro

Seit dem Gespräch mit der Großmutter in ihrem Kellerlabor hatte er Hannah nicht gesehen. Er vertrieb sich die Zeit damit, Erkundigungen einzuziehen über Anthony Leung, Zhao Weng und die Legende von den Totenrufern – doch überall stieß er an Grenzen. Über Leung, der seinen Namen offenbar anglisiert hatte, war so gut wie nichts bekannt. Natürlich konnte man in allen großen Tageszeitungen die Kurse der Unternehmen lesen, die er besaß. Doch das Firmengeflecht zu durchschauen, war bisher keinem Reporter gelungen. Über seine Herkunft gab es lediglich Spekulationen, etwa dass er als Illegaler nach Shanghai gekommen sein könne – als Wanderarbeiter also. Die Großstadt versuchte, den Zustrom vom Land zu begrenzen. Das schreckte ehemalige Bauern jedoch nicht ab, ihr Glück zu versuchen. Sie endeten meist als besonders billige Arbeitskräfte, da sie schlecht auf ihre Rechte pochen konnten. Aber wie sollte es solch ein armer Schlucker an die Spitze eines riesigen Konzerns geschafft haben?

Heute war endlich Dienstag. Hiro hatte versucht, sich abzulenken. Er merkte, dass die Begegnung mit Hannah ihn zu verändern begann. Sein Bewusstsein war ihm früher wie ein Glas mit sprudelnd kochendem Wasser vorgekommen, das auf

SECHSUNDZWANZIG: Hiro

einer heißen Platte stand. In den Blasen, die in schneller Folge aufstiegen, befanden sich seine Wut, sein Ärger, sein Neid. Von einem Moment zum anderen konnte sich sein Gemütszustand ändern. Allerdings immer in kleinsten Dosen. Ein bisschen Aggression, ein wenig Hinterhältigkeit – doch im Grunde fühlte er sich ausgeglichen. Nun aber kochte seine Seele in großen Blasen, als habe sich ihre Zusammensetzung geändert. Und wirklich, wenn die Luftblasen an der Oberfläche seines Bewusstseins aufbrachen, versprühten sie kein Gift mehr, sondern Gefühle, die ihm süß vorkamen wie eine chinesische Leckerei.

Er hasste diesen Duft von Zucker und Schokolade – und konnte doch nicht genug davon bekommen. Er ertappte sich dabei, wie er auf der Straße absichtlich Menschen anrempelte, um sich bei einer ordentlichen Schlägerei in Rage zu prügeln. Aber wenn seine Seele wieder einmal mit einer Überdosis warmen Sehnens oder zärtlicher Berührung gefüttert worden war, konnte er sich nicht vorstellen, wie er je anders gelebt hatte. Wäre er ein normaler Mensch, hätte er sein Verliebtsein vielleicht einfacher ertragen. Er war aber ein Dämon, der sich jedem gewöhnlichen Sterblichen überlegen fühlte.

Hiro hatte diesmal das Motorrad bei der Villa stehen gelassen und war mit dem Taxi gekommen. Er hoffte, dass Hannah ihre Eltern schon auf ihren nächtlichen Ausflug vorbereitet hatte. Ihrem Vater wollte er nicht begegnen, deshalb rief er sie nur kurz vom Taxi aus an. Er legte die Hand auf sein Knie, das von sich aus zu wippen begonnen hatte.

Das Auto war nur schwach beleuchtet. Als der Fahrer Hannah die Tür öffnete, sah Hiro zunächst nur ihr Profil. Sie wirkte anders als sonst, erwachsener. Statt Jeans und T-Shirt trug sie ein Qipao, ein chinesisches Kleid. Der hochstehende Kragen verlängerte ihren Hals, der eng anliegende Stoff zeichnete ihre Figur nach. Hiro traute sich nicht, ihn zu berühren. Der Qipao glänzte im Licht der Straßenlaternen wie Seide. Beim Einsteigen gaben die Seitenschlitze des knöchellangen Kleides kurz den Blick auf Hannahs Haut frei. Sie setzte sich. Während Hiro durch sein Gewicht in der Rückbank versank, schien sie über den Polstern zu schweben. Als der Fahrer Gas gab, hatte noch immer niemand ein Wort gesagt.

Hiro sah, dass Hannah lächelte. Sie musste bemerkt haben, welchen Eindruck sie auf ihn gemacht hatte. Er fuhr mit einem Weltwunder im Taxi. Die Scheinwerfer entgegenkommender Fahrzeuge erweckten die goldenen Stickereien auf ihrem dunkelroten Kleid zum Leben. Ranken wanden sich um Hannahs Formen, wuchsen und schrumpften je nach Lichteinfall. Er rutschte noch etwas tiefer in die Polster der Rückbank.

„Du ...", begann er, „du siehst gut aus." Ein schwacher Anfang, dachte er.

„Danke. Das Kleid habe ich zusammen mit meiner Mutter ausgesucht."

„Es steht dir wirklich hervorragend."

Sie lächelte wieder und schaute ihm ins Gesicht. „Du siehst aber auch gut aus."

Sagte sie das nur, um sein Kompliment zu erwidern? Hiro trug zwar einen Anzug, den er sich auf die Schnelle hatte schneidern lassen, was kaum mehr als ein Kleidungsstück von der Stange kostete. Doch damit unterschied er sich um nichts von dem Heer der Geschäftsleute, die im Anzug zu einem Termin unterwegs waren. Zwischen Freizeit und Arbeit grenzte man hier kaum ab. Hannah jedoch würde Blicke auf sich ziehen, davon war er überzeugt. Sie hatte sich geschminkt, Brauen und Lider waren schwungvoll nachgezogen, sodass

SECHSUNDZWANZIG: Hiro

ihre Augen asiatischer wirkten als sonst. Auch beim Teint der Wangen hatte sie nachgeholfen. Würde sie behaupten, einer ihrer Elternteile sei chinesischer Abstammung, würde niemand daran zweifeln.

Schweigend fuhren sie durch Shanghais nächtliche Straßen. Der Fahrer hatte erst bei der Zentrale nachfragen müssen, wo dieses Bailemen denn lag. Sie erkannten es sofort an seiner von Neonleuchten überstrahlten Fassade. Der Eingang befand sich an einer Straßenecke. Hinter den Doppeltüren erwartete sie ein ovaler Raum, dessen einziger Schmuck ein paar Plakate bildeten. Eines davon zeigte ein Paar in klassischer Tanzhaltung. Mit dem Fahrstuhl verließen sie die moderne Welt.

„Herzlich willkommen", begrüßte sie eine Chinesin, die um die 40 sein mochte. Sie stellte sich als die Managerin vor. Englisch sprach sie allerdings kaum, deshalb musste Hiro übersetzen. Das Etablissement war offensichtlich nicht auf westliche Touristen eingestellt.

„Darf ich Sie mit einem unserer Tänzer oder einer Tänzerin bekanntmachen?"

„Das ist sehr freundlich, aber wie kommen wir zu diesem Angebot?", fragte Hiro.

„Oh, uns besuchen viele Paare, bei denen ein Partner nicht tanzen kann oder mag. Für solche Fälle stehen unsere Tanzlehrer bereit. Oder vielleicht wollen Sie noch etwas dazulernen? Eine Stunde kostet 200 Yuan, aber ich kann Ihnen einen Rabatt anbieten, wenn Sie ein Lehrerpaar buchen."

Hiro erklärte Hannah, was die Managerin ihnen angeboten hatte. Auf ihren Wink hatte sich bereits eine junge Frau zu ihnen gesellt. Sie trug ebenfalls ein Qipao, allerdings in einem deutlich helleren Rot als Hannah. Sie wirkte außerordentlich attraktiv.

SECHSUNDZWANZIG: Hiro

„Vielen Dank", sagte Hiro, „Wir kommen allein zurecht, glaube ich."

„Darf ich Sie dann an einen schönen Platz im Tanzsaal führen?"

Beim Betreten des etwa turnhallengroßen Raumes fiel Hiros Blick zunächst auf die Bühne am entgegensetzten Ende. Dort sang eine Frau im Halb-Playback zu Musik vom Band. Europäische Schlager mit chinesischen Texten, die von unerfüllter Liebe, Sehnsucht, Verrat und Tod handelten. Scheinwerfer flackerten über den roten Samtvorhang hinter ihr. Auf dem Parkett vor der Bühne bewegten sich acht oder zehn Paare im Takt der Musik. Es war ein Genuss, sie zu beobachten. Zwar schienen sich Tanzlehrer-Paare darunter gemischt zu haben, doch auch die offensichtlichen Laien zeigten eine erstaunliche Eleganz und Leichtigkeit. Warum hatte er Hannah eigentlich noch nicht gefragt, ob sie tanzen konnte? Er selbst würde auf jeden Fall unangenehm auffallen. Er erkannte zwar den Rhythmus der Musik, hätte ihn aber keinem bestimmten Tanz zuordnen können.

Doch es half nichts, sie hatten den Eintritt bezahlt, also musste er es zumindest probieren. Er forderte Hannah auf. Die Musik hatte gerade neu eingesetzt.

„Ein langsamer Walzer", flüsterte ihm Hannah zu. Sie hatte ihm wohl seine Ratlosigkeit angesehen. Er legte die Arme um sie, wie er es bei den anderen Paaren sah. Die rechte Hand auf dem Schulterblatt, mit der linken fasste er ihre rechte. Ihre Körper berührten sich an der Hüfte. Er schwitzte und ärgerte sich darüber. Hannah lehnte sich leicht zurück. Hitze stieg ihm ins Gesicht.

Den ersten Einsatz verpasste er. Immerhin hatte er aus den tiefsten Winkeln des Gedächtnisses eine Erinnerung an den Walzer-Grundschritt bergen können. Rechts. Links. Dre-

SECHSUNDZWANZIG: Hiro

hen – schließen. Doch auch beim zweiten Versuch kam er den Bruchteil einer Sekunde zu spät. Er musste sich konzentrieren. Eins – zwei – drei. Eins – zwei – drei. Rechts vor – diesmal war er im richtigen Moment gestartet, sie bewegten sich im Takt. Gegen den Uhrzeigersinn ging es um die Tanzfläche.

Ihre Körper verstanden sich gut. Hannah reagierte auf jede seiner Andeutungen. So musste er wenigstens nicht noch auf seine Führung achten. Es war kompliziert genug, nirgends anzustoßen. Zweimal erwischte er die Spitze ihrer offenen Schuhe. Er hoffte, dass er ihr nicht auf die Zehen getreten hatte. Hannah ließ sich zumindest nichts anmerken. Hiro spürte, wie unter seinem Hemd Schweißtropfen den Rücken hinunter liefen. Das Lied schien nicht enden zu wollen. Er hätte Hannah gern beobachtet, die Bewegungen ihrer Muskeln studiert, doch dazu kam er nicht. Wäre er nicht so nervös gewesen, hätte er die Wärme ihrer Haut genießen können, seine Hand auf ihrem Rücken, die ihre langen Haare streichelten. Doch er musste auf den Takt achten, musste in Gedanken mitzählen, damit sie überhaupt unfallfrei über die Tanzfläche kamen.

Nach dem Tanz sagte Hannah nichts. Er war ihr dankbar dafür. Ein Kompliment hätte sich gelogen angefühlt.

„Sollen wir vielleicht doch lieber einen Profitänzer für dich buchen?", fragte Hiro.

„Wenn du nicht mehr tanzen willst?" Hannah zog eine Augenbraue hoch.

„Ich würde mir lieber in Ruhe überlegen, wie wir an Weng herankommen."

Das war keine Lüge. Und trotzdem so etwas wie eine kleine Ausrede.

„Entschuldige, ich hatte unsere Aufgabe schon fast vergessen."

SECHSUNDZWANZIG: Hiro

Hiro winkte der Managerin, die ihn sofort bemerkte. Wenig später kam ein schlanker Chinese zu ihrem Tisch, der sich als Tanzlehrer vorstellte. Es sei ihm eine Ehre, seine Fähigkeiten zur Verfügung zu stellen. Ob es Hannah störe, dass er kein Englisch spreche?

Als die Musik erneut einsetzte, hatte er Hannah schon auf die Tanzfläche geführt. Ein Cha-Cha-Cha. Der Chinese bewegte sich locker und zugleich elegant zu dem lateinamerikanischen Rhythmus. Hiro war überrascht, wie gut Hannah tanzte. Sie führte Figuren aus, die sie unmöglich gelernt haben konnte. Als das Paar beim nächsten Stück, einem Slowfox, durch den Saal schwebte, wollte Hiro den Blick abwenden, doch es gelang ihm nicht.

Er mochte diesen Tanzlehrer nicht, dessen Hüfte sich an Hannah rieb. Bei Drehungen schob er sein Bein zwischen ihre Schenkel, sodass die Schlitze in ihrem Kleid viel Haut freigaben. Hiro versuchte, sich auf andere Paare zu konzentrieren. Ganz kurz lenkte ihn eine Tänzerin mit außergewöhnlich großem Busen ab, der im Takt wippte. Dann kehrte sein Blick wieder zu Hannah und ihrem Tanzpartner zurück.

Die junge Frau, die er erst seit ein paar Tagen kannte, war offensichtlich begabt. Wäre es vielleicht aussichtsreich, auf die Instinkte des Mannes zu setzen, den die Großmutter Zhao Weng genannt hatte? Wenn es Hannah gelänge, ihn von sich einzunehmen, ihn zu verführen, würde er ihnen möglicherweise helfen. Hiro war über diesen Einfall nicht gerade glücklich, doch er war zu konsequent, um ihn von vornherein einfach abzulehnen. Nachdem der Tanzlehrer Hannah wieder zum Tisch begleitet hatte, setzte er ihr seine Idee auseinander.

SIEBENUNDZWANZIG: Es

Er hatte Mühe, der Katze zu folgen. Die Yuyuan-Gärten lagen längst hinter ihnen; die Gegend, in die sie nun geraten waren, machte einen verwahrlosten Eindruck. Die Häuser waren zwar immer noch zweistöckig, doch kaum breiter als eine Garage. Die Menschen hier wohnten in winzigen Räumen, fließendes Wasser gab es nur auf der Straße. Die Bewohner gingen ihren abendlichen Geschäften nach. Er sah ein junges Mädchen, das sich in einem Zuber auf der Straße die Haare wusch. Eine alte Frau bügelte mit einem Eisen, das wohl glühende Kohlen enthielt, einen Stapel Wäsche. Ein Mann reparierte sein Fahrrad. Zwei kleine Kinder stritten sich.

Bald würde die Dunkelheit hereinbrechen. Die Katze verlangsamte ihr Tempo. An einem Friseurladen bog sie in eine Gasse ein. Dort sah sie sich nach ihm um, ehe sie weiterschlich.

Ein durchdringender Geruch lag in der Luft, nach Aas, nach toten Leibern. Die Gasse war mittlerweile voller Schatten, die einen seltsamen Tanz aufführten. Er beruhigte sich damit, dass er nach den Lichtquellen suchte, die diese wandernden Schatten auf die Wände warfen. Die Katze lugte um eine Ecke, dann drehte sie sich zu ihmum.

SIEBENUNDZWANZIG: Es

„Da vorn ist der Hinterhof eines Fleischers", sagte sie. „Wir dürfen ihn nicht betreten. Was immer auch passiert, bleib da, wo du bist."

Der Hund nickte.

„Du brauchst ein bisschen Geduld. Aber sei vorsichtig, wenn du um die Ecke siehst. Ich habe das schon zwei Mal gesehen und warte lieber am Eingang zur Straße."

Die Katze zog sich tatsächlich bis ans Ende der Gasse zurück. Es war allein mit dem, was auch immer hier geschehen sollte. Eine direkte Gefahr bestand wohl nicht, sonst wäre die Katze sicher noch vorsichtiger gewesen. Trotzdem verkrampfte sich sein Magen.

Der Hund legte sich nieder und reckte etwas den Kopf vor, sodass er gerade eben in den Hof spähen konnte. Nun wusste er, woher der penetrante Geruch kam. Drei ganze Schweine hingen dort, vielleicht zum Ausbluten, mit den Köpfen nach unten, die Füße waren zusammengebunden. Er versuchte, ihnen in die Augen zu schauen, aber da war nichts mehr. Nicht der kleinste Widerhall einer früheren Existenz. Die Tiere waren tot, eindeutig. In diesem Zustand machten sie ihm keine Angst mehr. Er entspannte sich.

Etwas bewegte sich, er hatte es nur aus dem Augenwinkel wahrgenommen. Deshalb versuchte er nun, vor seinem inneren Auge Vorher- und Nachher-Bild übereinander zu legen. Der Trick funktionierte. Das Vorderbein des einen Schweins hatte seine Stellung gewechselt. Dabei war kein Windhauch zu spüren. Der Hinterhof lag in diesem Häuserlabyrinth so versteckt, dass es hier auch an einem windigen Tag keinen Zug geben konnte. Was hatte den Fuß bewegt? Oder spielte ihm seine Erinnerung einen Streich?

Der Fuß begann, hin und her zu schwingen, ähnlich wie

das Pendel einer Wanduhr. Wo steckte die Kraft, die diese Bewegung angestoßen haben musste? Erlaubte sich jemand einen seltsamen Scherz? Der Hund erhob sich, stand fluchtbereit auf seinen vier Beinen. Sollte er vor dem wackelnden Bein eines toten Schweins davonlaufen? Die Katze hatte ja offenbar schon Ähnliches beobachtet und offensichtlich war ihr nichts passiert.

Auch das zweite Vorderbein schwang jetzt rhythmisch hin und her. Die ganze Szenerie hatte fast etwas Künstlerisches. Drei tote Tiere, von denen eines seine Vorderbeine bewegte. Er hoffte, das war es, was die Katze ihm hatte zeigen wollen.

Der Wunsch erfüllte sich nicht. Zwar waren die Hinterfüße des Schweins zusammengebunden und konnten nicht schwingen, dafür setzte sich nun der komplette Kadaver in Bewegung. Die Eisenstange, an der das Tier hing, quietschte hörbar in ihren Angeln. Der Hund zählte mit. Das Schwein pendelte langsam wie im Takt einer traurigen Symphonie.

Dann öffnete es die Augen.

Er hatte das Gefühl, erkannt worden zu sein. Das Tier hatte genau in seine Richtung gesehen. Er erschrak bis ins Mark, wich unwillkürlich zurück, schaute dann aber wieder hin. Er wollte bis zum Schluss miterleben, was hier geschah. Nur so würde er den Vorgang einschätzen können. Ihn zu verstehen, diese Hoffnung hegte er erst gar nicht.

Der Hund wurde mutig, sah dem aufgehängten Tier direkt ins Gesicht. Die Augen waren bemerkenswert, die Pupillen riesig, als stünde das Schwein unter Drogen. In den Augenhöhlen meinte er ein Feuer auszumachen, das kalt und doch gefährlich brannte.

Das Schwein bewegte die Ohren, schien in alle Richtungen zu lauschen. Wäre da nicht der tiefe Schnitt in seinem Hals gewesen, hätte man glauben können, es sei gerade aus dem Schlaf erwacht. Aus dem Schlitz lief etwas Blut, ebenfalls in einem gleichmäßigen Rhythmus, als hätte das Herz seine Arbeit wieder aufgenommen. Vielleicht hatte das Tier wirklich nur geschlafen? Aber er wusste, dass es eine so simple Erklärung nicht geben konnte.

Das Schwein hatte seine Pendelbewegung noch verstärkt. Der Hund fand schnell den Grund dafür heraus. Den Strick um die Hinterfüße hatte der Metzger zwar so fest verknotet, dass er für ein Schwein, das tot an einer Stange hing, genügte. Doch für ein lebhaft zappelndes Tier war er zu locker. Nach einem besonders starken Schwenk krachte das Schwein auf den Boden. Das laute Geräusch des Falls musste auch in der Nachbarschaft zu hören sein, aber niemand kam, um nachzusehen.

Einen Moment lang blieb das Tier still liegen. Dann erhob es sich langsam. Es schüttelte seine Glieder, als wären sie ihm in der unbequemen Haltung eingeschlafen. Am Rücken war das Schwein mit zwei chinesischen Zeichen tätowiert. Der Hund bemerkte, dass sie im Zwielicht leuchteten.

Das Schwein machte einen Schritt nach vorn. Einen zweiten. Dann rannte es in rasendem Tempo davon. Der Hund, der sich vor Entsetzen nicht rühren konnte, spürte, wie sich seine verkrampften Muskeln wieder etwas entspannten.

ACHTUNDZWANZIG: Hannah

Noch immer spürte Hannah den Rhythmus des Tanzes. Ihre Füße hatten sich wie von selbst bewegt. Es war so leicht gewesen wie barfuß über eine Wiese zu laufen. Sie hatte gar nicht auf den Takt hören müssen, denn er war in ihr gewesen, ganz anders als sonst beim Tanzen, und dieses Erlebnis war so verblüffend, dass sie sich erst eine Minute fassen musste. Um in eine neue Welt einzutauchen genügte es offenbar, wenn ein Profi sie führte statt eines Mitschülers, der bei jedem Schritt über den nächsten nachdenken musste.

Sie schaute zu Hiro, der etwas zusammengesunken auf seinem Sessel saß und beide Arme steif auf die Lehnen gelegt hatte. Musste sie sich entschuldigen – und wenn ja, wofür? Sie schloss die Augen und erinnerte sich an den Walzer mit ihm. Er hatte sich nicht ungelenk bewegt, sondern wie ein Bär. In einer Natur-Doku im Fernsehen hatte Hannah gesehen, wie geschickt und elegant Bären Fische fingen oder auf Bäume kletterten. Nur beim Tanzen musste es ihnen wie Hiro gehen, der dabei mit seiner Kraft wohl nichts anzufangen wusste. Um sie zu schützen, hatte er sich viel zu zaghaft bewegt. Trotzdem hatte sich Hannah mit ihm sehr wohlgefühlt. Hatte sich gewünscht, dass er sie dichter an sich zog. Als er ihr auf den

Fuß trat, hätte sie ihm gern zum Trost die Wange gestreichelt, doch sie hatte sich nicht getraut. Stattdessen hatte sie ihn strahlend angelächelt, was er leider nicht bemerkt hatte, weil er gerade auf seine Füße sah.

„Mir ist da eine Idee gekommen." Hiro beugte sich etwas vor und kratzte sich am Kinn. „Ich weiß nicht, ob sie funktioniert. Und selbst wenn sie durchführbar ist, weiß ich nicht, ob ich darüber glücklich bin."

So kompliziert drückt er sich sonst nicht aus, dachte Hannah. Sie schaute ihn erwartungsvoll an.

„Du könntest versuchen, Zhao Weng zu verführen und uns auf diese Weise Informationen und vielleicht sogar seine Hilfe zu verschaffen."

Hannah versteifte ihren Rücken, ohne etwas zu sagen.

„Du musst das ja nicht bis zum Schluss durchziehen. Das will ich auch gar nicht." Hiro rieb sich etwas verlegen die Nase.

Hannah sah auf ihren Ringfinger. Die Haut unter dem silbernen Ring, den sie dort trug, hatte plötzlich begonnen zu schwitzen.

„Wir könnten dich hier als Miet-Tänzerin unterbringen. Ich bin sicher, Weng wird auf ein neues Gesicht sofort anspringen."

„Hast du schon mit der Managerin gesprochen?"

„Nein, erst einmal wollte ich dich fragen."

Immerhin hatte sie ein Mitspracherecht. Etwas Kaltes, Raues stieg ihre Kehle hinauf. Was bildete sich dieser Typ eigentlich ein? Sie schluckte.

„Wie nett von dir." Eigentlich hasste sie schnippische Antworten, doch diesmal konnte sie es sich nicht verkneifen.

„Hannah, ich weiß, es ist eine Schnapsidee. Ich wollte mir

ACHTUNDZWANZIG: Hannah

aber nicht vorwerfen, eine Möglichkeit nicht wenigstens mit dir besprochen zu haben."

Der Rückzieher kam ihr zu schnell, viel zu schnell. Sie ärgerte sich immer noch und spürte gleichzeitig, wie diese neue Idee sie zu reizen begann. Sie kannte sich selbst nicht mehr. Was passierte nur mit ihr, seit sie diesem Hiro begegnet war?

„Nein, deine Idee ist gar nicht so übel", sagte sie betont langsam. „Wir sollten wirklich keine Option von vornherein ausschließen, nur weil sie uns aus irgendwelchen Gründen nicht passt. Wie sollen wir es sonst mit einem mächtigen Dämon aufnehmen können?"

Hiro lehnte sich zurück. Der feste Griff seiner Hände um die Sessellehnen lockerte sich. Er rang sich sogar ein Lächeln ab. So leicht wollte sie es ihm aber nicht machen.

„Und es kann ja schließlich nichts schaden, Erfahrungen zu sammeln. Wer weiß, vielleicht ist dieser Weng sogar ein hübscher Mann? Und tanzen kann er bestimmt auch sehr gut."

Hannah wunderte sich selbst über ihre Worte. Die erhoffte Wirkung trat auch sofort ein. Hiros Fingerknöchel knackten, er presste die Lippen zusammen. Hannah bemühte sich, ihre Freude darüber nicht zu verraten.

„Dann lass uns mit der Managerin sprechen."

Hiro gelang es ohne große Mühe, die Frau zu überzeugen. Wer zehntausend Yuan zahlte, durfte ihretwegen sofort als Tanzlehrerin anfangen. Erst recht, wenn es jemand wie Hannah war, die auch optisch etwas zu bieten hatte. Was das Paar damit bezweckte, war der Managerin egal. Hauptsache, und darauf bestand sie, das Geld hatte zuvor bar den Besitzer gewechselt.

ACHTUNDZWANZIG: Hannah

Hannah war allerdings klar, dass ihre Fähigkeiten für einen erfahrenen Tänzer bei weitem nicht hinreichend sein würden. Sie musste vorher noch intensiv dazulernen. Dafür kam der Paramount Ballroom nicht in Frage. Zu groß war die Gefahr, dabei Zhao Weng schon über den Weg zu laufen.

Doch die Managerin hatte einen Vorschlag: Sie würde, natürlich gegen großzügige Bezahlung, einen Tanzlehrer abstellen, der sie im Fuxing-Park unterrichten könnte. Dort trafen sich täglich Hobbytänzer aus der Umgebung, um auf einem gepflasterten Platz mitten im Park Walzer, Cha-Cha-Cha und Rumba zu tanzen. Sobald sich Hannah einsatzbereit fühlte, sollte sie sich wieder bei ihr melden.

Es herrschte eine seltsame Stimmung, als sie im Taxi nach Hause fuhren. Hannah und Hiro schauten beide nach vorn. Die Luft war so weit abgekühlt, dass Hannah den Fahrer bat, die Klimaanlage auszuschalten. Stattdessen öffnete sie das Fenster ein wenig. Der Wind, der durch den schmalen Spalt herein blies, brachte Feuchtigkeit mit sich. Die Innenseiten der Scheiben beschlugen. Hiro beugte sich zu ihr hinüber und begann, mit dem Finger auf das Fenster zu zeichnen. Ein paar hastige Striche, die ein trauriges Gesicht ergaben. Doch er war noch nicht fertig, malte weiter. Geschickt löschte er einige Linien, fügte andere hinzu. Jetzt lächelte das Gesicht.

Hannah überlegte, womit sie sich revanchieren konnte. Ausgerechnet ihr, der Künstlerin, fiel nichts ein. Ziellos bewegte sie ihren Finger über die Scheibe. Das Bild entstand ganz von allein. Sie hatte es nicht beabsichtigt und erschrak, als sie es erkannte. Der Wagen hatte eben vor einer Ampel gehalten. Er setzte sich gerade wieder in Bewegung, als die auf Rot geschaltete Fußgängerampel ihr Licht durch die Scheibe

ACHTUNDZWANZIG: Hannah

warf. Hannahs Finger hatten ein schlichtes Herz gezeichnet. Ein Herz, das jetzt rot aufleuchtete.

Sie lehnte sich in die Polster zurück, ein Pochen in der Brust. Sie schluckte. Fuhr sich mit der Hand durch die Haare. Biss sich auf die Lippen. Dann legte Hiro eine Hand auf ihren Oberschenkel. Durch den dünnen Seidenstoff des Qipao ging die Wärme seiner Handfläche direkt in ihre Haut über. Hannah spürte, wie das Blut durch feine Adern pulse. Sie hätte seinen Herzschlag nicht intensiver fühlen können, selbst wenn sie ihr Ohr direkt auf seine nackte Brust gelegt hätte. Die Hand lag gut, wo sie lag. Sie durfte gern für immer dort bleiben. Vielleicht wächst sie an, wenn wir nur lange genug warten, dachte Hannah. Sie stellte sich vor, wie sie von diesem Moment an durch das Leben spazieren würden. Sie lächelte.

Die Magie verflog, als der Fahrer am Eingang der kleinen Nebenstraße anhielt, in der das Haus ihrer Eltern lag. Es war nicht einmal zehn geworden. Die Familie würde sich wundern, dass sie so früh von ihrem Date heimkam. Denn natürlich hatten alle gedacht, sie habe eine Verabredung, als sie das neue Kleid anzog und sich schminkte. War sie also gerade im Begriff, ein Date zu beenden? Für sich selbst hatte sie den Abend bewusst als geschäftlichen Termin deklariert. Was konnte schon passieren, wenn man sich zwecks Lösung eines Problems zusammensetzte? Und nun war sie ... Hannah traute sich nicht, den Gedanken zu beenden. Bei jeder ihrer Freundinnen hätte sie sofort die richtige Diagnose gestellt. Fühlte es sich so an, wenn man verliebt war? Das Schwitzen, der unregelmäßige Herzschlag, das Bedürfnis, einen anderen Menschen zu berühren. Was gehörte sonst noch alles dazu?

Hannah überlegte. Und wie immer, wenn sie nachdachte, wollte sie an dem silbernen Ring spielen, der schon ihrer Oma

ACHTUNDZWANZIG: Hannah

gehört hatte, wollte ihn drehen, verschieben – nichts davon gelang ihr jetzt. Der Ring saß fester denn je. Waren ihre Finger wegen der Hitze so stark geschwollen? Meist half es dann, die Haut mit Spucke zu befeuchten. Vergeblich. Wenn sie zu sehr daran zog, schmerzte ihr Finger. Woran das lag, erkannte sie mit Entsetzen, als sie den Ring genauer betrachtete. An seinem Seitenrand hatten sich kleine Fortsätze gebildet. Gekrümmt wie winzige Klauen gruben sie sich in ihre Haut.

NEUNUNDZWANZIG: Hiro

Als Hannah ihm den mit ihrem Finger verwachsenen Ring zeigte, schrumpfte Hiros Magen zu einem winzigen Knäuel. Ihm wurde übel wie nach einem kräftigen Faustschlag. Seine Stimmung wandelte sich komplett. Er musste unbedingt seiner Verantwortung nachkommen und die Sache schneller vorantreiben. Während er romantischen Gedanken nachgehangen hatte, war Hannah ein Opfer der sich verändernden Realität dieser Welt geworden – und er hatte den Auftrag, denjenigen auszuschalten, der dafür verantwortlich war. Es beruhigte ihn nicht, dass Hannah die Angelegenheit herunterspielte. Es bereite ihr ja keine Schmerzen, meinte sie, und den Ring setze sie sowieso nie ab.

Sie konnten nicht warten, bis Hannah gut genug tanzte. Denn es gab ein zweites Problem: Sie brauchten einen Totenrufer. Dass sie alle gestorben sein sollten, war weiter kein Hindernis: Er wusste, wo und wie man einen Toten ausfindig machte. Er würde in die Dämonenwelt reisen. Im selben Moment wurde ihm mit Erschrecken klar, dass er auch dazu Hannah benötigte. Er konnte seinen Körper nicht unbewacht im Hotel zurücklassen.

Als er sie am folgenden Tag in der Bibliothek traf, schien

sie völlig entspannt. Der Ring? Nein, da hatte sich nichts verändert. Ihren Eltern hatte Hannah nichts davon erzählt, um sie nicht unnötig zu beunruhigen. Ihrer Kollegin erklärte sie, dass sie von nun an jeden Tag etwas eher gehen müsse. Die Sonne ging stets pünktlich gegen 18 Uhr unter. Sie brauchten jedoch Tageslicht, wenn sie im Fuxing-Park das Tanzen üben wollten.

Die erste Stunde war für heute angesetzt. Der Fuxing-Park lag nicht weit von der Französischen Konzession entfernt. Die Musik war schon von weitem zu hören. Der Dreivierteltakt des Walzers, der scharfe Rhythmus des Tangos – es war sofort klar, dass hier nicht einfach jemand zu laut Radio hörte. Neben einem kleinen gepflasterten Platz fast in der Mitte des Parks hatte ein Mann eine fahrbare Musikanlage aufgestellt. Ein buntes Publikum tanzte zu chinesischer Schlagermusik. Das Niveau war sehr unterschiedlich. Die Männer wirkten oft unbeholfen, viele Frauen tanzten durchaus elegant. Auffällig war, dass sich die Paare beim Tanzen nicht anschauten, auch Lächeln war selten auszumachen, wodurch besonders die lateinamerikanischen Tänze seelenlos wirkten.

Der Tanzlehrer wartete bereits auf sie. Er stand von seiner Bank auf, um sie zu begrüßen. Groß gewachsen und schlank erfüllte er alle Klischees seines Berufs. Hiro fragte sich, ob er auch schwul war. Ein bisschen hoffte er sogar darauf. In einer Hinsicht hatte er sich allerdings getäuscht: Er würde nicht einfach dasitzen und Hannah zusehen können. Der Lehrer, er hieß Lee, erklärte ihnen, dass es sich zwar mit einem Profipartner leichter lerne, doch Hannah müsse auch dann noch zurechtkommen, wenn der Mann nicht perfekt führte. Dazu sei Hiro genau der richtige Kandidat. Damit hatte Lee sicher Recht.

NEUNUNDZWANZIG: Hiro

Trotzdem fühlte Hiro sich unbehaglich. Alle Anwesenden sahen zu, als sie unter der Anleitung des Tanzlehrers mit den ersten Schritten begannen. Eine Ausländerin beim Jiaoyiwu, dem Freundschafts-Austausch-Tanzen, wie die Chinesen ihr Hobby bezeichneten! Dazu noch jung, genau wie ihr Partner. Und ein Lehrer, den sich von ihnen wohl niemand leisten konnte! Doch die Neugier ließ bald nach. Den ersten Tanz absolvierten sie fast allein, danach wandten sich die Menschen wieder ihren eigenen Partnern zu. Vielleicht sahen sie ab und an zu den beiden hinüber, aber das fiel Hiro nicht mehr auf.

Der Tanzlehrer korrigierte zunächst nur wenig, damit seine Schützlinge an Sicherheit gewannen. Dann nahm er die Stelle der Frau oder des Mannes ein und erklärte, was es zu ändern galt. Hiro hatte öfter einmal eine Pause, in der Lee mit Hannah tanzte. Bei vielen Schritten hatte die Frau die kompliziertere Aufgabe. Hiro kam trotzdem schnell ins Schwitzen. Auch jetzt, kurz vor Sonnenuntergang, herrschten noch über 30 Grad im Schatten. Hannah mit einem anderen Mann tanzen zu sehen, störte ihn seltsamerweise nicht mehr. Vielleicht lag es daran, dass er sich nicht ausgeschlossen fühlte.

Als die Sonne unterging, wurde es noch immer nicht kühler. Der Parkbeleuchtung schaltete sich an. Das Neonlicht wirkte weiß und kalt, doch die Tanzenden kümmerte es nicht. Der Tanzlehrer erklärte Hannah gerade eine kompliziertere Figur, zuerst mit einer Zeichnung auf dem Boden, dann mit Trockenübungen. Hiro dachte unterdessen daran, dass er mit ihr noch über das zweite Problem sprechen musste.

Inzwischen war es völlig dunkel, nur künstliches Licht erhellte den Park. Hiro hatte plötzlich das Gefühl, es stünde jemand hinter ihm. Er wandte sich langsam um. Nichts. Seine Bank stand am Rand des Weges, den Sträucher und Bäume

NEUNUNDZWANZIG: Hiro

säumten. Niemand konnte hinter ihm stehen. Er unterdrückte seine Angst und lehnte sich bewusst lässig zurück, als wolle er damit sagen: Nicht mit mir! Die Blicke in seinem Rücken ließen sich davon nicht beeindrucken. Erneut sah er sich um.

Die Tanzenden vor ihm schienen die Zeit vergessen zu haben. Ein leichter Wind war aufgekommen, der einen erfrischenden Schauer über seinen Rücken sandte. Das musste die Erklärung sein. Dazu die überreizten Nerven. Die großen Bäume, die den Platz mit ihren Kronen wie einen Pavillon überdachten, bewegten ihre Zweige.

Hiro betrachtete sie genauer. Efeu hatte sich an ihren Stämmen emporgerankt. In den Gabelungen der Äste hatten sich Höhlungen gebildet. Hiro erschienen sie wie schwarze Flecken. Das Licht der Laternen drang nicht in sie ein. Vermutlich hatten sich Vögel darin eingenistet. Hatte sich nicht eben etwas in dem Loch da drüben bewegt? Hiro ärgerte sich, weil ihm seine Sinne schon wieder einen Streich spielten. Er suchte nach anderen Löchern – und er entdeckte immer mehr. Hatte es die Löcher vorher auch schon gegeben? Im Licht der Laternen wirkten die Bäume fahl wie alte, kranke Männer. Hiro beruhigte sich, indem er sich erinnerte: Bei Tageslicht hatten sie noch in der Blüte ihrer Kraft gestanden. Nicht mit der Natur ging offenbar etwas vor, sondern mit ihm.

Er stand von der Bank auf, streckte sich und ging, ohne sich noch einmal umzudrehen, auf einen Baum zu, der nur ein, zwei Meter entfernt war. Eines der Löcher schien im Stehen gut erreichbar. Die Musik hatte gerade zu einem Tango gewechselt, der ihn mit Mut erfüllte. Das Loch schien ihn anzustarren. Es erinnerte ihn an die Pupille eines seltsamen Wesens, das sich im Stamm versteckte. Die Rinde war hart und glatt. Er fühlte mit den Fingern das Leben, das durch seine Adern floss. Wenn

NEUNUNDZWANZIG: Hiro

er seine Hand stärker gegen die Haut des Baums drückte, spürte er auch seinen eigenen Herzschlag. Er machte ein Gefühl aus, das aus weiter Ferne zu kommen schien. Jemand war unglücklich, verletzt, hatte Angst. Versuchte der Baum ihm etwas mitzuteilen, oder war das nur eine Spiegelung seiner eigenen Seele?

Hiro hob die Hand, um in das Astloch zu greifen. Nur so konnte er die Illusion zerstören, dass ihn etwas daraus anstarrte. Ein lautes Geräusch hinter ihm, ein Bellen, das wie ein Warnruf klang. Er zuckte zurück. Hinter der Bank, auf der er gesessen hatte, bewegte sich etwas. Zwei Augen, die das Licht der Parklaternen spiegelten, starrten ihn aus dem Gebüsch heraus an.

DREISSIG: Es

„Ich hoffe, du willst mir nicht noch mehr zeigen", flüsterte er der Katze zu, die an der Straßenecke wartete.

„Jedenfalls nichts so Amüsantes mehr." Die Katze setzte ein Lächeln auf. Oder etwas, das er für ein Lächeln hielt.

„Was hast du jetzt vor?", fragte sie.

„Ich suche jemanden. Ich weiß nicht, wer es ist. Wenn ich träume, kann ich den Schatten vor meinem inneren Auge sehen."

„Erkennst du ihn denn auch, wenn er vor dir steht?"

„Ich weiß nicht, ich glaube aber, es ist ein Mensch, eine Frau. In einem Traum letztens hat sie mich angestarrt. Als ich dich gerade aus dem Wasser gezogen hatte! Diese Frau würde ich sofort wiedererkennen."

„Meinst du? Mir scheint ja, dass du dich nicht einmal selbst erkennst."

Er ahnte, dass die Katze Recht hatte.

„Was siehst du denn vor dir?", fragte er.

„Einen Hund, der sich nicht benimmt wie einer. Andererseits ...", die Katze legte eine Pause ein, „... benimmt sich die ganze Welt neuerdings ein bisschen seltsam."

Sie machte ein so unbekümmertes Gesicht, als ginge sie die Veränderung der Welt im Grunde nichts an.

„Und ich bin mir durchaus bewusst, dass ich mich auch nicht so richtig wie eine Katze benehme."

„Das ist mir auch schon aufgefallen."

„Die wichtigsten Details kennst du aber nicht. Ich hasse zum Beispiel Fisch. Ich spiele nicht gern mit lebenden Mäusen."

„Vielleicht liegt es ja daran, dass du keine Katze bist?"

„Du bist vielleicht kein Hund, aber auf jeden Fall ein Witzbold. Sieh mich an. Bin ich eine Katze?"

Obwohl er das Ergebnis kannte, betrachtete er sie gründlich.

„Du siehst ganz eindeutig aus wie eine Katze."

„Danke. Das Problem ist nur, dass ich mich nicht erinnere, wie ich eine Katze geworden bin. Ich weiß natürlich, wie das prinzipiell funktioniert. Aber ich habe keine Bilder aus meinem Leben. Ich muss ja auch einmal eine kleine Katze gewesen sein, müsste mich an meine Mutter erinnern können, ihren Geruch kennen oder wie es sich anfühlt, mit den Geschwistern zu raufen."

Er schwieg. Versuchte, seine Gedanken zu sortieren. Er hätte der Katze von seinen eigenen Erlebnissen erzählen können. Wie er von Körper zu Körper wechselte. Welche anderen Seelen er schon kennengelernt hatte. Dass manche dieser fremden Seelen dunkel und grausam waren. Doch er bezweifelte, ob er ihr damit helfen würde. Die Katze hatte solche Erfahrungen offenbar noch nicht gemacht. Er könnte sie also nur verunsichern. Denn einen Ausweg hatte er auch nicht zu bieten. Was hätte sie von diesem Wissen, so unvollständig es war?

„Vielleicht bist du ja irgendwann mal gegen eine Wand gerannt. Hattest eine Kopfverletzung. Gedächtnisverlust."

„So habe ich es mir bisher auch erklärt."

Die Katze senkte den Kopf und sah so müde aus, wie er sie noch nie erlebt hatte.

„Lass uns gehen", sagte er.
Die folgenden Tage verbrachten sie auf Wanderschaft. Wenn sie sich zum Schlafen niederlegten, versuchte er, sich das Ziel vorzustellen. Das funktionierte fast immer. Die warmen Fackeln waren ebenfalls in Shanghai unterwegs. Doch sie aufzuspüren war schwieriger als erwartet. Sie bewegten sich im Kreis. Ein paar Mal hatte er ihre Nähe gespürt, doch sie waren immer zu spät gekommen. Er brauchte eine neue Strategie, die nicht bloß aus Hinterherlaufen bestand. Sie mussten einen Ort finden, den auch die beiden Fackeln seiner Traumbilder irgendwann aufsuchen würden.

Shanghai war zwar eine riesige Stadt, doch auch in einer solchen Stadt folgten Mensch und Tier bestimmten Mustern. Die Einwohner besaßen Wohnung und Arbeitsstelle. Sie erholten sich, am liebsten in der Nähe ihrer Wohnung, sie kauften ein und gingen ihren Hobbys nach. Zum Überbrücken der Wartezeit kamen nur öffentliche Orte in Frage, an denen Hund und Katze nicht auffallen würden.

Zum Beispiel ein Park wie dieser, den sie auf einem ihrer Streifzug entdeckt hatten. Hier gab es alles, was sie brauchten. Im hinteren Teil der Anlage stand ein flaches Haus, das sich als eine Art Kantine erwies. Menschen konnten hier für wenig Geld etwas zu essen kaufen. Männer, die wohl eine Pause machten, saßen auf den niedrigen Bänken davor, verzehrten mitgebrachte Nahrung oder etwas aus dem Angebot des kleinen Ladens. Ein paar Reste würden sicher für sie abfallen. Es gab offenbar niemanden, der das Territorium für sich beanspruchte. Das war allerdings ungewöhnlich.

Sie suchten sich einen Lagerplatz, der vor allem trocken sein sollte. Ein echtes Dach hatte der Park zwar nicht zu bieten, doch die Bäume bildeten einen natürlichen Baldachin.

Sie wählten schließlich eine Bank, die unter einem großen Strauch stand. Das Blätterdach der Bäume, der Strauch und die Sitzfläche der Bank würden zusammen einen brauchbaren Regenschutz ergeben.

Tagsüber war der Park von Menschen bevölkert, deren seltsames Treiben sie neugierig beobachteten. Sie fassten sich an den Händen und bewegten sich im Takt eines Liedes, das aus einem Metallkasten mit Rädern kam. Sie schoben zu zweit kleine Steinchen über gemusterte Bretter, bis einer der Beteiligten vor Freude jubelte, während der andere seinem Ärger Luft machte. Sie zogen Gebilde aus Papier und Holz an langen Stricken durch die Luft. Hund und Katze machten sich gegenseitig auf die verrücktesten Beschäftigungen aufmerksam. Da, jemand lief rückwärts durch den Park!

Nachts teilten sie die Anlage nur mit anderen Tieren. Eine ganze Weile nach Einbruch der Dunkelheit schloss ein uniformierter Mann die Parktore. Vögel und Kleintiere störten sich nicht daran. Für Hunde mochte es anderswo interessantere Reviere geben – sie bekamen jedenfalls nie einen zu Gesicht. Katzen kamen durchaus zu Besuch, die hier gern auf Vogeljagd gingen. Aus der Ferne war Straßenlärm zu hören, doch im Park war von der Hektik der Stadt nichts zu spüren. Eine gute Gelegenheit, den neuen Wohnort gründlich zu inspizieren.

Vor allem die Bäume beeindruckten den Hund. Sie strahlten Persönlichkeit aus wie alte Herren, die sich zum Beratschlagen wichtiger Probleme zusammengefunden hatten. Es musste sich um sehr bedeutsame Fragen handeln, denn ihre Unterhaltung wollte kein Ende nehmen. Kein Vorschlag war gut genug. Immer wieder wiegten sie ablehnend die riesigen Kronen. Sie hatten wohl noch nicht einmal mitbekommen, dass inzwischen eine Stadt aus Beton um sie herum gewachsen war. Eines Tages, stellte er sich vor, würden sie ihre Zusammenkunft beenden und zurück an ihren Geburtsort marschieren. Dann bliebe von dem Park nicht mehr viel.

Er betrachtete den Baum genauer, der ihrem neuen Zuhause unter der Bank am nächsten stand. Seine Blätter waren nicht grün, sondern fast dunkelrot. Vielleicht hatte er sich bei der Unterhaltung der Baumgreise irgendwann aufgeregt. Bäume lebten in ganz anderen Zeitspannen als Tiere und Menschen. Der Stamm dieses Baumes war glatt. Die Katze würde wohl mit ihren spitzen Krallen trotzdem daran hochklettern können. Was mochte der Baum dabei empfinden? Ein Kitzeln – oder vielleicht doch eher Schmerzen? Vermutlich spürt er gar nichts, dachte der Hund, so wie er selbst bei der Berührung eines Schattens nichts empfand. Er musste den Drang unterdrücken, ein Hinterbein zu heben und gegen den Stamm zu pinkeln.

Weiter oben bemerkte er ein Astloch. Ein Mensch würde es mit ausgestrecktem Arm erreichen können. Die Großstadt sandte ein kraftloses Licht in den Park, das dieses Loch nicht erhellen konnte. Rings um die Vertiefung hatte der Baum einen Wulst gebildet. Dadurch wirkte das Loch wie eine Wunde, die sich nicht schließen wollte. Es schien nicht von einem Vogel ausgehöhlt worden zu sein, dazu war seine Rundung zu gleichmäßig.

„Schau mal, da oben, Katze, siehst du das?"

Die Katze folgte seinem Blick. Kam näher, schaute noch einmal genauer hin.

„Ein Astloch."

„Ja?"

Die Katze sah ihn prüfend an, als vermutete sie einen Test.

„Es sieht vielleicht etwas ungewöhnlich aus."

DREISSIG: Es

„Ja?"

„Ein Vogelnest beherbergt es jedenfalls nicht, das kannst du einer Katze glauben."

„Ja?"

Wusch! Spielerisch gab ihm die Katze eine Backpfeife.

„Was soll das, warum fragst du? Soll ich es mir mal aus der Nähe ansehen?"

„Ich weiß nicht."

„Nun stell dich nicht so an."

Er wunderte sich selbst über seine Entschlusslosigkeit. Das Astloch, oder was immer es war, sah zwar ungewöhnlich aus. Aber im Gegensatz zu der wiederbelebten Schweineleiche schien es doch noch der gewohnten Wirklichkeit anzugehören. Er blickte den Baum hinauf. In der Dunkelheit konnte er es zwar nicht genau erkennen, doch er hatte den Eindruck, als befänden sich weiter oben noch mehr Löcher. Waren das schon Anzeichen von Verfolgungswahn? Sein Hundeinstinkt signalisierte jedenfalls eine Gefahr, die das Auge nicht wahrnehmen konnte.

„Wenn du meinst", sagte er zur Katze, „dann klettere doch mal hoch." Und sei vorsichtig, wollte er hinzufügen, verkniff sich die Ergänzung aber doch.

Die Katze streckte ihre Vorderpfoten und ließ die Krallen kurz ein- und ausfahren. Dann setzte sie zu einem Sprung an, der sie auf etwa einen Meter Höhe brachte, und hangelte sich fast mühelos den Baum hoch, bis ihr Kopf etwa auf der Ebene des Lochs war.

„Ich sehe nichts."

„Dann komm wieder runter", sagte der Hund.

„Nein, warte." Die Katze streckte tastend die linke Vorderpfote in die Höhlung.

DREISSIG: Es

„Kein Widerstand." Sie schob sich noch etwas näher an das Loch, um tiefer hineingreifen zu können.

„Immer noch nichts", sagte sie, „muss ziemlich groß sein."

Die Katze wechselte ihre Stellung. Schnell war klar, was sie beabsichtigte: Sie wollte direkt in das Loch hineinsehen. Stück für Stück kroch sie weiter nach oben. Ihre Vorderpfoten hatten den unteren Rand des Lochs erreicht. Sie zog sich hoch wie bei einem Klimmzug.

„Einfach nur schwarz", teilte sie dem Hund mit.

„Jetzt komm aber wieder runter."

„Moment noch, ich habe eine Idee."

Er sah, wie die Katze ihren Kopf in das Loch steckte. Sie bewegte die Hinterbeine, um sich noch ein Stück weiter zu schieben und verschwand bis zum Schulterblatt in der Höhlung.

„Lass gut sein."

Die Katze hörte nicht auf ihn. Eine weitere Bewegung der Hinterbeine. Das letzte, was er von ihr sah, war der Schwanz. Er klappte plötzlich hoch, die Fellhaare daran sträubten sich. Dann war die Katze verschwunden.

EINUNDDREISSIG: Hannah

„Jetzt das Gewicht auf den linken Fuß. Drehen, schnell."
„Links vorwärts, Spiraldrehung. Bleib parallel zu meiner Brust."
„Den Fuß nicht komplett anheben. Ballenschritte!"
Der Tanzlehrer war meist zufrieden mit ihr. Hannah erwies sich als gelehrige Schülerin. Natürlich fand er auch immer Grund zu Kritik, der Lehrer nahm seinen Job ernst. Dass ihr abends die Füße schmerzten, lag vor allem am Untergrund. Auf dem Pflaster waren Drehungen stets mit Krafteinsatz verbunden. Doch wenn sie damit zurechtkam, würde sie auch das Parkett im Paramount Ballroom nicht vor Probleme stellen.

Die Freizeit-Tänzer im Park gewöhnten sich schnell an die Gruppe. Vor allem die Frauen nutzten die Gelegenheit, sich noch das ein oder andere abzuschauen, und selbst ein Beobachter, der nichts vom Tanzen verstand, hätte im Verlauf von zwei Wochen eine deutliche Verbesserung des allgemeinen Niveaus festgestellt. Nur die ab und zu auftauchenden Touristen sahen noch neugierig zu, wenn Hannah sich vom Tanzlehrer etwas erläutern ließ.

Hiro, von dem sie noch immer nicht wusste, wie sie ihn in Gedanken bezeichnen sollte, begleitete sie nicht jedes Mal in den Fuxing-Park. Er wollte weitere Informationen besorgen und über das zweite Problem, den Totenrufer, nachdenken. Vorgestern hatte er schon angedeutet, dass er dazu ihre Hilfe benötigen würde. Und zwar mehr als je zuvor.

Hiro plante eine Reise. Er wollte dorthin zurückkehren, woher er gekommen war. Hannah hatte keine Vorstellung von diesem Ort. Doch wenn selbst Hiro vor diesem Weg zurückschreckte, konnte die Reise kein Spaziergang sein. Hannah war froh, dass sie gar keine Chance hatte, sich konkrete Gefahren auszumalen. Dazu wusste sie einfach zu wenig, und Hiro hatte sich selbst bei direkten Fragen wortkarg gezeigt. Sie würde allerdings bald mehr wissen, denn Hiro hatte den kommenden Sonntag als Termin vorgeschlagen. Er vermutete, ein paar Stunden unterwegs zu sein. Genaue Vorhersagen waren unmöglich, da die Zeit in seiner Welt anders verlief als in Hannahs Wirklichkeit. Aber wenn er gleich am Morgen aufbrach, sollte er vor Einbruch der Dunkelheit zurück sein.

Sie trafen sich am Sonntag in der Moller-Villa. Hannah hatte ihren Eltern erzählt, dass sie einen Ausflug unternehmen würden, was ja wenigstens nicht ganz gelogen war. Als sie zum ersten Mal Hiros Zimmer betrat, ernüchterte der Anblick sie etwas. Es war klein, nicht aufgeräumt – das Zimmermädchen würde nicht vor Mittag kommen –, vor allem war ihm anzusehen, dass Hiro nun schon wochenlang hier hauste. Hannah begann, etwas Ordnung zu schaffen. Sie würde hier warten müssen, bis er zurückkam. Dann hängte sie das „Bitte nicht stören"-Schild vor die Tür.

Hiro erklärte, was jetzt passieren würde. Er musste seinen Körper verlassen, um in die Dämonenwelt wechseln zu können. Die grundlegenden Funktionen des Körpers würden dadurch nicht beeinflusst, auch wenn ihm die Seele fehlte. Hannah

EINUNDDREISSIG: Hannah

brauchte er, um Wache zu halten, da er nicht wusste, zu welchen instinktiven Reaktionen der alleingelassene Körper in der Lage war.

Die Reise begann er auf dem Bett. Hannah hatte ein Kissen an die Wand gelehnt, sodass er bequem sitzen konnte. Er verabschiedete sich mit einer Umarmung. Die Stoppeln seiner unrasierten Wangen kratzten angenehm. Ihre Hände schwitzten. Sie setzte sich auf den einzigen Stuhl im Zimmer, einen Drehstuhl mit gepolsterten Lehnen, und schaute ihm direkt ins Gesicht. Sie suchte nach seinen Pupillen, dem Eingang zu seiner Welt. Sie bemerkte, wie seine Lider flatterten, was sie kurz ablenkte. Als sie die Pupillen wieder fixierte, hatten sich diese schon zusammengezogen, als sei es sehr hell im Zimmer. Sie fand den Weg in Hiros Inneres nicht mehr.

Dann zuckte sein Mund. Die Lippen kräuselten sich. Die feinen Muskelbewegungen dehnten sich auf das ganze Gesicht aus. Hiro begann zu sprechen, doch sie konnte nicht verstehen, was er sagte. Vielleicht war es Chinesisch, es klang allerdings nicht wie die Sprache, die sie auf der Straße hörte. Er schien sich mit jemandem zu streiten. Er sprach immer schneller, verhaspelte sich hörbar, wiederholte immer wieder dieselben Silben. Die Sprache veränderte ihre Tonhöhe, hörte sich fast wie ein Gesang an. Hiro begann zu pfeifen, jedoch nicht kunstvoll, sondern eher wie ein Dreijähriger. Die Töne passten nicht zusammen, bildeten keine Melodie.

Ruckartig wandte er den Kopf zur Seite, als habe er dort plötzlich eine Gefahr erblickt. Seine Augen weiteten sich wie aus Angst vor etwas, das nur er sehen konnte. Er drehte den Kopf zurück. Die Augen waren leer. Seine Kiefer mahlten. Dann fiel er auf die Seite, die Muskelkontraktionen erfassten jetzt seinen gesamten Körper, die Arme verkrampften in unnatürli-

EINUNDDREISSIG: Hannah

cher Stellung. Hannah sprang auf. Sollte sie ihm helfen? Aber Hiro hatte sie ausdrücklich davor gewarnt, ihn zurückzuholen. Außerdem hatte sie keine Ahnung, was zu tun war. Sie wollte sich umdrehen, wegsehen, aber auch ihre Muskeln schienen nicht mehr zu gehorchen.

Blut lief aus Hiros Mund. Ein dünnes Rinnsal, das langsam auf das weiße Kopfkissen tropfte. Hannah spürte, wie Panik in ihr aufstieg. Am liebsten hätte sie nach dem Telefon gegriffen, Hilfe geholt, einen Arzt gerufen. Mühsam bekämpfte sie ihre Angst, indem sie sich Matheaufgaben stellte. Das Rechnen beruhigte sie etwas, sie konnte wieder klarer denken. Hiro musste sich auf die Zunge gebissen haben, daher das Blut. Er atmete. Sie fasste auf seine Brust. Das Herz schlug, es hämmerte wild. Die Muskeln waren noch immer verkrampft. Hannah sah sich um, suchte nach irgendetwas, mit dem sie seine Zunge schützen konnte. Sie versuchte, den Stiel einer Haarbürste zwischen seine Zähne zu schieben, hatte aber keinen Erfolg.

Hannah erinnerte sich an den Erste-Hilfe-Kurs in der Schule, damals in Berlin. Sie zog an seinen Füßen, bis der Körper flach auf dem Bett lag. Dann drehte sie ihn zur Seite, sodass Hiro nicht an seinem Blut ersticken konnte, und tastete wieder nach seinem Herzschlag. Seine Haut war schweißbedeckt, deshalb versuchte sie, ihm das Hemd auszuziehen. Der Körper war erstaunlich schwer, doch nach einer Weile hatte sie ihn von seiner Oberbekleidung befreit.

Hiro atmete jetzt ruhiger, und auch Hannahs Panik hatte sich gelegt. Sie betrachtete die Tätowierung auf seinem Oberarm. Ein Drachen kämpfte mit einem anderen Fabelwesen, das sie nicht kannte. Es hatte Kopf, Rumpf und Gliedmaßen wie ein Mensch, besaß aber doch nichts Menschliches. Seine

EINUNDDREISSIG: Hannah

Proportionen waren die eines Zwerges. Seine Ohren, die mit großen Schmuckstücken besetzt waren, reichten fast bis zur Hüfte. Das Wesen hatte riesige Brüste, war aber doch eindeutig ein Mann, denn ein ebenso überdimensionales Glied hing zwischen seinen Beinen. Seine kurzen Arme waren überaus muskulös, und in den Händen trug es eine Keule, deren Länge etwa der Größe des Wesens entsprach. Damit schlug es auf den Drachen ein, der sich mit seinem Feueratem wehrte.

Hannah sah auf die Uhr. Seit Hiros Abschied war erst eine Stunde vergangen. Sie fühlte sich erschöpft wie nach einem langen Arbeitstag. Der Körper vor ihr regte sich nicht. Das Blut auf dem Kissen begann einzutrocknen. Es hatte sich dunkelrot gefärbt. Hannah fragte sich, was da jetzt vor ihr lag. Hiro war unterwegs – wen hatte er zurückgelassen? Es klopfte an der Tür, trotz des „Nicht stören"-Schildes. Das Zimmermädchen. Sie rief, dass seine Dienste heute nicht gebraucht würden. Hannah legte ihr Ohr an Hiros nackte Brust. Sein Herzschlag war klar und regelmäßig. Doch seine Haut fühlte sich kalt an. Hannah deckte den Körper zu.

Sie lehnte sich auf ihrem Stuhl zurück. Eine weitere Stunde verging. Sie überlegte, wie sie sich die Zeit vertreiben könnte. Sollte sie den Fernseher anstellen? Erneut kontrollierte sie Atmung und Herzschlag. Alles in Ordnung. Sein Körper schien jedoch noch kälter geworden zu sein. War das normal? Hatte der Körper automatisch auf Sparflamme geschaltet? Oder musste sie sich Sorgen machen? Sie wartete noch einmal sechzig Minuten. Leider hatte sie kein Thermometer. Vielleicht spielten ihr nur ihre Nerven einen Streich? Hannah schaltete die Klimaanlage im Zimmer aus und ärgerte sich, nicht schon längst auf diese Idee gekommen zu sein. Sie öffnete die Fenster.

EINUNDDREISSIG: Hannah

Die Hitze des Shanghaier Sommers strömte herein, der Körper kühlte trotzdem weiter ab. Deshalb zog sie sich bis auf die Unterwäsche aus und legte sich neben Hiro ins Bett. Sie würde ihn wärmen.

ZWEIUNDDREISSIG: Hiro

Der Übergang war schmerzhaft. Hiro erwachte auf einer Wiese. Zunächst begannen die Gedanken zu strömen. Ihr Zuhause war in diesem Moment ein unförmiges Wesen, das der Länge nach hingestreckt auf dem Boden lag. Hiro formte klarere Gedanken. In dieser Welt konnte er seine Gestalt selbst wählen. Er wusste, dass er noch angreifbar war, doch er erlaubte sich den Luxus, über seine optimale Form nachzudenken. Schließlich wählte er die Gestalt eines Drachens. Die Form bestimmte die Fähigkeiten, das war eines der Gesetze dieser Welt. Ein anderes besagte, dass man über genügend Macht, entsprechend der gewählten Form, verfügen müsse. Ob er diese Regel einhielt, würde er erst merken, wenn er die neue Gestalt testete. Hiro hatte sich in dieser Welt zwar schon als Drache bewegt, doch er wusste nicht, ob er vielleicht durch seinen Aufenthalt in der oberen Welt an Macht verloren hatte. In diesem Fall wären dann seine Fähigkeiten eingeschränkt, er könnte vielleicht nicht fliegen oder würde im Kampf versagen.

Zumindest das Aufstehen gelang. Etwas Blut tropfte aus seinen Nüstern. Seine Glieder schmerzten, als habe er sehr unbequem gelegen. Das war normal. Hiro hatte schon sehr viele Gestalten ausprobiert und jedes Mal anfangs unter

ZWEIUNDDREISSIG: Hiro

Schmerzen gelitten, die sich bald verflüchtigt hatten. Er sah sich um. Die Wiese erstreckte sich fast bis zum Horizont. Sie schillerte wegen der vielen Spiegelgräser, die auf ihr wuchsen. Spiegelgräser bestanden aus Glas; wer mit nackten Füßen darauf trat, zerschnitt sich die Sohlen. Hiro fragte sich, wer dieses Gewächs in die Unterwelt eingeführt haben mochte. Jedes Element hier, jeder Grashalm, jede Pflanze, jede Landschaftsform, war das Produkt des gemeinsamen Bewusstseins aller zum Aufenthalt auf dieser Ebene verdammten Seelen. Wer etwas von seiner Macht opferte, konnte nach Belieben neue Strukturen erschaffen.

Hiro hatte Seelen getroffen, die in einem Anfall von Verzweiflung oder Wahn ihre gesamte Substanz in seltsame Skulpturen umgewandelt hatten, in denen sie sich besser wiederfanden als in ihrer aktuellen Form. Nur das letzte, unteilbare Stück ihrer Seele konnten sie auf diese Weise nicht loswerden, das hätte ihren endgültigen Tod bedeutet. Und alles, bis auf den Tod, lag in der Entscheidung jeder einzelnen Seele hier. Auch das war eine der Regeln dieser Welt. Nicht selten erfuhren das die armen Seelen erst auf diese grausame Weise, wenn sie fast all ihrer Substanz beraubt waren, denn für Neuankömmlinge gab es kein gedrucktes Regelwerk. Sie wurden in diese Welt geworfen und mussten selbst herausfinden, wie sie funktionierte. Hiro erinnerte sich nur dunkel an seine erste Zeit. Wie fast jede neue Seele hatte er sich für eine Weile seinem Schmerz hingegeben. Als er sich dann für diese Welt zu interessieren begann, schrittweise ihre Regeln austestete, hatte er mehr als einmal ausgesprochenes Glück gehabt. Seine Macht war gewachsen, statt zu schrumpfen.

Der Drache bewegte die Flügel. Sie erzeugten eine Windbö, die das Gras zum Zittern brachte. Ein Flammenstoß aus seinen

ZWEIUNDDREISSIG: Hiro

Nüstern erwärmte die Luft. Hiro war zufrieden. Er setzte sich auf, brachte seinen Körper in Startposition. In diesem Moment bemerkte er zu seinen Füßen eine Katze. Sie sprach ihn an.

„Nimm mich mit, bitte. Ich kenne mich in dieser Welt nicht aus."

„Tut mir leid, aber ich habe keine Zeit. Ich kann mich nicht auch noch um dich kümmern."

„Du musst mir helfen. Ich komme sonst nie wieder zurück."

„Nur die wenigsten kommen jemals zurück. Finde dich am besten mit dieser Welt ab. Erkunde ihre Möglichkeiten. Du siehst kräftig genug aus."

„Wenn du mir hilfst, kann ich dir vielleicht auch helfen."

Der Drache lachte nur, es klang wie ein Dröhnen.

„Ich erkenne dich, ich weiß, wer du bist", behauptete die Katze.

„Ach ja?"

„Du bist die Fackel, nach der es sucht", sagte sie.

„Ich weiß nicht, wovon du redest." Doch Hiro spürte, dass die Katze die Wahrheit sprach, auch wenn sie selbst nicht so genau zu wissen schien, was ihre Worte bedeuteten. Sie kam ihm seltsam vertraut vor. Er hätte ihr jetzt gern mit einer menschlichen Hand über das Fell gestreichelt.

„Dann steig schon auf. Aber pass auf, dass du meine Haut nicht mit deinen Krallen verletzt."

Der Drache breitete die Flügel aus und stieg in die Lüfte, höher und immer höher. Diese Welt besaß keinen Horizont. Sie erstreckte sich vollkommen flach in alle Himmelsrichtungen. Irgendwo ganz weit hinten hörte sie dann einfach auf. Hiro hatte das Ende der Welt vor langer Zeit einmal besichtigt. Es war unspektakulär, weil es nichts zu sehen gab. Die Welt endete einfach. Er hatte sich damals gewundert, wieso seine Sinne etwas erfassen konnten, wozu sein Verstand nicht in der Lage war. Selbst jetzt noch hatte er Probleme, sich das Nichts vorzustellen, dessen Anblick ihm dagegen völlig natürlich erschienen war.

Hiro fühlte das Drachenblut durch seine Adern strömen. Es war ein Vergnügen, in dieser Gestalt den Himmel zu durchstreifen. Er konnte ohne Flügelschlag mit den Aufwinden gleiten, sich im Sturzflug der Erde nähern. Aus der Höhe sah er, dass die Schwarze Stadt gar nicht so weit entfernt lag. Dort wohnten die meisten Seelen. Auch Verdammte waren nicht gern allein. Wenn man sich ihr näherte, wurde schnell klar, woher die Stadt ihren Namen hatte. All ihre Gebäude trugen dieselbe Farbe, obwohl sie nicht aus schwarzem Stein errichtet worden waren. Es hieß, die Stadt trage eine Krankheit in sich, eine ansteckende Seuche, die jedes neue Haus binnen kürzester Zeit befiel.

Die Gebäude der Stadt ließen sich in zwei Kategorien einteilen. Die einen sahen zweckmäßig aus. Mit mehreren Stockwerken, aus echten Steinen gebaut, dienten sie vor allem kleinen Seelen als Unterkunft, die nicht mehr viel von ihrer Macht abgeben konnten, um sich selbst eine Behausung zu errichten. Die anderen hingegen waren durchweg ungewöhnlich. Ein Produkt ihrer Bewohner, völlig frei erdacht und scheinbar jeglichen physikalischen Gesetzen widersprechend. Sie verwirrten die Sinne. Jeder gewöhnlichen Seele wurde abgeraten, ein solches Haus zu betreten.

Hiros Ziel war das ungewöhnlichste Bauwerk dieser Stadt. Es war nicht das größte Haus, doch es war das einzige, das komplett von einer Seele allein errichtet worden war, seinem jetzigen Bewohner. Vielleicht würde er Hiro sagen können, wo er einen Totensucher fand.

ZWEIUNDDREISSIG: Hiro

Das Dach war der perfekte Drachenlandeplatz, was kein Zufall war, denn der Besitzer bevorzugte ebenfalls die majestätische Drachenform. Deshalb waren auch sämtliche Räume und Verbindungsgänge innerhalb des Gebäudes geräumig genug. Hiro konnte sich bequem durch die Strukturen bewegen.

Seit seinem letzten Besuch hatte sich viel verändert. Er wusste zwar ungefähr, wo sich der Hausherr meist aufhielt, doch zunächst musste er seinen Weg durch das Labyrinth von Gängen finden. Es gehörte zu den seltsamen Vergnügungen des Bewohners dieses Hauses, seinen Gästen bei ihren manchmal endlosen Wanderungen zuzusehen. Räume und Korridore waren reich verziert. Der Architekt hatte starke Kontraste gewählt. Farben, die giftig glänzten. Sein Ziel schien gewesen zu sein, jegliche Harmonie zu vermeiden. Wer zum ersten Mal hierher kam, erschrak vermutlich darüber. Hiro entlockte es nur ein wohlwollendes Lächeln. Dann dachte er an die Katze, die sich am Ansatz seiner Flügel versteckte.

„Geht es dir gut?"

„Solange ich die Augen schließe."

Der Hausherr empfing sie nicht in Drachengestalt. Natürlich hatte er seine Gäste beobachtet und sich zu deren Begrüßung auf eine Anzahl Kater verteilt. Hiro zählte zwölf Tiere, war sich aber nicht sicher, da sie alle ständig im Raum hin und her liefen. In jedem Kater steckte ein Teil des Bewusstseins der mächtigen Seele, von der er sich Auskünfte erhoffte. Die Kater lächelten. Sie warteten wohl darauf, dass er das Gespräch eröffnete.

„Wir grüßen dich", sagte er. Er hatte beschlossen, auch im Namen der Katze zu sprechen. Schließlich war die Gestalt des Hausherrn ein eindeutiges Zeichen, dass er den kleineren Besucher wahrgenommen hatte.

ZWEIUNDDREISSIG: Hiro

„Wir grüßen zurück." Die Antwort kam aus mehreren Mündern gleichzeitig, jedoch nicht aus allen. Den Sprecher anzusehen war unmöglich.

„Wir danken für den freundlichen Empfang."

„Es ist uns immer ein Vergnügen, euch zu treffen." Die Kater lächelten erneut.

„Wir kommen wegen einer Auskunft", sagte Hiro.

„Das dachten wir uns bereits. Unsere Gäste kommen entweder, um uns zu töten, oder wegen einer Auskunft." Das Lächeln der Kater wurde selbstgefällig. „Doch vor der Auskunft kommt der Preis."

„Alles hat seinen Preis", sagte Hiro. „Aber es ist nur eine kleine Frage."

„Sie ist groß genug, dass du Schmerzen auf dich nimmst."

„Was verlangt ihr?"

„Diese Antwort ist kurz und kostenlos. Die Katze."

Hiro sah seine Begleiterin an. „Das hast du nun davon, dass du mich um Hilfe gebeten hast."

„Ich sagte doch, es ist wichtig." Die Katze schien unbeeindruckt.

„Ich kann niemanden opfern, dem ich meine Hilfe zugesagt habe."

„Dann wirst du von uns nicht die Antwort erhalten, die du suchst", sagten die Kater.

„Du hast mir geholfen", antwortete die Katze, „jetzt helfe ich dir."

Die Kater nickten. Es sah seltsam aus, wie zwölf Köpfe im selben Moment die gleiche Bewegung ausführten.

Hiro dachte daran, was wohl gerade in der Oberwelt geschah. Dort hatte er Hannah um Hilfe gebeten, die jetzt wahrschein-

ZWEIUNDDREISSIG: Hiro

lich auf dem Bett in seinem Hotelzimmer saß. Sie durfte nicht seinetwegen leiden. Auf keinen Fall. Doch wenn er diese Katze nicht beschützen konnte – wie sollte er dann sicher sein, nicht auch irgendwann Hannah opfern zu müssen?

„Nein", sagte er, „das kommt nicht in Frage. Ihr könnt die Katze nicht haben."

Er hatte gehofft, sein Gastgeber würde sich damit zufrieden geben. Und wusste gleichzeitig, dass die Hoffnung unvernünftig war.

Die Kater schauten sich an, als beratschlagten sie wortlos miteinander. Im nächsten Moment saßen an ihrer Stelle zwölf Tiger, die ihn mit glühenden Augen anstarrten.

„Wir können nicht akzeptieren, dass du unseren Wunsch abschlägst. Das hat seit vielen Jahren niemand mehr gewagt."

Hiro hatte dem Besitzer des Hauses noch nie im Kampf gegenüber gestanden. Er wusste, dass er zu den mächtigsten Einwohnern dieser Welt gehörte.

„Es geht nicht anders", sagte er.

Wortlos griffen die Tiger an. Hiro wehrte sich mit allen Waffen, die einem Drachen zur Verfügung standen. Sein Feuerstoß flößte den Gegnern Respekt ein, nachdem der erste zu einem verkohlten Klumpen Fleisch geworden war. Nummer zwei und drei erwischte er im Sprung mit den Klauen seiner Tatzen. Den vierten spießte er auf seinen hornbewehrten Schwanz. Einen weiteren erschlug sein linker Flügel.

Doch noch immer waren sieben Tiger übrig. Drei hatten es geschafft, sich auf seinem Rücken festzukrallen, wo er sie weder mit den Klauen noch mit den Flügeln erreichen konnte. Ihre Zähne rissen Fetzen aus seinem Fleisch. Der Schmerz war stechend, doch er wusste, dass sie ihn nicht lebensgefährlich verletzen konnten. Vier Tiger umstanden ihn, tänzelten hin und her, immer auf der Hut vor seinem Feueratem. Er ahnte, dass sie seine Schwachstelle kannten, den Hals. Hier war seine Haut nur von ein paar dünnen Hornplatten geschützt. Direkt darunter lag die große Schlagader, die seinen Kopf mit Blut versorgte.

Der Drache witterte nach allen Seiten. Einer der Tiger sprang ihn an, doch ein schneller Schlag mit dem Flügel fegte das Tier gegen die Wand, an der es reglos liegen blieb. Drei. Plus die drei auf seinem Rücken. Ein neuer Feuerstoß trieb einen der Gegner zur Seite. Er wählte die falsche Richtung. Zu spät sah er die Klauen des Drachen auf sich zurasen. Hiro schlug kräftig mit beiden Flügeln, bis er an die Decke des Raumes prallte. Damit hatten die drei Gegner auf seinem Rücken nicht gerechnet. Er musste sich nur noch schütteln, dass sie wie reifes Obst auf den Marmorboden fielen. Zwei.

Beim Sprung an die Decke war auch der Kopf des Drachen gegen das Hindernis geprallt. Einer der Gegner nutzte seine kurze Benommenheit und sprang in Richtung Hals. Hiros Abwehr kam zu spät. Der Tiger öffnete sein Maul, um mit seinen Zähnen die Schlagader aufzureißen. Der riesige Körper des Drachen war zu schwerfällig für eine rettende Ausweichbewegung.

Die Zeit schien stillzustehen. Hiro kam es vor, als schwebe der Tiger in der Luft und er selbst warte gelähmt auf die Erfüllung seines Schicksals. Er sah Hannah auf seinem Bett sitzen. Wann würde sie merken, dass er nicht in seinen menschlichen Körper zurückkehrte? Sie hatten für diesen Fall nichts abgesprochen. Hiro wünschte sich, dass sie vor Einbruch der Dunkelheit einfach das Zimmer verlassen und nie wieder zurückkehren möge.

DREIUNDDREISSIG: Hannah

Hannah lag, nur mit Unterwäsche bekleidet, neben dem Körper, der vor wenigen Stunden noch Hiro gewesen war. Sie wusste nicht, wo die Seele jetzt weilte, die diese Hülle verlassen hatte. Sein Gesicht wirkte regungslos, ab und zu spürte sie feinste Zuckungen seiner Muskulatur. Er war so verletzlich und sie seine einzige Beschützerin. Sie strich ihm die Haare zurück. Das Kinn, das auch jetzt noch die Trotzigkeit eines kleinen, bockigen Jungen ausstrahlte, der gegen seine Mutter aufbegehrte, war ihr schon bei ihrer ersten Begegnung aufgefallen. Hannah vermied, in seine Augen zu sehen.

Sie legte ein Ohr auf den Bauch. Die Verdauung funktionierte noch. Der Atem ging gleichmäßig. Hannah schwitzte. Doch die Hitze des Tages übertrug sich nicht auf den Körper, der neben ihr lag. Erneut hatte er sich deutlich abgekühlt. Aber sie konnte ihm nicht einmal mit der Wärme ihres eigenen Körpers helfen.

Es klopfte. Hannah fuhr erschrocken auf.

„Zimmerservice", hörte sie durch die lederbeschlagene Tür eine gedämpft weibliche Stimme. Hannah sah auf die Digitaluhr am Fernseher. Halb vier. Die Hotelangestellte hatte wohl ihre Putzrunde beendet und wollte nun heim – aller-

DREIUNDDREISSIG: Hannah

dings vorher noch das letzte Zimmer aufräumen. Hannah überlegte. Falls sie irgendwelche Hilfe brauchte, hier wäre sie. Das Schweigen des Zimmermädchens konnte sie sich bestimmt mit einer Banknote erkaufen. Geld würde sie sicher in Hiros Hosentasche finden. Der Körper neben ihr wurde stetig kälter. Sie wusste nicht, wie viele Stunden sie noch auf die Rückkehr der Seele warten musste. Und wie lange würde der Körper noch funktionsfähig bleiben?

„Hallo! Zimmerservice. Entschuldigen Sie, ich komme jetzt herein."

Hannah hatte vergessen, dass die Zimmermädchen einen Nachschlüssel besaßen. Wenn sich niemand meldete, mussten sie annehmen, dass der Raum leer war. Die Tür öffnete sich. Hannah streifte schnell ihre Bluse über, konnte aber nicht verhindern, dass der Blick der Angestellten auf den seelenlosen Körper fiel. Etwas musste ihr daran aufgefallen sein, denn sie sah den halbnackten Mann länger an, als es die Höflichkeit erlaubte. Hannah folgte ihrem Blick.

Hiros Tätowierung schien zum Leben erwacht. Sie glühte von innen heraus. Nicht sehr hell, im dämmrigen Zimmer jedoch gut zu erkennen. Die Figuren bewegten sich. Sie umkreisten sich, als kämpften sie miteinander.

„Ich bitte vielmals um Entschuldigung", brachte das Zimmermädchen heraus. Hannah sah, dass die Frau die Tür wieder hinter sich zuziehen wollte.

„Warten Sie, bitte!", rief Hannah etwas lauter, als sie beabsichtigt hatte. Der flehende Ton in ihrer Stimme ließ die Frau zögern.

„Kann ich etwas für Sie tun?"

Hannah durchwühlte Hiros Hosentaschen auf der Suche nach einem Geldschein. „Bitte kein Wort davon, zu niemandem."

DREIUNDDREISSIG: Hannah

Sie hielt dem Zimmermädchen hin, was sie in der Eile ertastet hatte. Viel Geld, ein großer Schein. Hannah fürchtete, dass ihr Verhalten dadurch noch auffälliger würde. Die Angestellte musste annehmen, dass sie dafür eine sehr große Gegenleistung erwartete. Sie zögerte, nach der Banknote zu greifen.

„Keine Sorge, der Schein ist echt", sagte Hannah. „Und ich will auch gar nichts Schlimmes von Ihnen. Nur Ihre Verschwiegenheit. Meinem Freund geht es nicht gut. Er hatte einen Anfall und braucht nun Wärme."

„Wärme?" Die Frau kratzte sich an der Nase, bemerkte ihre eigene Reaktion und schob verlegen die Hände in die Taschen ihrer Kittelschürze.

„Ich würde ihn gern in die Badewanne legen. Aber allein schaffe ich das nicht."

Die Angestellte reagierte nicht.

„Okay?"

„Okay." Sie nickte und entspannte sich.

„Dann lasse ich jetzt heißes Wasser in die Wanne", sagte Hannah. „Bitte warten Sie kurz."

Im Bad drehte sie den Heißwasserhahn auf. Es dauerte einen Moment, bis es warm aus dem Hahn kam. Das Zimmermädchen hatte sich nicht von der Stelle gerührt. Es starrte immer noch auf den Kampf, der sich auf Hiros Oberarm abspielte.

„Nehmen Sie ihn an den Beinen", befahl Hannah. „Ich nehme den Oberkörper." Sie schlug die Decke zurück. Hiro trug eine weiße Unterhose.

„Ausziehen oder anlassen?", fragte das Zimmermädchen so gelassen wie eine professionelle Hilfskrankenschwester.

„Die Hose lassen wir ihm", antwortete Hannah. Sonst bekommt er beim Aufwachen noch einen Schreck, setzte sie in Gedanken hinzu.

DREIUNDDREISSIG: Hannah

Auf ihr Kommando hoben sie Hiro vom Bett. Zu zweit ließ er sich gut transportieren. Auf dem Weg ins Bad rammten sie zwar kurz mit seiner Hüfte den Türstock, doch das würde höchstens einen blauen Fleck geben. Als sie den Körper in die Badewanne gelegt hatten, reichte ihm das Wasser noch nicht bis zum Bauch. Hannah kontrollierte mit dem Unterarm, ob es nicht zu heiß war, wie sie es mal in einem Babysitter-Kurs gelernt hatte. Die junge Frau, die ihr geholfen hatte, schien ganz gelassen. Sie hatte wohl bemerkt, dass Hiro ruhig atmete. Aber würde sie ihrem Chef gegenüber schweigen? Hannah hoffte auf die Wirkung des Geldscheins. Sie verabschiedete das Zimmermädchen und holte sich ein Kissen aus dem Wohnzimmer. Damit machte sie es sich auf dem gefliesten Boden bequem und beschloss, Hiro etwas vorzulesen.

VIERUNDDREISSIG: Katze

Die Katze hatte den Kampf von der Schulter des Drachen aus verfolgt und gab sich von Anfang an keinen Illusionen hin. Allein das seltsame Haus zeugte von der Machtfülle des Gegners. Ein einziger dieser Tiger wäre schon eine Herausforderung gewesen, drei davon beinahe unüberwindlich, und niemand konnte ein Dutzend dieser Raubtiere gleichzeitig in Schach halten. Was ihnen bevorstand, daran wollte sie lieber nicht denken. Selbst bei geschlossenen Augen sah sie das boshafte Glühen im Blick des Gegners, der sie als seinen Preis gefordert hatte. Sie würde vielleicht keines schnellen Todes sterben. Doch es würde ihr leichtfallen, sich vom Leben zu verabschieden. Innerhalb weniger Tage hatten sich zwei ganz verschiedene Wesen für sie eingesetzt – und dabei ihre eigene Existenz riskiert. Das verlieh ihrer Seele ein Gewicht, an das sie selbst gar nicht mehr geglaubt hatte.

Als sie den Tiger wie in Zeitlupe auf sein Ziel zurasen sah, mit weit aufgerissenem Maul, dessen Zähne gleich die Hauptschlagader des Drachen zerfetzen mussten, brauchte sie nicht zu überlegen. Sie sprang von der Schulter des Drachen und prallte auf das Hinterbein des Tigers. Wie eine mit voller Kraft gestoßene Billardkugel, die auf eine winzige Unebenheit des

VIERUNDDREISSIG: Katze

Tisches trifft, lenkte ihr beinah lächerlicher Angriff den Tiger ab, der vielleicht fünfzig Mal so schwer war wie sie. Zumal er nicht damit gerechnet hatte. Er traf zwar noch die Haut des Drachen, der vor Schmerz aufschrie, doch augenblicklich den tödlichen Angriff parierte. Ein schneller Schlag mit der Tatze ritzte den Bauch des Tigers der Länge nach auf, was den letzten Gegner, der alles im Sitzen verfolgt und sich schon siegreich gewähnt hatte, derart verblüffte, dass er das Herannahen des Drachenschwanzes erst bemerkte, als es zu spät war. Er flog in hohem Bogen durch den Raum und rührte sich nicht mehr.

Der Drache hielt inne. Heiße Luft stand im Zimmer. Die Katze sah, dass sich Rauch unter der Decke gesammelt hatte, und stellte sich vor, wie der Boden aussehen musste, auf dem sich das Blut der Tiger und des Drachens vermischt hatten. Sie konnte nur die Decke sehen. Sie lag auf dem Rücken, ihre Glieder gehorchten ihr nicht mehr. Das Gesicht des Drachen erschien in ihrem Blickfeld. Er betrachtete sie so sanftmütig wie ein Vater sein Kind. Sie konnte kaum glauben, dass er eben noch zwölf gefährliche Gegner umgebracht hatte. Behutsam schob er die Spitze eines Flügels unter sie, bis sie auf den Bauch rollte. Sie spürte keinen Schmerz, nur Dankbarkeit.

Jetzt sah die Katze, dass der Raum noch stärker gelitten hatte als in ihrer Vorstellung. Der Flammenhauch des Drachen hatte die Einrichtung in Brand gesteckt. Teile der Wand lösten sich auf, heiße Tropfen fielen herab. Sie fragte sich, ob ihr Gegner noch am Leben war. Wenn nicht, hatten sie ihren Ausflug umsonst unternommen. Der Drache inspizierte jeden Winkel. Er suchte wohl nach seinen zwölf Opfern, nickte ab und zu, dann brach er die Suche ab. Er holte die Katze mit seinem Flügel heran. So sah sie, was der Drache gefunden hatte. Einer der Tiger atmete noch.

VIERUNDDREISSIG: Katze

Er grinste. „Sieht so aus, als sollte ich die Katze nicht bekommen."

Während er sprach, veränderte sich seine Form.

„Sagt Ihr uns nun, was wir wissen wollen?"

Die Katze wunderte sich, dass der Drache weiterhin die Höflichkeitsform benutzte. Der Tiger war bald kaum noch als Tiger zu erkennen. Sein Kopf nahm menschliche Gestalt an. Große, wulstige Lippen formten die nächsten Worte.

„Mehr als das."

„Also?"

„Es gehört sich nicht, einen Sterbenden zu bedrängen."

Der Rumpf des Tigers verlor sein Fell. Darunter kam eine glänzende Haut zum Vorschein.

„Jaja, dein Totenrufer. Du findest ihn im achten Bezirk. Wenn du in der Nähe bist, wirst du ihn hören. Aber hast du dich nie gefragt, warum dich die Oberen in die Menschenwelt geschickt haben?"

„Ich soll Probleme lösen, nicht die Beweggründe der Mächtigen untersuchen."

„Braves Hündchen. Das Problem ist, dass unsere Welten verschmelzen. Unsere und die der Menschen. Ist dir aufgefallen, dass es immer leichter wird, hin und herzuwechseln?"

Der Drache antwortete nicht. Er hätte dem Tiger noch von vielen weiteren Symptomen berichten können, die auf eine unmittelbare Gefahr hinwiesen.

„Das wäre an sich nicht so tragisch, wenn es nicht auch die Macht der Oberen bedrohte. So, wie die Gesetze der Untenwelt in die Obenwelt eindringen, sind auch die Gesetze der Menschenwelt hier unten immer stärker zu spüren. Es wird nicht mehr lange dauern, dann müssen wir Flug- und Fahrmaschinen einführen, weil die Macht unserer Gedanken nicht mehr zur Fortbewegung genügt!"

VIERUNDDREISSIG: Katze

Von dem Tiger war nichts mehr übrig. Vor dem Drachen lag ein Wesen, das die Form eines Menschen hatte. Es hatte riesige Brüste und Arme, die bis zu den Knien reichten, und trug einen Lendenschurz, der sein überdimensionales Geschlechtsteil nicht ganz verdecken konnte.

„Was ist der Grund für diese Entwicklung?"

„Der Abtrünnige, den du verfolgen sollst, hat seine Macht in der Obenwelt so stark ausgebaut, dass es zu Rissen im Gefüge kommen musste."

„Wenn ich ihn beseitige, normalisiert sich alles wieder?"

„Das wird nicht reichen. Es gibt inzwischen ein viel größeres Problem."

„Und das wäre?"

Das seltsame Wesen lächelte schwach. Es schien den folgenden Satz mehrmals in Gedanken zu formulieren, um sich daran zu erfreuen, ehe es ihn aussprach.

„Du bist das Problem. Du hast dich in die Menschenwelt verstrickt. Der Abtrünnige regiert mit Hass. Dir jedoch ist etwas begegnet, das unsere Welten viel stärker aneinander bindet."

Die Katze bemerkte, wie der Drache den Kopf schüttelte.

FÜNFUNDDREISSIG: Totenrufer

Der Totenrufer konnte sich nicht mehr erinnern, wie lange er schon in dieser Welt lebte. Er wusste noch, dass seine Seele damals von einer Sekunde auf die andere hierher gelangt war. Ein metallischer Geschmack lag auf seinen Lippen, wenn er daran dachte, obwohl er gar keine Lippen mehr besaß. Er hatte sich im achten Bezirk der Schwarzen Stadt eingerichtet, wo Seelen ohne Ehrgeiz lebten. Die meisten wünschten sich, einfach zu vergehen – ein Ziel, das sie nie erreichen würden. Dunkle Seelen ignorierten den Bezirk, weil es dort nichts zu holen gab. Der Machtzuwachs, der an diesem Ort mit einem erfolgreichen Angriff zu erzielen war, lohnte den Aufwand nicht. Für den Totenrufer war das die ideale Umgebung.

Er hatte vor einiger Zeit beschlossen, seine leere Seele mit neuen Erinnerungen zu füllen. Mit der Vergangenheit anderer Seelen, die er in den finsteren Gassen des achten Bezirks traf. Manchmal fragte er sich, ob das, was sein Gedächtnis vor ihm verbarg, ebenso grausam war wie das, was er erfuhr und als sein Eigen in sich aufnahm. Wie etwa die Geschichte, die ihm die Seele von Zheng Dajun überlassen hatte, der zur Zeit des Großen Sprungs als Arbeitsgruppenleiter im ländlichen China eingesetzt worden war. Zheng erzählte sehr lebendig, was in

FÜNFUNDDREISSIG: Totenrufer

seltsamen Kontrast zu der grausigen Natur seiner Erlebnisse stand. In den Houshan-Bergen – wie auch anderswo – hatte die Politik der kommunistischen Partei zu einer Hungerkatastrophe geführt, in deren Folge die Menschen aus Verzweiflung Lehm aßen. Und nicht nur das, wie Zheng berichtete:

„Wir drangen von hinten in die Küche ein und leuchteten mit der Taschenlampe. Mo Erwa schoss wie von der Tarantel gestochen aus dem Rattennest heraus. Ich rief: »Stehen bleiben!« Bao Guan hob das Gewehr, gab einen Warnschuss ab und machte damit ein Loch in die Decke. Keine Ahnung, wer in dem ganzen Durcheinander den in der Erde köchelnden und dampfenden Topf umgestoßen hat, jedenfalls war die Brühe so heiß, dass wir ständig herumhüpften. Die Suppe ergoss sich in den Ofen, es stieg heftiger Wasserdampf auf und hüllte den ganzen Raum in Nebel. »Licht an!«, befahl ich und packte Mo Erwa. Der lag wie erstarrt auf dem Boden. Chu Na kramte ein Streichholz heraus, machte die Stalllaterne an, leuchtete den Boden ab und erstarrte. An der Stelle, wo im vergangenen Jahr der Ofen abgerissen worden war, hatte der tolldreiste Mo Erwa einen Erdofen ausgeschachtet und ihn mit Steinplatten abgedeckt. Wenn man heimlich etwas kochen wollte, nahm man sie weg – aber was sie diesmal gekocht hatten, das war ihr eigenes Kind, das war Shu Caimei, sie war keine zwei Jahre alt. Kein Wunder, dass einem der Fettgeruch so in die Nase stieg. An jeder Seite des Waschkessels, der ihnen als Topf gedient hatte, war ein etwa faustgroßer Fleischbrocken. Chu Na bückte sich, nahm mit Stäbchen einen dieser dampfenden Brocken hoch und hielt ihn ins Licht. Er war fast gar, die Haut über dem Fleisch eines Menschen ist dünn, wenn man es kocht, dann schnurrt es richtig verlockend zusammen; mit dem Teil in der Hand bekam Bao Guan einen ganz grünen Blick und schluckte seinen Speichel herunter.

FÜNFUNDDREISSIG: Totenrufer

Ich zog ihn sofort an der Jacke und befahl ihm, ein Seil zu suchen und Mo Erwa zu fesseln. Ich hatte es kaum gesagt, als Mo Erwa aufheulte und sich auf die Bodenbretter warf – das Vieh griff sich einen Batzen von dem guten Fleisch und stopfte es sich ins Maul, ich schätze, es war ein Stück Wade, denn als wir ihm den Hals zudrückten und das Maul aufzwangen, hatte er noch dünne Fleischstreifen zwischen den Zähnen. Als dieser Unmensch von einem Vater den Rachen aufsperrte, drehten diese Bastarde vollends durch, jeder griff sich ein Stück Fleisch und biss hinein. Ach, und wir waren nur zu dritt und hatten nur sechs Hände, wen wir hier festhielten, der entwischte uns dort. Mo Erwas Viertgeborener, der neun Jahre alte Gousheng, ging uns durch die Lappen, riss sich Fleisch ab und verschlang es, er bohrte sein Maul, das spitz war wie eine Rattenschnauze, richtig hinein. Und er saugte geräuschvoll das Mark aus den Knochen.

Bao Guan war außer sich, er stürmte hinaus, stopfte im Mondlicht Pulver und Kugel in seinen Flinte, kam zurück und hielt Mo Erwa fest, damit ich ihn fesseln konnte. Als wir diese fünf Leute, jung wie alt, zusammengebunden hatten und zur Brigade brachten, war es schon hell. Als Beweis füllten wir einen halben Beutel mit Knochenstücken, und auch den Schädel gruben wir aus einem Erdhaufen neben der Hütte aus, es waren nur noch die Knochen übrig, kein Gesicht, kein Gehirn, ein schauderhaftes Verbrechen! Der Parteizellensekretär der Brigade konnte sich nicht mehr beruhigen, er fungierte zeitweise als Richter und war ein Meister seines Fachs, doch die Familie von Mo Erwa fing vor dem Richterstuhl an, etwas von Unrecht zu zetern. Er sagte: »Als Shu Caimei auf die Welt gekommen ist, hat es an Milch gefehlt, nicht einmal Reissuppe hatten wir genug, wir haben sie mit Mühe und Not bis ins

FÜNFUNDDREISSIG: Totenrufer

zweite Jahr durchgebracht, sie hat nicht einmal richtig laufen können, es war Bestimmung, sie sollte nicht länger leben.«

Der Parteizellensekretär brüllte: »Wisst ihr denn nicht, dass es ein schweres Verbrechen ist, einfach so einen Menschen zu töten?« »Anstatt mit ihr zu verhungern, ist es besser gewesen, dass ihr Tod zu etwas gut war und der Familie half zu überleben!«, gab er zurück. Seine Frau machte einen Kotau und jammerte, die ganze Familie hätte Guanyin-Erde gegessen, ohne etwas Richtiges in den Magen hätten sie das nicht überstanden. Ihr Mutterherz habe die kleine Shu Caimei so lieb gehabt, bei der nächsten Reinkarnation werde sie nicht als Mensch wiederkehren. Die Familie von Mo Erwa wurde einen Tag eingesperrt und dann freigelassen, wieder und wieder untersuchten die Kader der Produktionsbrigade den Fall, wogen ihn hin und her und entschieden schließlich, diesen Fall von Kannibalismus niederzuschlagen, sie dachten an ihre Karriere." *

Der Totenrufer fürchtete sich. Er hatte Angst vor den Menschen, die zu solchen Ungeheuerlichkeiten fähig waren. Und erst recht Angst vor Menschen, die andere dazu trieben. Vor wem sollte er größere Furcht empfinden: vor dem Bauern Mo Erwa, der in höchster Not sein eigenes totes Kind gekocht und gegessen hatte? Oder vor den kommunistischen Bürokraten, die fernab in der Stadt stur an ihren Verordnungen festhielten? Die alle Kochherde in den Hütten zerstören ließen, weil der moderne Mensch sich gemeinsam ernähren sollte, in der Kommune? Die Mo Erwa und alle anderen Dorfbewohner dem Verhungern preisgegeben hatten, als den Volksküchen die Reisvorräte ausgegangen waren?

Wenigstens musste er seinem Beruf nicht mehr nachgehen. Der Totenrufer stellte sich die Millionen verlorener Seelen vor,

FÜNFUNDDREISSIG: Totenrufer

die auf der Obenwelt herumstreifen mussten, durch grausame Gewalt von ihren Körpern getrennt. Würde er jetzt noch unter den Lebenden weilen, hätte er sich vielleicht längst freiwillig in die andere Welt begeben. Jede Seele, die er zu ihrem Körper führte, hinterließ einen Abdruck in seinem eigenen Bewusstsein, er konnte sich dem nicht entziehen. An die guten Zeiten erinnerte er sich noch lebhaft.

Er war mit seinem Kollegen über schmale Bergpfade gezogen, um einen lang vermissten Verwandten in das Dorf seiner Herkunft heimzuholen. Stets war er sicher, dort mit Freuden empfangen zu werden. Die Seelen, auf die er traf, mochten Schlimmes erlebt haben – doch sehr selten waren sie mit ihrem Leben unzufrieden gewesen. Diese Zufriedenheit und die Dankbarkeit der Angehörigen teilten sich seiner eigenen Seele ebenso mit wie die schmerzhaften Details. In der Summe ergab das ein Leben, das erträglich war. Sich vielleicht sogar lohnte.

In den vergangenen Stunden hatte die Luft in der Schwarzen Stadt auf eine ungewöhnliche Weise vibriert, wie es höchstens alle paar Jahre einmal vorkam. Der Totenrufer fühlte sich an den Tsunami erinnert, den er in der Obenwelt einmal erlebt hatte. Nicht an die Welle selbst, sondern daran, wie sie sich angekündigt hatte. Ein leises fernes Geräusch, als rieben sich zwei mächtige Granitberge aneinander, ein Ton, bei dem sich Menschen und Tieren die Haare sträubten. Und es war allgemein bekannt, was solche Geräusche bedeuteten: Zwei mächtige Seelen trugen einen Kampf aus. Der Totenrufer war froh, damit nichts zu tun zu haben. Hier im achten Bezirk spielten sich nie Aufsehen erregende Ereignisse ab. Die Mächtigen blieben unter sich.

Ein diffuses Licht erhellte die schmale Gasse, nichts warf er-

FÜNFUNDDREISSIG: Totenrufer

kennbare Schatten. Es beschien zwar keine Sonne die Schwarze Stadt, doch es gab einen Tag-Nacht-Wechsel, an dem man die Zeit ablesen konnte. Als sich zwei riesige Flügel über das enge Straßengewirr spannten, schien plötzlich schon tagsüber Dunkelheit einzukehren. Ein geflügeltes Tier hatte sich auf den Häuserblocks niedergelassen. Es war zwar in diesem Dämmerlicht schwer zu erkennen, doch in der Untenwelt gab es nur eine Tierart mit einem derartigen Körper. Es konnte sich bloß um einen Drachen handeln. Wenn er sich bewegte, fielen schwarze Tropfen zu Boden, die sich zu dunkelrot leuchtenden Pfützen sammelten. Das Wesen war offensichtlich verletzt. Es hatte sich diesen Ort jedoch nicht zum Sterben ausgesucht. Die Bewohner des Viertels hörten seine Stimme. Sie klang wie das Tosen der Brandung, die mit den Uferfelsen spricht. Gleichzeitig aber waren alle Laute klar zu verstehen. Und es lag ein Unterton darin, der an das ruhige Prasseln des Regens nach einem Gewitter erinnerte. Das riesige Tier strahlte keine Gefahr aus.

Seine Stimme erzählte von einer Suche. Wonach der Drache suchte, begriff kaum ein Bewohner des Viertels, das Wort war seit vielen Dekaden nicht mehr ausgesprochen worden. Der Totenrufer aber verstand sofort, dass der Ruf ihm galt. Unwillkürlich wollte er sich dem Drachen zu erkennen geben. Wenn sich sonst ein Mächtiger in diesen Teil der Schwarzen Stadt begab, kam er mit Befehlen und Drohungen. Der Drache hingegen benutzte etwas, das man hier fast ebenso lange nicht gehört hatte wie den Namen des Totenrufers: Er formulierte eine Bitte. Worte und Klang passten zusammen.

Der Totenrufer hätte beinah geantwortet, als ihm die Konsequenzen klar wurden. Wenn der Drache nach ihm rief, benötigte er seine Fähigkeiten. Die Ordnung, in der er sich

FÜNFUNDDREISSIG: Totenrufer

eingerichtet hatte, würde wieder aufgelöst werden, seine Seele musste neue Verletzungen ertragen. Woher sollte er wissen, ob er überhaupt noch in der Lage war, seinen Beruf auszuüben? Die Menschen hatten ihn als Teil einer unwürdigen Vergangenheit begraben. Die alten Traditionen, zu denen sein Beruf gehörte, waren nichts mehr wert. Schlimmer noch, sie galten als schädlich und waren mit aller Macht bekämpft worden.

Der Drache rief erneut nach ihm. Die Stimme zog ihn magisch an. Es war lange her, dass er wirklich gebraucht worden war. Er musste sich zurückhalten. Das Problem, was immer es war, würde sich auch anders lösen lassen. Ohne ihn.

Eine Katze trat neben ihn. Ihre Konturen waren unscharf und verschwammen immer dann, wenn er genauer hinsah. Der Totenrufer war unsicher, ob außer ihm jemand das kleine Tier sehen konnte. Die Katze wirkte wie eine Zusammenballung von Gedanken und Gefühlen, nicht wie ein reales Wesen. Er lachte über sich selbst. Wie konnte er diese Welt und die Wirklichkeit in einem Atemzug nennen?

Da sprach die Katze ihn an.

„Verehrter Herr, wir brauchen Sie, wirklich."

Oder hatte sie gar nicht gesprochen? Ihr Mund bewegte sich nicht. Der Totenrufer versuchte, sich innerlich zu wappnen. Jemand musste seinen Aufenthaltsort verraten haben.

Erneut hörte er die Katze, obwohl sie keinen Muskel bewegte. "Ich will Ihnen nicht versprechen, dass eine leichte Aufgabe auf Sie wartet. Doch sie ist Ihrer würdig, das ist sicher."

Der Totenrufer antwortete nicht.

„Ohne Ihre Hilfe wird nicht nur die Menschenwelt zerstört. Auch in der Untenwelt bleibt nichts, wie es war. Und niemand kann der Katastrophe entgehen."

FÜNFUNDDREISSIG: Totenrufer

Der Totenrufer konnte nicht einschätzen, ob die Katze die Wahrheit sprach, doch sie klang überzeugend. Das änderte aber nichts daran, dass seine Fähigkeiten vermutlich längst geschwunden waren, dass er völlig nutzlos war.

„Ich kann nicht helfen", sagte er resigniert.

Die Katze lächelte. Der Totenrufer fühlte sich durchschaut. Falls die Katze Recht hatte, konnte er zwar seine Hilfe verweigern, würde aber mit denselben Folgen leben müssen, als wenn er beim Versuch scheiterte. Durfte er sich unter diesen Umständen überhaupt weigern? Nur noch einen Moment lang rang er mit sich.

„Du hast gewonnen, ich versuche es. Aber wie komme ich zurück?"

*Aus: Liao Yiwu, Fräulein Hallo und der Bauernkaiser. © 2002 by Liao Yiwu. Aus dem Chinesischen von Hans Peter Hoffmann und Brigitte Höhenrieder. © S.Fischer Verlag GmbH, Frankfurt am Main 2009

SECHSUNDDREISSIG: Hiro

Hiro hätte der Katze, die es sich knapp hinter seinem Schulterblatt bequem gemacht hatte, gern einen dankbaren Blick geschenkt. Er dachte daran, dass sie noch ein Geheimnis hütete: wie sie in diese Welt gelangt war. Ihre Erklärung, ein Astloch, das eine direkte Verbindung zwischen beiden Welten darstellte, klang wenig schlüssig. Von einem solchen Phänomen hatte er noch nie gehört. Möglicherweise hing es aber mit dem zunehmenden Verschmelzen beider Welten zusammen.

Die Katze hatte offenbar nicht nur ihre Seele, sondern auch ihren Körper übertragen können. Das hieß, es konnte nicht mehr lange dauern, bis auch größeren Brocken Materie der Übergang gelang. Die Dämonen bräuchten dann nicht mehr menschliche Körper mit all ihren Schwächen zu okkupieren. Drachen, riesige Seeschlangen und andere Fabelwesen würden erneut die Menschenwelt bevölkern und die schwächere Art unterjochen. Die Vorstellung hätte Hiro vor kurzem vielleicht noch begeistert – jetzt beschleunigte sie seinen Herzschlag. Er musste unbedingt zusehen, dass er seinen Auftrag so bald wie möglich erfüllte.

Den Totenrufer mitzunehmen, war kein Problem. Seine

SECHSUNDDREISSIG: Hiro

Seele war so klein und leicht, dass sie Hiro beim Übergang nicht belastete. Sie mussten dem alten Mann anschließend nur einen neuen Körper suchen. Hiro hatte dazu schon eine Idee. Als schwieriger erwies es sich, der Katze den Rückweg zu ermöglichen. Sie konnte sich noch erinnern, in der Nähe des Ortes aufgewacht zu sein, an dem Hiro in die Unterwelt gelangt war. Irgendwo auf der Grasebene vor der Stadt musste der Übergang zu finden sein. Sie beschlossen, dass zunächst Hiro mit der Seele des Totenrufers zurückkehren sollte. Die Katze würde sich Zeit lassen und geduldig nach dem richtigen Weg suchen.

In der Moller-Villa in Shanghai, Zimmer 207, lag ein Mann in einer Badewanne, die mit heißem Wasser gefüllt war. Eben noch hatte er ruhig geatmet. Eine junge Frau beobachtete ihn dabei. Plötzlich öffnete er die Augen. Die Frau, die auf dem Badewannenrand saß, beugte sich zu ihm hinunter. Hiro sah sich um, ohne eines seiner Glieder zu bewegen. Er fühlte sich desorientiert, musste sich erst zurechtfinden.

„Wo sind wir hier?", fragte eine ängstliche, dünne Stimme. Das Mädchen zuckte zusammen. Sie hieß Hannah, erinnerte sich Hiro.

„Entschuldige", sagte er, und als die junge Frau den gewohnten Klang hörte, wich der Schreck aus ihrem Gesicht. „Ich habe einen Gast mitgebracht."

Hiro schaute an sich herunter. Das Wasser reichte ihm bis zur Brust. Er trug eine weiße Unterhose, sonst nichts. Etwas musste in seiner Abwesenheit mit dem Körper geschehen sein. Er zog sich am Rand der Badewanne hoch, seine Glieder gehorchten ihm, und bat Hannah, aus dem Wohnzimmer trockene Unterwäsche zu besorgen. Nachdem sie das Bad verlassen hatte, stieg er aus der Wanne und begann sich

SECHSUNDDREISSIG: Hiro

abzutrocknen. Hannah schien zu ahnen, was er vorhatte, denn sie ließ sich Zeit. Als sie wiederkam, hatte er bereits ein Handtuch um die Hüften geschlungen, die nasse Unterhose hing ausgewrungen über der Handtuchstange. Der Spiegel über dem Waschbecken war beschlagen. Er wischte eine Stelle frei, um sein Gesicht zu betrachten. Es wäre mal wieder Zeit für eine Rasur, dachte er.

Hannah fragte nichts, und er war ihr dankbar dafür. Er brauchte einige Zeit, in der anderen Welt anzukommen. Statt Flügeln besaß er wieder Arme, seine Haut war nicht mehr mit Hornplatten besetzt und Hiro wunderte sich, wie schnell er den Körper des jungen Mannes wieder als seine Heimat akzeptierte. Auch der alte Mann in seinem Inneren verhielt sich ruhig. Er hatte sich in irgendeine Ecke zurückgezogen und hing dort wohl seinen Erinnerungen nach. Vielleicht fürchtete er auch, durch eigene Aktivität in Hiros Leben einzugreifen. Hiro fragte sich, was Hannah in den letzten Stunden erlebt hatte. Immerhin musste sie ihn irgendwie und aus einem bestimmten Grund in die Badewanne bugsiert haben. Allein? Oder hatte sie Hilfe geholt? Diese Fragen würde er ihr später stellen. Es war ein Zeichen ihrer Verbundenheit, dass sie sich stillschweigend geeinigt hatten, einander nicht mit Fragen zu überfallen.

Sie gingen ins Zimmer. Hiro nahm auf dem Bett Platz. Er registrierte die getrockneten Blutspuren auf der weißen Bettwäsche. Hannah setzte sich in den Sessel. Allem Anschein nach hatte sich fast nichts verändert. Und doch war alles anders. In Hiros Hals machte sich ein Kratzen bemerkbar. Die Luft war ihm zu heiß. Sie lastete schwer auf seiner Brust. Er merkte, dass seine Dankbarkeit für das Schweigen einen Grund hatte – Angst. Er fürchtete sich vor einem Gespräch,

SECHSUNDDREISSIG: Hiro

da es ein Abschiedsgespräch sein würde. Er erinnerte sich, was der Mächtige ihm nach seiner Niederlage gesagt hatte. Und er wusste, dass es die Wahrheit war. Hannah und er durften sich nicht weiter ineinander verstricken. Er gehörte zur Dämonenwelt. Hannah war ein Mensch. Ihre Verbindung trieb die beiden Welten schneller aufeinander zu. Vielleicht sogar schneller als der unheilvolle Einfluss des abtrünnigen Dämons, der die Menschenwelt zu beherrschen versuchte. Gerade weil er sich so stark zu diesem Mädchen hingezogen fühlte, musste er Abstand zu ihr gewinnen. Doch wie sollte er Hannah davon überzeugen, wenn er sich selbst mit aller Macht dagegen sträubte?

Hannah brach das Schweigen zuerst. „Schön, dass du wieder da bist."

Sie lächelte. Hiro fand kein Wort, um dieses Lächeln zu beschreiben. Es war nicht bewundernd. Ein Hauch von Dankbarkeit lag darin, Güte. Vor allem aber eine Zuneigung, die ihm galt, ihm allein. Es strahlte eine Zuversicht aus, die ihn um seine Vorsätze fürchten ließ. Hiro fragte sich, wie eine 16-Jährige zu solch einem Lächeln kommen konnte. Diese Lippen hätte er jetzt gern geküsst. Seine Wangen röteten sich bei dem Gedanken. Dann fiel ihm ein, dass er vielleicht antworten sollte. Ein simples Ja sollte genügen, dachte sein Verstand, doch ein anderer Teil seines Ichs hatte schon einen ganz anderen Satz ausgesprochen.

„Ich bin glücklich, dass ich wieder bei dir sein darf."

Sein Verstand versuchte, sich in den Vordergrund zu drängen. So beginnt man kein Abschiedsgespräch, schalt er sich.

„Und gleichzeitig bin ich unglücklich, weil ich dir ein paar ernste Tatsachen berichten muss."

SECHSUNDDREISSIG: Hiro

Hannah schaute ihn an. Er hatte versäumt, sich vor diesem Blick zu wappnen. Solange sie ihn auf diese Weise betrachtete, verlor jede Katastrophe ihren Schrecken. Hiro sah sich in einem Ruderboot auf einem anschwellenden Fluss treiben. Hektisch paddelte er gegen die Strömung an und wusste doch, dass sie ihn davontragen würde. Er schluckte.

„Die gute Nachricht zuerst. Den Totenrufer habe ich mitgebracht. Wir müssen ihn nur noch mit einem Körper ausstatten."

Hannah nickte. „War es schwierig, ihn zu finden?"

Hiro atmete auf. Eine Gnadenfrist. Er erzählte ihr, was sich in der Dämonenwelt zugetragen hatte. Sie hörte ihm schweigend zu.

„Ich hoffe, die Katze findet einen Weg", sagte sie, als er seine Geschichte beendete. Hiro seufzte hörbar, doch das galt nicht dem Tier, das er in der Unterwelt zurückgelassen hatte.

„Etwas habe ich ausgelassen", gestand er schließlich. Er hatte Angst vor Hannahs Reaktion. Beinahe hoffte er, dass seine Eröffnung sie traf. Denn die Alternative konnte nur heißen, dass er ihr vollkommen egal war.

„Was da zwischen uns passiert", sagte Hiro zögernd, „darf nicht sein. Ich weiß, ich habe dir versprochen, dass wir das Problem gemeinsam lösen …" – Hiro zwang sich, Atem zu holen – „doch es wäre für uns und vor allem für unsere Welten besser, wenn ich mein Versprechen nicht halten müsste. Sie treiben sonst immer schneller aufeinander zu. Am besten sehen wir uns deshalb gar nicht mehr."

SIEBENUNDDREISSIG: Hannah

„Das war's?" Die Frage entschlüpfte Hannah, ehe sie überhaupt wusste, nach welcher Antwort sie suchte. Doch noch während Hiros stockender Erklärung war ihr klar geworden, dass sie ihn so leicht nicht davonkommen lassen würde. Hiro hatte genau den Tonfall angeschlagen, den sie so hasste. Er hatte ihr, ohne es zu ahnen, nur eine einzige Möglichkeit gelassen, darauf zu reagieren. Nein, damit würde er nicht durchkommen!

Er schien ihr angesehen zu haben, dass sie mit sich kämpfte. Vielleicht wollte er ihre Frage auch beantworten – durch sein Schweigen. Hannah stand hastig auf. Sie musste sich bewegen. Ihre Schritte klangen dumpf auf dem dicken Teppich. Sie wusste sehr genau, was sie nicht wollte: sich etwas vorschreiben lassen. Aber was wollte sie eigentlich? Ging es ihr wirklich darum, bei der Rettung dieser Welt zu helfen? Ja, natürlich. Doch es hatte auch einen ganz besonderen Reiz, mit Hiro zusammen zu sein, von dem sie nicht wusste, wie viel Dämon und wie viel Mensch er war. Und genau das war es, was sie wollte, egal um welchen Preis: mit ihm zusammen sein, so oft wie möglich, so intensiv wie möglich.

Aber musste sie angesichts ihres neuen Wissens nicht auf Hiro verzichten, den vielen anderen Menschen zuliebe?

SIEBENUNDDREISSIG: Hannah

Hannah schob ihre Unterlippe vor wie als kleines Kind. Wer sagte denn, dass es keine andere Lösung gab? Gut, dachte sie, jemand hatte Hiro offenbar erzählt, dass ihre Freundschaft üble Folgen haben würde. Und sie war nicht so naiv, diese Warnung wegzuwischen. Andererseits – was wusste jemand aus der Untenwelt von der Liebe? Hiro hatte ihr selbst erzählt, dass man Liebe in seiner Heimat nicht kannte. Konnte es sein, dass der Dämon sich schlichtweg irrte?

Hannah lief unruhig zwischen Zimmerwand und Bett hin und her. Sie musste etwas unternehmen. Etwas, das die Fronten gerade rückte. Das die Verwirrung in Gewissheit verwandelte, gleich welcher Art. Etwas Unerwartetes, Mutiges, Erwachsenes. Abrupt blieb sie am Bett stehen und beugte sich zu Hiro hinab. Ihre langen Haare bildeten einen Vorhang, der sie von der Außenwelt abschirmte. Sie nahm seinen Kopf in beide Hände und küsste ihn.

Hiros Lippen fühlten sich wunderbar weich an und er gab sich ihrer Berührung hin. Sie sog seinen Geruch in sich ein. Er schmeckte, wie er roch. Nach Wald. Nach Farnen. Grün und Schwarz waren seine Farben. Hannah wurde mutiger. Begann, ihn zu erforschen. Die Spitze ihrer Zunge tastete seine Lippen ab, die er leicht geöffnet hatte. Er schien nicht mehr zu atmen. Sie spürte, wie sein Herzschlag sich beschleunigte. Seine Ohrläppchen waren heiß.

Ihr ganzes Wesen steckte in diesem Kuss. Sie würde ihn nicht aufgeben. Sie hatte keine Gedanken übrig, um die nötigen Worte zu formulieren. Aber das war unnötig. Sie leuchteten in ihr auf. Sie erblühten wie rote Tulpen. Wuchsen wahnsinnig schnell heran und bildeten Knospen, die sich zu den herrlichsten Blüten öffneten. Tulpenduft erfüllte das Zimmer. Sie war sicher, die richtige Antwort gefunden zu haben. Mit geschlossenen Augen sah sie Hiro an, der ihren Blick erwiderte.

Durch das offene Fenster flatterte ein schwarzer Schmetterling herein, der sich auf das Bett setzte. Als Hannah ihren Weg zwischen Zimmerwand und Bett wieder aufnahm, flog er davon.

„Gut", sagte Hiro. Seine Stimme klang fremd. Er hatte die Hände auf die Oberschenkel gelegt. „Wir müssen uns eben beeilen."

Mit Zeige- und Mittelfinger trommelte er auf sein Knie.

„Was meinst du, kannst du Zhao Weng mit deinen Tanzfähigkeiten überzeugen?"

„Ich weiß nicht." Hannah musste erst wieder zurückfinden in die Wirklichkeit. „Es kommt wohl auf einen Versuch an."

„Dann sollten wir es morgen probieren. Heute Abend wäre mir lieber, aber du brauchst ja auch Zeit zum Anziehen und Schminken."

Es dämmerte bereits. Und Hannah hatte ihren Eltern versprochen, den Abend bei ihnen zu verbringen.

„Ich fahre jetzt am besten nach Hause", sagte sie. „Du kommst zurecht?"

Sie hätte gern über das gesprochen, was vorhin passiert war. Hatte sich dadurch etwas verändert? Sollte, musste sie sich nun anders verhalten? Wie benahm man sich einem Mann gegenüber, den man gerade geküsst hat? Wirkte es kalt, ihm bloß die Hand zu geben? Doch was sollte sie sagen? ‚Findest du es okay, wenn ich dich zum Abschied auf die Wange küsse?' Das klang hohl. Im Film lief stets alles ganz selbstverständlich ab. Er küsste sie. Sie gab sich hin. Ende. Kamera aus. Aber war das überhaupt ihre Sache? Sollte sich doch Hiro Gedanken machen! Sie hatte es ihm sowieso schon viel zu leicht gemacht, als sie die Initiative ergriffen hatte.

SIEBENUNDDREISSIG: Hannah

Hannah reichte ihm die Hand und wollte sie gleich wieder zurückziehen, doch er ließ nicht los. Er zog sie an sich. Küsste sie. Eine andere Berührung als zuvor. Die Energie floss auf neue Weise zwischen ihnen und verband sie miteinander. Hannah bekam Angst, sich zu verlieren. Doch dann löste die Angst sich auf, weil sie die Gegenwart hinter sich ließ. Sie hatte sich in Wärme verwandelt, einen unsichtbaren Stoff, der alle Materie durchströmte. Sie war Wärme und Berührung. Gleichzeitig groß wie das Universum und klein wie ein Elementarteilchen. Und doch immer auch Hannah, das Mädchen aus Deutschland, das in Shanghai einen Dämon küsste. Oder einen Menschen. Einfach Hiro. Es spielte keine Rolle, wer er war. Wichtig war nur, dass er war.

Behutsam ließ er sie los. Sie konnte in die Wirklichkeit zurückkehren. Hannah nahm ihren Rucksack, drehte sich um und verließ den Raum. „Bis morgen", sagte sie, bevor sie die Zimmertür schloss. Alles war so einfach.

Als sie nach Hause kam, kurz vor Sonnenuntergang, waren ihre Eltern nicht da. Sie hatten einen Zettel hinterlassen, „Sind einkaufen". Hannah vermutete, dass ihre Schwester mitgegangen war und sie war froh, jetzt niemandem etwas erklären zu müssen. Denn es würde sicher Fragen geben. Hannah hatte sich im Spiegel betrachtet. Sie wirkte so anders, dass es jedem auffallen musste.

Sie setzte sich an den Computer. Facebook meldete die üblichen Neuigkeiten. Eine Freundin hatte sich die Haare färben lassen. Eine andere fragte, welches Buch sie als nächstes lesen sollte. Das Fantasy-Guide-Blog hatte eine Rezension online gestellt. Hannah hatte das Gefühl, die Welt erschüttern zu müssen. Eine neue Mondlandung. Ein weltweiter Börsensturz. Dinosaurier, lebend wiederentdeckt. Mindestens so wichtig war, was sie der Welt mitteilen musste. ‚Du dummes Mädchen', schimpfte sie lächelnd mit sich selbst, ‚du bist doch bloß verliebt'. Sie entschied sich, den einfachsten Weg zu wählen. Facebook kannte die Option „Alles ist einfach" nicht. Dämliche Programmierer. Nerds.

* * *

17.7.
Hannah Harlof hat ihren Beziehungsstatus auf „Es ist kompliziert" geändert. – In Shanghai.
5 Kommentare.

* * *

Natürlich musste sie am Abend noch erzählen, wie ihr Tag gewesen war. Da war sie aber schon wieder ganz die Alte. Nein, sie fühlte sich freier als je zuvor. Wer konnte ihr etwas? Die Schule? Würde sie notfalls abbrechen. Ihre Eltern? Sie kam prima allein zurecht. Sie strahlte. Ihre Mutter, sonst die Inquisition in Person, verzichtete auf allzu neugierige Fragen. Sie war mit Hiro unterwegs gewesen, das musste genügen. Hannah wusste allerdings, dass die Befragung noch kommen würde, wenn Vater und Schwester nicht mehr dabei waren. Sie erhielt problemlos die Erlaubnis, am nächsten Abend auszugehen, bloß solle sie vor Mitternacht zurück sein. Notfalls hole er sie persönlich ab, drohte ihr Vater, nur halb im Scherz.

Sie begann ihre Vorbereitungen am Mittag. Sie badete. Benutzte Lotionen und Wässerchen ihrer Mutter, die sie bisher nicht interessiert hatten. Kümmerte sich um Haare und Härchen. Zeichnete Konturen nach, wo es etwas zu verbessern gab.

SIEBENUNDDREISSIG: Hannah

Perfektionierte ihren Teint. Hannah hatte das Gefühl, als male sie, wobei Motiv, Zeichenfläche und Kunstwerk identisch waren. Und es machte ihr sogar Spaß. Sie hatte es immer gehasst sich zu schminken. Doch hier ging es nicht um ein vergängliches Übertünchen ihres wahren Ichs. Hannah verwandelte sich, noch bevor sie das rote Kleid überhaupt angezogen hatte. Sie schlüpfte in eine neue Identität. Wurde zur Verführerin. Sie fragte sich, ob sie vorgestern schon für diese Rolle geeignet gewesen wäre. War sie heute die passende Besetzung?

Was ihre tänzerischen Fähigkeiten betraf, war sie optimistisch. Der Lehrer hatte zuletzt nur noch Kleinigkeiten zu verbessern gehabt. Bei den lateinamerikanischen Tänzen fühlte sie sich sicherer als beim Standard. Aber das lag vor allem an dem rauen Pflaster im Fuxing-Park, das für einen schnellen Quickstepp oder Wiener Walzer einfach ungeeignet war.

Hiro holte sie kurz nach sechs mit dem Taxi ab. Die Sonne ging gerade unter. Sie verabschiedete sich von den Eltern. Bat sie, nicht mit nach draußen zu kommen. Sie wollte sich Zeit lassen auf dem Weg zum Auto.

Lange Schatten lagen bereits über den Vorgärten. Die kleine Straße machte einen friedlichen Eindruck. Um den gelb blühenden Busch neben dem Haus flatterten ein paar der schwarzen Schmetterlinge, die in letzter Zeit immer öfter zu sehen waren. Sie waren ungewöhnlich groß und schienen ihre Flügel in Zeitlupe zu bewegen. Als Hannah vorbeiging, flogen sie nicht davon. Sie blieb stehen und beobachtete die Tiere. Im Schatten konnte sie nicht erkennen, ob sie wirklich schwarz waren, vielleicht waren sie auch dunkelbraun oder -blau. Hannah streckte den Arm aus. Hielt die Hand ganz ruhig.

Eines der Tiere kam näher, setzte sich auf ihren Handrücken und klappte die Flügel zusammen. Sie konnte es genau

SIEBENUNDDREISSIG: Hannah

beobachten. Seine langen Fühler bewegten sich im Wind, die Flügel waren von glitzernden Schuppen besetzt. Hannah sah, dass der linke leicht eingerissen war. Der Wind frischte auf, dann traf ein verirrter Sonnenstrahl den Schmetterling. Hannah erwartete, dass sich das Licht in den winzigen Kristallen auf dem Flügel brechen würde. Doch stattdessen zerfiel der Schmetterling im Sonnenlicht in unzählige kleine Teile, nicht größer als Rußflocken. Der Wind blies den schwarzen Staub von Hannahs Hand auf den Boden.

Ihr Optimismus zerstob wie dieser Schmetterling.

ACHTUNDDREISSIG: Hiro

Hiro hatte den Tag genutzt, um ein anderes Problem zu lösen. Der Totenrufer besaß jetzt wieder einen Körper. Hiro hatte dazu die pathologische Abteilung der Medizinischen Universität aufgesucht und sich als Angehöriger eines vermissten alten Mannes ausgegeben, der sich persönlich davon überzeugen wollte, dass sein Großvater nicht unter den unbekannten Toten lag, die in der Pathologie auf ihre Identifizierung warteten. Die Angestellte hatte ihn arglos in den Kühlraum geführt und sich dann verabschiedet. Was sollte ein junger Mann wie Hiro schon mit ein paar nackten Leichen anfangen?

Als später ein alter Mann in Klinikkleidung an ihrem Büro vorbeilief, hielt sie ihn für eine Putzkraft. Nicht wenige alte Menschen mussten sich ihre Rente mit Nebenjobs aufbessern.

Hiro kaufte dem Totenrufer später einen neuen Anzug und brachte ihn in einem Zimmer in der Moller-Villa unter.

Jetzt sah er, dass Hannah sich mit kleinen Schritten dem Auto näherte. Hiro fragte sich, warum sie sich so langsam bewegte. Lag es an den ungewohnt hohen Schuhen? Sie wirkte abwesend. Vielleicht erschrocken. Er sprang aus dem Fahrzeug, um ihr die Tür zu öffnen. Dabei stolperte er über

ACHTUNDDREISSIG: Hiro

den Bordstein. Und dann war auch noch der Fahrer schneller zur Stelle. Seine Ungeschicklichkeit hatte Hannah offenbar amüsiert, zumindest war der abwesende Gesichtsausdruck verschwunden. Sie lächelte. Hiro fühlte sich klein. Sie war so unglaublich schön in ihrem Kleid. Gar kein Vergleich zu neulich beim ersten Besuch im Paramount Ballroom, obwohl ihre Schönheit ihn auch da schon befangen gemacht hatte. Sah er sie jetzt nur anders – oder hatte sie sich wirklich so verändert?

Als sie im Paramount Ballroom ankamen, war es dort noch völlig leer. Die meisten Besucher würden erst nach acht eintreffen. So konnten sie in Ruhe mit der Managerin sprechen, die ihre Vereinbarung nicht vergessen hatte. Sie würde Hannah ihrem Klienten Zhao Weng als neue Angestellte des Etablissements vorstellen, alles Weitere war dann Hannahs Sache. Hiro war sicher, dass Weng begeistert sein würde. Was dann passieren mochte, wollte er sich jetzt noch nicht ausmalen. Bevor sie den Saal betraten, nahm er Hannahs Hand. Er spürte den Ring an ihrem Finger, der sich noch immer an seinem Platz festkrallte.

Sie setzten sich an einen Tisch in einer Ecke des Raumes. Ein Kellner kam, um ihre Getränkebestellung aufzunehmen. Noch wurde Musik vom Band gespielt. Erst später, wenn der Saal sich gefüllt hatte, würde eine Band auftreten. Die Tanzfläche war trotzdem nicht leer. Die Angestellten hatten vermutlich Order, den Gästen die Scheu zu nehmen, als einzige zu tanzen. Oder tanzten sie einfach selbst gern? Die Frauen sahen wunderschön aus in ihren typisch chinesischen Kleidern. Doch Hiros Blick wanderte immer wieder zu Hannah, die ihm gegenüber saß. Sie spielte mit einer Haarsträhne. Ein paar Schweißtropfen glänzten an ihren Schläfen, obwohl die Temperatur im Saal

ACHTUNDDREISSIG: Hiro

angenehm war. Auf die sonst übliche Gewohnheit, die Klimaanlage auf Frostgrade herunterzudrehen, hatte man wohl der dünnen Kleider der Damen wegen verzichtet.

Hannah strahlte etwas aus, das er nicht beschreiben konnte. Gegen den dunklen Hintergrund schien sie zu leuchten. Die Lehne ihres Sessels war heller, seit sie sich gesetzt hatte. Er wünschte sich, dass sie irgendetwas sagen möge, ganz gleich, was – nur um ihre Stimme zu hören. Doch er wollte sie nicht ansprechen, damit ihr Lächeln nicht verschwand. Hannah hatte die Beine übereinander geschlagen. Durch einen der beiden seitlichen Schlitze des Kleids sah er die Haut ihres Oberschenkels. Sie änderte ihre Sitzposition. Kurze Zeit später suchte sie erneut nach einer bequemeren Variante, doch sie schien dabei keinen Erfolg zu haben. Vielleicht sollte ich sie erst einmal erlösen, dachte Hiro, und mit ihr tanzen.

Bereitwillig folgte sie seiner Aufforderung. Hiro hatte zwar keinen Grund gehabt, daran zu zweifeln, trotzdem eine gute Portion Mut aufbringen müssen. War es richtig, dass Hannah mit ihm tanzte? Aus den Lautsprechern klang gerade eine Rumba, eine richtige Schnulze, fast zu langsam für diesen Tanz – und er verpatzte wie ein Anfänger immer wieder den Einsatz. Er musste die Augen schließen und mitzählen. Eins – zwei – drei – vier, eins – ... Endlich fand er in den Takt. Er erinnerte sich an einige der Figuren, die der Tanzlehrer ihnen beigebracht hatte. Hannah bewegte sich so geschmeidig über das Parkett, als würde sie auf Kufen über einen zugefrorenen See gleiten. Hiro meinte fast, das scharfe Geräusch von Stahl auf Eis zu hören.

Doch auch er hatte dazugelernt. Wenn es ihm gelang, den Blick von Hannah zu lösen, und er sich in den Spiegeln betrachtete, die an einer Seite des Saals angebracht waren, stellte

ACHTUNDDREISSIG: Hiro

er fest, dass seine Schritte nicht mehr so tappsig aussahen wie am Anfang. Ja, sie gaben ein schönes Bild ab, seine Partnerin und er.

Nach etlichen weiteren Tänzen – Slowfox, Quickstepp, Langsamer Walzer – musste er nicht mehr über die richtigen Schritte nachdenken. Wenn er die rechte Hand auf Hannahs Schulterblatt legte und mit der linken Hand ihre rechte ergriff, entstand aus zwei Personen ein Tanzpaar, das gemeinsam übers Parkett schwebte. Was ihm früher so kompliziert erschienen war, kam ihm nun einfach vor. Den passenden Schritt, die richtige Führung, anderen Paaren ausweichen – alles passierte automatisch. Und er genoss es, wie Hannahs lange Haare seine Hand auf ihrem Rücken streichelten. Es war ein Zufall, dass Hiro die Managerin sah, die in diesem Moment oder schon seit Stunden, er hätte es nicht sagen können, vom Rand der Tanzfläche winkte.

Hannah verabschiedete sich professionell, wie sie es ausgemacht hatten. Er war heute ihr erster Kunde gewesen, nun musste sie sich um einen anderen kümmern. Natürlich hatte Zhao Weng sich interessiert gezeigt, als ihm die Managerin von ihrer neuen Angestellten erzählte, die ab sofort an ein paar Abenden pro Woche aushelfen würde. Sie sollte sich vor allem um die ausländischen Gäste kümmern, was ihre miserablen Chinesisch-Kenntnisse entschuldigte. Doch was das Tanzen anginge, müsse sie sich vor den einheimischen Mädchen nicht verstecken. Die Sprache sei kein Problem, meinte der Stammgast, er spreche Englisch – und außerdem wolle er tanzen, nicht reden. Trotzdem müsse er selbstverständlich erst einmal einen Blick auf die junge Frau werfen.

Weng, der grundsätzlich mit zwei ausnehmend schönen Damen am Arm im Paramount Ballroom erschien, hatte sich

ACHTUNDDREISSIG: Hiro

einen Vierertisch direkt an der Tanzfläche reservieren lassen. Hiro saß schräg dahinter an dem Tisch, an dem ihm vorhin noch Hannah Gesellschaft geleistet hatte. Er überlegte, ob er sich nicht zur besseren Tarnung eine andere Tänzerin kommen lassen sollte. Doch er entschied sich dagegen – eine kleine Tanzpause sollte ja jedem Gast zugestanden sein. Sein Platz hatte den Vorteil, dass er gut verstehen konnte, was in Zhao Wengs Runde gesprochen wurde, zumal sich niemand die Mühe machte, besonders leise zu reden. Schließlich war man zum Vergnügen hergekommen. Weng hatte Hannah auf dem vierten Sessel Platz angeboten. Die Managerin zog sich einen Hocker heran. Um ihren Stammgast wollte sie sich persönlich kümmern. Würden vielleicht noch zusätzliche Tänzer gebraucht? Die reizenden Damen am Tisch sollten sich doch schließlich nicht langweilen. Aber nein – mit Herrn Weng sei man wirklich gut ausgelastet, versicherten sie.

Auf den ersten Blick wirkte Hannah ganz locker. Hiro meinte aber, ihr die Anspannung anzusehen. Er wusste, wie sie sich sonst verhielt, kannte ihre Gesten, die unwillkürlichen Handbewegungen – jetzt hatte sie sich vollkommen unter Kontrolle. Doch als ihr neuer Tanzpartner sie erstmals aufforderte, war von dieser unterdrückten Nervosität nichts mehr zu bemerken. Weng musste offenbar eine militärische Ausbildung durchlaufen haben. Man sah es an seinem kerzengeraden Rücken, der etwas steifen Haltung. Wenn er Rumba tanzte oder Cha-Cha-Cha, fehlte die Geschmeidigkeit, obwohl er die Schrittfolgen perfekt beherrschte. Hiro konnte jedenfalls keine Fehler entdecken.

Hannah schien sich ihm anzupassen, denn sie bewegte sich auch dann äußerst exakt, wenn eine winzige Pause charmanter und zum Charakter des Tanzes passender gewesen wäre. Doch als die Musik zu einem Slowfox wechselte, zeigte sich der Vorteil einer guten Haltung. Weng und Hannah glitten übers Parkett wie eine perfekte Welle an einen karibischen Strand. Hannah hatte die Augen geschlossen. Ihr Partner führte sie behutsam und doch energisch. Er setzte seine Kraft dosiert ein, wenn es notwendig war, und nutzte sonst den Schwung der letzten Drehungen. Hiro hatte den Eindruck, dass dieser Zhao Weng weitaus männlicher war als er. Aber er hatte ihm auch unzählige Jahre an Erfahrung in seinem Menschenkörper voraus. Was würde passieren, wenn Hannah ihre Aufgabe allzu genau nahm? Wäre sie in der Lage, so viel wie nötig zu riskieren, ohne dass er sie dadurch an diesen Mann verlor? Hiro gestand sich ein, dass ihm die Erfüllung seines Auftrags diesen Verlust nicht wert war.

NEUNUNDDREISSIG: Katze

Die Stelle, an der sich der Drache aufgelöst hatte, war noch an einem Fleck aus geronnenem Blut erkennbar. Es hatte einen ganz besonderen Geruch, der die Katze an verrostetes Eisen erinnerte. Die Ebene erstreckte sich scheinbar endlos in alle Richtungen. Nur im Westen waren Konturen erkennbar. Die Katze wusste, dass dort die Schwarze Stadt lag. Sie hatte sich gefragt, ob das vielleicht ihr Ziel war, sich aber dagegen entschieden. Eine rationale Begründung dafür hatte sie nicht. Sie erinnerte sich jedoch, dass sie fast genau an dieser Stelle in der Unterwelt angekommen sein musste. Hier hatte sie die Augen wieder geöffnet. Sie hatte das bleiche, giftige Licht nicht mehr mit ansehen wollen, das während des Übergangs aus allen Richtungen auf sie eingedrungen war und ihr das Gefühl gegeben hatte, bis auf Skelett und Blutgefäße durchleuchtet zu werden.

Erst als eine Weile lang nichts geschehen war, hatte sich die Katze nachzuschauen getraut, wo sie sich befand. Direkt vor ihr, so nah, dass sie es nicht fokussieren konnte, ragte etwas Spitzes auf – Spiegelgras, wie sie später erfuhr, das in diesem Teil der Ebene die anderen Pflanzen verdrängt hatte. Bei einer vorsichtigen Berührung mit der Pfote hatte sie gemerkt, wie

NEUNUNDDREISSIG: Katze

viel Glück sie gehabt hatte, und bestürzt die zerschnittene Hornhaut ihres Fußes betrachtet. Das Spiegelgras hätte ihr genauso gut die Augen zerstören können – und damit ausgerechnet denjenigen ihrer Sinne, auf den sie besonders stolz war. Seitdem bewegte sie sich äußerst behutsam. Die Wunde an der Pfote war sofort wieder verheilt.

Die Katze wusste nicht, wie viel Zeit inzwischen vergangen war. Ihr natürliches Zeitgefühl hatte sie schnell verloren. Es gab zwar in regelmäßigen Abständen so etwas wie Dunkelheit, doch da sie weder Hunger oder Durst noch Müdigkeit verspürte, fehlte ihr ein Maßstab, an dem sie sich orientieren konnte. Diese Welt versetzte sie in eine Art Trance. Es gab hier unten, das stellte die Katze jedenfalls bei sich selbst fest, keine Freude, keinen Genuss, alles fühlte sich gedämpft an, als packe die Welt das Bewusstsein ihrer Bewohner in Watte. Wut – wozu? Gier – wonach? Es gab auch keine offensichtliche Traurigkeit, denn es existierte kein Grund, um etwas zu trauern.

Die Katze spürte jedoch, wie eine andere Art von Trauer sie allmählich erfüllte – Trauer um alles, was sie hier nach und nach verlor. Nie wieder würde sie Freude fühlen können, wenn sie sich zu lange hier in der Untenwelt aufhielt. Sie begann bereits, absichtlich auf Spiegelgras-Halme zu treten. Denn das einzige Gefühl, das sich in dieser Welt ungedämpft in ihren Nervenbahnen ausbreitete, war der Schmerz. Vielleicht war das der Grund, dass irgendein Wesen, wie ihr der Drache erzählt hatte, das Spiegelgras überhaupt erst erschaffen hatte.

Sie musste unbedingt den Rückweg finden – und wusste nicht, wie. Diese Welt war kein simples Spiegelbild der anderen, aus der sie gekommen war. Der Hinweg hatte durch ein Astloch geführt, woraus sich aber keinerlei Schlüsse über den Rückweg ableiten ließen. Der Eingang, das hatte ihr der

NEUNUNDDREISSIG: Katze

Drache noch erklärt, besitze keine Substanz. Er würde erst zu sehen sein, wenn man ihn betrat. Dass die Katze ihn gefunden hatte, würde sie feststellen, wenn sie plötzlich wieder in der anderen Welt war. Im schlimmsten Falle befand sich der Eingang nicht einmal in der Nähe des Bodens. Da sich die Katze bei ihrer Ankunft nicht alle Knochen gebrochen hatte, musste er aber zumindest in nicht allzu großer Höhe sein. Sie hatte die Umgebung ihres Ankunftsortes bereits ausgiebig durchsucht. Erst systematisch, dann aufs Gradewohl und auf einen Zufall wie bei der Hinreise gehofft. Dass ihr einziger Orientierungspunkt der vom Drachen hinterlassene Blutfleck war, erschwerte die Suche.

Die Katze versuchte es blind und probierte, sich nur am Geruch zu orientieren. Doch das Aroma des Blutes übertönte alles. Sie wünschte, der Hund, der sie auf der Obenwelt begleitete, könne ihr helfen. Sie lauschte, ob sie nicht etwas von dem Verkehrslärm hörte, der vielleicht in das Astloch im Fuxing-Park eindrang. Aber alles, was sie vernahm, war das Rauschen ihres eigenen Blutes. Diese Welt wirkte ganz unnatürlich, weil es keine Geräusche gab. Zwar wehte ein beständiger Wind über die Ebene, immer auf die Schwarze Stadt zu, doch es gab keine Äste, keine Zweige, die er bewegen konnte, keine Bäume, in denen Vögel sangen. Und in diese Ebene verirrte sich auch keine der Seelen, die in der Schwarzen Stadt lebten.

Die Katze lernte ein Gefühl kennen, für das sie zunächst gar keinen Namen hatte. Es schnürte ihr das Herz zusammen, ließ sie mutlos werden, frösteln, obwohl hier dauerhaft angenehme Temperaturen herrschten. Endlich fiel ihr das Wort ein. Es war die Einsamkeit, die ihr zusetzte. Sie war in ihrem Leben immer allein gewesen. Hatte nie das Bedürfnis nach der Anwesenheit

NEUNUNDDREISSIG: Katze

anderer gespürt. Natürlich war es angenehm, ein paar Worte mit einem anderen Tier zu wechseln, aber sie konnte auch sehr gut ohne diese Worte auskommen. Doch obwohl sie von Natur aus ein Einzelgänger war, merkte sie nun, dass sie noch nie wirklich einsam gewesen war.

Ein fernes Geräusch, das ein leises Klirren gewesen sein konnte, ließ sie aufhorchen. Nicht laut genug, um die genaue Richtung festzustellen, aus der es kam. Die Katze spitzte die Ohren. Da war es wieder. Dort drüben? Es war nichts zu sehen, doch der Ton schien von links zu kommen. Sie lief ein paar Schritte, lauschte wieder. Da! Das Geräusch schien lauter geworden zu sein, um einen Hauch nur, doch die Richtung stimmte. Sie brachte diesmal eine etwas größere Strecke hinter sich, ehe sie auf ein weiteres Zeichen wartete. Pling – haarfein, aber deutlich vernehmbar. Als werfe jemand mit Sandkörnern auf einen Spiegel. Die Katze versuchte, die Quelle zu finden, doch es war nichts zu erkennen. Sie bewegte sich weiter in Richtung des Geräuschs. Plinging. Was immer da herunterfiel, war kurz abgeprallt und dann erst zur Ruhe gekommen. Es musste allerdings größer sein als ein Sandkorn. Ein kleiner Kiesel vielleicht. Die Katze pirschte voran, strengte Nase, Augen und Ohren an.

Ein neues Pling. Definitiv lauter als vorher, und ganz sicher kein Stein. Das Geräusch klang weicher und leichter. Noch ein paar Schritte. Pling. Da sah sie es: Auf dem Boden hatte sich ein kleiner Hügel gebildet, der nicht in diese Ebene gehörte. Bei jedem Geräusch wuchs er ein wenig. Der Ton entstand, wenn etwas Neues auf den Hügel fiel, in dem die Katze nun langsame Bewegungen ausmachte. Sie schlich näher heran.

Der Hügel bestand aus ineinander verkeilten Heuschrecken. Die meisten regten sich nicht. Sie schliefen wohl oder befanden sich in einer Schockstarre. Diejenigen, die schon erwacht waren, versuchten sich aus dem Haufen zu befreien, daher die Bewegung. Die Katze interessierte sich nicht für den Heuschrecken-Haufen. Sie wollte wissen, wo die Tiere herkamen. Schließlich entdeckte sie etwa einen halben Meter über dem Erdboden eine Stelle, wo keine Struktur zu sehen war. Hatte sie den Ausgang des Astlochs gefunden? Sicher konnte sie nicht sein. Es mochte andere Wege in die Unterwelt geben. Der Drache hatte erzählt, dass sich in letzter Zeit immer mehr solcher Verbindungen bildeten.

Wohin dieses Loch führte, konnte sie nur durch einen Versuch herausfinden. Fünfzig Zentimeter, das war kein Problem für die Katze. Unangenehm war nur, dass sie bei einem Fehlsprung im Spiegelglas landen würde, aber sie musste es versuchen. Sie nahm einen kurzen Anlauf. Ein eleganter Sprung ohne besonderen Kraftaufwand brachte sie an die Stelle, an der die Heuschrecken in die Untenwelt befördert wurden. Sie hatte sich auf den Schmerz eingestellt, der sie bei der Landung im Spiegelgras erwartete. Fahles Licht brachte sie dazu, die Augen zu schließen.

Als sie erwachte, zog die Morgendämmerung herauf. Tau hatte sich auf grünen Grashalmen abgesetzt, benetzte die Nester kleiner Bodenspinnen. Eine feuchte Zunge schleckte ihr über die Nase. Den Schlag mit der Pfote, um die lästige Berührung abzuwehren, konnte sie gerade noch zurückhalten.

VIERZIG: Hannah

Zhao Weng berührte sie ganz anders als Hiro. Im gleichen Moment, als sich dieser Gedanke in Hannahs Kopf formte, fiel ihr auf, wie mehrdeutig er war. Weng hatte seine Tanzpartnerin im wörtlichen Sinn „im Griff". Er ließ ihr genug Raum für ihre eigenen Bewegungen, doch er, nur er gab den Rahmen mit seinen Armen und seinem Körper vor. Hannah vermutete, dass sich darin auch ein Teil von Wengs Wesen spiegelte. Er griff nicht unsicher, tastend zu wie Hiro, sondern bestimmt, sodass sie den Willen dahinter spürte und die Erfahrung.

Es war natürlich klar, dass sie nicht die erste Frau war, die Weng berührte. Doch jetzt lag seine Hand auf ihrem Schulterblatt, nicht auf dem irgendeiner anderen Frau, und das schmeichelte Hannah. Diesem Mann, das spürte sie, war an ihrer Gunst gelegen. Sie hatte noch nie zuvor auf diese Weise mit einem erwachsenen Mann zu tun gehabt. Hiro war alles Mögliche, ein Dämon, der vielleicht ihr Herz gestohlen hatte, doch im Körper eines großen Jungens steckte, nicht viel älter als sie. Von Weng, das wurde Hannah schon im Lauf des ersten Tanzes klar, könnte sie sehr rasch lernen, was sie gemeinsam mit Hiro nur nach und nach entdecken musste. Die Aufgabe machte ihr auf einmal Spaß. Und mit der Freude daran kam die

VIERZIG: Hannah

Angst: Sie wollte das nicht verlieren, was mit dem Kuss gestern so wunderbar begonnen hatte. Oder war es der Blick in der Bibliothek gewesen? Der erste Tanz im Paramount Ballroom? Doch während ihr diese Bilder durch den Kopf gingen, fühlte sie sich gleichzeitig in den Armen eines starken, erfahrenen Mannes geborgen und wunderte sich über sich selbst. Weng hatte sicher mehr als einen Menschen auf dem Gewissen, andernfalls wäre er nicht Sicherheitschefs des Obersten aller Verbrecher dieser Stadt. Trotzdem – wenn etwas sie beschützen konnte, dann diese starken Arme.

Als er sie zurück an ihren Platz begleitete, merkte sie erst, dass ihr der Schweiß den Rücken herunterlief. Sie mussten weit mehr als eine Runde getanzt haben. Außer Atem ließ sie sich in den Sessel fallen. Öffnete die beiden obersten Knöpfe ihres bis zum Hals geschlossenen Kleids. Zhao Weng beugte sich über sie, bot ihr an, etwas zu trinken zu bestellen. Sie lehnte ab. Dass er ihr dabei in den Ausschnitt sah, störte sie nicht. Es würde ihre Aufgabe erleichtern.

Hannah betrachtete die beiden jungen Frauen, die Weng mitgebracht hatte. Wortlos saßen sie nebeneinander. Eine der beiden inspizierte ihre Fingernägel, was seltsam aussah, weil sie eine Sonnenbrille trug. Die andere schaute in Richtung Tanzfläche. Hannah bemerkte, dass sie einen Punkt in der Ferne fixierte. Ab und zu strich sie sich wie zufällig durch das Haar. Getanzt hatten sie auch noch nicht. Vermutlich lag ihnen die Musik nicht. Hannah schätzte sie auf knappe 20. Ob sie Wengs Geliebte waren? Sie schienen sich allerdings nicht sonderlich für ihren Begleiter zu interessieren und die potenzielle Konkurrenz störte sie offenbar auch nicht. Hannah setzte sich gerade hin, lächelte Zhao Weng zu und deutete auf die Tanzfläche.

Weng nickte, lächelte ebenfalls. Vielleicht fühlte er sich geschmeichelt durch ihr Interesse. Während der folgenden Tänze veränderte Hannah Schritt für Schritt ihr Verhalten. Zunächst verringerte sie nur ein klein wenig ihre Körperspannung. Der Lehrer hätte darüber geschimpft, denn das führte zu einer schlechteren Haltung. Ihre Körper berührten sich nun immer öfter, scheinbar ungeplant, nicht nur die Hüften, wie es die Regeln vorsahen. Mal spürte er ihre Brust leicht an seinem Oberkörper, mal fühlte er ihren Oberschenkel an seinem Bein, wenn sie etwa beim Walzer ihren eigenen Schritt einen winzigen Moment später setzte, sodass sich beide Schenkel berührten.

Zwar oblag ihm die Führung und sie folgte ihm willig, gleichzeitig sorgte sie dafür, dass ihre Körper näher in Kontakt kamen, wenn sich eine Gelegenheit dazu ergab. Sie strich zart über seinen Rücken. Immer so, dass es wie zufällig wirkte, und stets auf eine Weise, die bei jedem Mann eine Reaktion erzeugt hätte. Weng schien das Spiel zu gefallen, was Hannahs Selbstsicherheit erhöhte. Jetzt war es an der Zeit, um eine Pause zu bitten, damit sie die nächste Phase einleiten könnte. Sie ließ sich einen Rotwein bringen, in der Hoffnung, dass er sie noch mehr entspannte. Weng bestellte gleich eine ganze Flasche. Sie war sicher, dass er die teuerste Sorte gewählt hatte.

Sie benetzte ihre Lippen mit der Zunge. Als er ihr zuprostete, hob sie das Glas an und probierte einen Schluck. Eigentlich mochte sie keinen Rotwein, er schmeckte ihr meist zu herb, doch dieser hatte ein ausgesprochen liebliches Aroma.

„Ganz wie du", antwortete Weng, als sie ihn darauf hinwies. Hannah leerte das Glas in einem Zug und leckte sich über die Lippen. Weng lachte. Es war ein Lachen, das wie eine

VIERZIG: Hannah

Frage klang. Hannah entschuldigte sich kurz und fragte die Managerin nach der Toilette. Vor dem Spiegel im WC frischte sie Lippenstift, Rouge und Wimperntusche auf. Dann griff sie entschlossen in ihr Kleid, öffnete den Verschluss des BHs, zog ihn aus ihrem Ärmel und verstaute ihn in der Handtasche.

Der Alkohol zeigte bereits seine Wirkung, gaukelte ihr vor, dass die Dinge schwebten. Wenn sie ein Objekt genauer betrachten wollte, ohne dass es leicht im Raum schwankte, musste sie es fixieren. Die Tische und Stühle im Saal hatten keinen Kontakt mehr zum Fußboden, als wären sie leichter geworden. Und auch die Probleme dieser Welt hatten an Gewicht verloren. Was sie hier tat? War doch egal. Es war neu. Es machte Spaß. Sie fühlte sich erwachsen. Sie war Wein wirklich nicht gewohnt und hoffte nur, dass man ihr den Schwipps nicht ansah.

Phase Nummer 2 begann bei einem Tango. Hannah hatte den Tanzlehrer gebeten, ihr zumindest die Grundlagen des Tango argentino beizubringen, da sie wusste, dass er als einer der erotischsten Tänze galt. Mit dem europäischen Tango hatte er kaum mehr als den Rhythmus gemein. Hannah hatte gehofft, dass Weng aus purer Neugier, wenn schon nicht aus Nostalgie für die Goldenen 1930-er Jahre auch diese Spielart des Tango gelernt hatte. Er kannte ihn jedenfalls sicher, denn im Paramount Ballroom hatten Shanghais Tango-argentino-Fans im Mai ein mehrtägiges Festival ausgetragen. Und Hannah hatte sich nicht getäuscht. Weng war nicht nur überrascht, sondern höchst erfreut, dass sie diesen Tanz beherrschte. Er sprach kurz mit der Managerin – und zur Verwunderung der anderen Gäste kamen plötzlich nur noch Tangos vom Band.

Zhao Weng nahm ihre Hand und führte sie zur Tanzfläche. Er legte ihr die rechte Hand auf den Rücken. Sie lehnte sich mit dem Oberkörper an ihn und das Spiel begann von neuem. Der Tango argentino bot Hannah noch mehr Möglichkeiten, ihn spüren zu lassen, dass er eine Frau im Arm hielt. Weng hatte sicher längst gemerkt, dass sie keinen BH mehr trug, denn vor allem bei den Drehungen rieben ihre Brüste unter dem dünnen Stoff ihres Kleides über seinen Oberkörper. Hannah schloss die Augen und konzentrierte sich auf seine Bewegungen. Was für den Laien kompliziert aussah, war im Grunde ganz einfach: Sie musste lediglich darauf achten, dass ihre Brust nicht den Kontakt zu seinem Oberkörper verlor, dann konnte sie gar keine falschen Schritte setzen. Alles stimmte – solange sie ihrer Aufgabe nachkam und der Mann richtig führte. Und das war, wie sie schnell feststellte, Wengs Spezialität. Er besaß die Fähigkeit, ihr absolut präzise mitzuteilen, wann sie wie die Stellung ihrer Füße zu ändern hatte. Hannah konnte sich dem Tanz völlig hingeben.

Dadurch zeigte der Tango argentino seinen eigentlichen Charakter. Er verwandelte sich in eine Unterhaltung, die ihre Körper miteinander führten. Sie verstanden sich blindlings, als befänden sie sich schon seit ewigen Zeiten in dieser Umarmung. Hannah wunderte sich, dass sie zu einer derartigen Empfindung in der Lage war. Sie kannte diesen Mann doch gar nicht, und trotzdem schien er ihr absolut vertraut. Es war kein Kribbeln da, wie sie es bei Hiro spürte. Ihr Herz schlug nicht schneller, sondern ruhiger als je zuvor. Gleichzeitig durchströmte ihren Körper eine Gewissheit, von der sie bisher nichts geahnt hatte. So mussten sich Paare fühlen, die in Liebe miteinander gealtert waren. Sie hatte solche Menschen getroffen, die weit über 70 waren und sich mit einer unendlichen Güte in den Augen ansahen, sich des anderen trotz aller Unterschiedlichkeit absolut gewiss waren, aber dennoch keinen Hauch von Langeweile ausstrahlten, dass es für Hannah einem Wunder gleichkam.

VIERZIG: Hannah

Hannah ahnte, dass sie sich jetzt entscheiden musste. Sie hatte die Chance, sich viele Jahre des Suchens zu ersparen. Keine Enttäuschungen, keine Dramen, keine Eifersucht. Aber auch keine Aufregung, kein Zittern, keine Euphorie. Und sie fällte ihre Entscheidung.

EINUNDVIERZIG: Hiro

Hiro konnte von seinem Platz aus die Tanzfläche gut überblicken und musste zugeben, dass Zhao Weng ein außerordentlich guter Tänzer war. Mit jedem neuen Musikstück wurden Hiro seine eigenen Unzulänglichkeiten bewusster. Wie sicher Weng führte! Allein durch Drehungen seines Oberkörpers lenkte er seine Partnerin. Es war kein Krafteinsatz zu sehen und trotzdem trug jeder Schritt den Schwung der Musik in sich. Dabei sah Weng Hannah nicht einmal an. Er schien abwesend zu sein, hatte keinen bestimmten Punkt fixiert, und doch bewies jede Bewegung seine Konzentration.

Hannah schien keinerlei Schwierigkeiten haben, Wengs Ideen umzusetzen. Selbst Schrittkombinationen, die Hiro von ihr noch nicht gesehen hatten, liefen mit einer seltsamen Leichtigkeit ab. Und Hannah lächelte dabei. Ein Lächeln, das nicht ihm galt, sondern Zhao Weng. Hiro versuchte mehrfach, ihren Blick zu erhaschen, aber vergebens. Übersah sie ihn absichtlich? Er hatte zwar nicht vergessen, was sie abgesprochen hatten, doch nun ärgerte er sich darüber. Er selbst hatte sie auf Weng angesetzt, der so viel männlicher, so viel erfahrener wirkte. Er hatte dem Wolf das zarte Lamm direkt in seiner Höhle serviert und selbst ein neutraler Beobachter musste

EINUNDVIERZIG: Hiro

bemerken, dass Hannah sich nach und nach immer dichter an ihren Tanzpartner schmiegte. Verfiel sie ihm gerade oder war das alles noch gespielt? Er stellte sich vor, dass eine wunderschöne Frau ihn zu verführen suchte. Hätte er widerstehen können? Konnte er es Hannah übel nehmen, wenn aus dem Spiel Ernst wurde?

Hiro versuchte, sich damit zu beruhigen, dass die Folgen ja nur positiv waren: Wenn sich Hannah wirklich in den Sicherheitschef verliebte, würde sie ihn garantiert zur Zusammenarbeit überreden können. Und die Prophezeiung des von Hiro getöteten Mächtigen, die ihre Liebe betraf, wäre bedeutungslos. Musste er sich deshalb nicht sogar wünschen, dass real war, was er zu sehen glaubte?

Weng brachte Hannah an ihren Platz zurück. Sie tauschten Blicke, die Hiro nicht deuten konnte. Dann bestellte er eine Flasche Wein. Hiro konnte sich nicht erinnern, dass Hannah in seiner Gesellschaft je Alkohol getrunken hätte. Musste sie sich Mut antrinken oder hatte sie etwas zu feiern? Sie schüttete das Glas fast in einem Zug hinunter. Dann stand sie auf und verließ den Tisch Richtung Toilette.

Nachdem sie außer Sichtweite war, winkte Weng zunächst seine beiden Gespielinnen näher zu sich, um etwas mit ihnen zu besprechen. Dann ließ er die Managerin kommen. Die Rollenverteilung war eindeutig: Der Mann fragte, die Frau antwortete beinah unterwürfig. Das Gespräch dauerte nicht lange. Offenbar kam es Weng darauf an, alles in Hannahs Abwesenheit zu regeln. Die Managerin machte sich gerade auf den Rückweg in ihr Büro, als Hannah die Tür der Toilette öffnete.

Irgendwas war anders, doch erst als er Hannah gehen sah, merkte er, was sich verändert hatte. Hiro vergaß, den Mund zu schließen. Sie trug ganz offensichtlich keinen BH mehr unter ihrem roten Kleid. Hannah hatte keine großen Brüste, aber das Kleid war sehr eng geschnitten. So würde sie nun weitertanzen, und er sollte zusehen? Hiro verspürte das Bedürfnis, sich ein paar kräftige Ohrfeigen zu verpassen. Er schüttelte mehrmals den Kopf. Am liebsten wäre er aufgesprungen, hätte sie zurückgehalten. Doch damit würde er alles verderben.

Er konnte nicht mehr länger hier sitzen, zum Zuschauen und Schweigen verdammt. Hiro stand auf. Er wollte sich auf der Toilette überlegen, wie er diesen Abend überstehen sollte. Konnte er den Paramount Ballroom nicht einfach verlassen? Hannah kam bestens ohne ihn zurecht. Sie war ja ganz auf Zhao Weng fixiert und würde gar nicht merken, wenn er nicht mehr an seinem Platz saß.

Auf der Toilette stellte er sich vor das einzige Waschbecken. Der Raum war winzig, zwei Pissoirs, dazu ein Abteil mit einem westlichen WC. Der Spiegel über dem Waschbecken zeigte ein Gesicht, aus dem die Farbe gewichen war. So kannte er dieses Gesicht nicht. Er öffnete den Wasserhahn und spritzte sich ein paar Tropfen auf Wangen, Stirn und Nase. Hannah hatte ja Recht. Zhao Weng war eindeutig der interessantere Typ. Was konnte er einem jungen Mädchen wie ihr alles bieten! Hiro stützte sich auf den Beckenrand und studierte den Abfluss so gründlich, als müsse er eine Abhandlung darüber schreiben. Hannah brauchte ihn nicht, und mit Zhao Weng würde sie auch ihre Eltern nicht mehr brauchen, wäre unabhängig, was sie sich immer gewünscht hatte.

Hiro fühlte etwas Hartes, Kaltes in seinem Rücken und hob den Kopf. Im Spiegel sah er zwei Männer, die sich lautlos hinter ihm postiert hatten. Einer drückte ihm eine Schusswaffe in die Seite. Hiro war überrascht, wie gleichgültig ihn die

EINUNDVIERZIG: Hiro

Situation ließ. Sie wollten seinen Körper töten? Wenn es sein musste – bitte. Doch dann kehrte sein Überlebensinstinkt zurück. Die Männer hatten noch nichts gesagt, nur seine Reaktionen beobachtet. Sie warteten vermutlich darauf, dass er irgendetwas Unüberlegtes tat. Er war sicher, dass sie ihn dann außer Gefecht setzen würden. Vielleicht käme er mit dem Leben davon – zumindest wenn sie noch Informationen von ihm brauchten.

Beide Männer trugen maßgefertigte Anzüge, darunter weiße Hemden. Beim rechten meinte Hiro eine teure Uhr zu sehen. Garantiert kein Plagiat, wie es hier auf dem Markt verkauft wurde. Vermutlich war auch die Pistole kein Billigmodell. Hiro überlegte, ob er einen unerwarteten Angriff starten sollte. Vielleicht konnte er die Steuerung eines der beiden Angreifer übernehmen? Er rechnete sich seine Chancen aus. Wenn sie für die Person arbeiteten, auf die er angesetzt war, wüssten sie auch über seine speziellen Fähigkeiten Bescheid. Wenn nicht, brauchte er sich keine allzu großen Sorgen zu machen. Aber wie groß war die Chance, in dieser Welt zwei Verbrecher zu finden, die noch auf eigene Rechnung arbeiteten?

Hiro richtete sich auf. „Was kann ich für Sie tun, meine Herren?"

„Wir möchten Sie höflich bitten, uns zu folgen."

„Selbstverständlich. Ich habe sowieso momentan nichts anderes vor."

Die Pistole in seiner Seite gab ihm die Richtung vor. Er wollte gerade die Außentür der Toilette öffnen, als sich von hinten eine Hand auf seinen Mund presste. Ein stechender Geruch, dann versagten ihm die Beine.

Als Hiro erwachte, saß er auf einem Holzstuhl. Die beiden Männer hatten sich ihm gegenüber auf zwei andere Stühle

EINUNDVIERZIG: Hiro

platziert und beobachteten ihn aufmerksam. Sie befanden sich in einem kleinen Raum, einem Kämmerchen mit verbrauchter Luft. An der Decke hing eine Lampe ohne Schirm. Eine Energiesparlampe. Hiro wunderte sich, dass er in seiner Situation solche Details bemerkte.

Er war nicht gefesselt. Einer der Männer zielte zwar mit der Pistole auf ihn, doch das diente wohl eher der Sicherheit aller Anwesenden. Niemand schien die Absicht zu haben, ihn ins Jenseits zu befördern. Hiro musste lächeln, weil er in Gedanken dieses menschliche Klischee benutzte. Die Aussicht auf die jenseitige Welt jagte ihm keine Furcht ein. Doch er musste verhindern, dass Hannah etwas passierte, die von seiner Entführung vermutlich noch gar nichts ahnte.

„Wo sind wir hier?", fragte er. Die Männer nickten sich zu, schienen aber zu keiner Auskunft bereit.

„Wie lange habe ich geschlafen?"

Schweigen.

„Was passiert nun?"

„Wir warten, bis der Chef kommt, um dir ein paar Fragen zu stellen", antwortete endlich derjenige, der mit der Pistole auf ihn zielte. Vielleicht war er der Ranghöhere.

„Du kannst dir ja schon mal überlegen, warum du dauernd dieses Mädchen angestarrt hast. Wo du herkommst und was du hier willst. Und was ihr beiden miteinander zu tun habt. Der Chef ist manchmal etwas ungeduldig. Und ich rate dir, ihm eine gute Geschichte zu erzählen. Falls sie nicht stimmt, ist der Chef nur schwer wieder zu besänftigen."

Hiro nickte. Es war offensichtlich, dass seine Antwort zumindest jetzt noch nicht gefragt war.

„Du kannst ganz beruhigt sein. Dem Mädchen passiert nichts. Der Chef hat ein großes Herz."

ZWEIUNDVIERZIG: Hannah

„Ich würde gern eine Pause machen", flüsterte Hannah. Weng beendete mit einem dramatischen Finale den Tanz und brachte sie an ihren Platz zurück. Zunächst schwiegen beide. Zhao Weng lächelte undurchdringlich. Hannah hatte den Eindruck, dass er mit einem Problem beschäftigt war. Es schien ihr der beste Zeitpunkt, mit der letzten Phase ihres Plans zu beginnen. Jedenfalls würde sich kein besserer ergeben.

„Ich würde Sie gern um einen Gefallen bitten", sagte sie auf Englisch.

Er zog die Augenbrauen hoch. Das aufgesetzte Lächeln verwandelte sich in ein echtes.

„Es ist keine geringe Bitte."

Weng sah sie noch immer neugierig an.

„Ich brauche Ihre Hilfe", sagte Hannah. „Ich weiß, dass Sie für Anthony Leung arbeiten. Und ich würde Ihrem Chef gern jemanden vorstellen. Es wäre für beide Seiten vorteilhaft, davon bin ich überzeugt", fügte sie beinah hastig hinzu. "Aber Sie wissen ja selbst, dass man als Normalsterblicher kaum eine Chance auf so ein Gespräch hat."

„Was bekomme ich dafür?"

Diese Frage hatte Hannah erwartet, allerdings nicht so

früh und weniger direkt. Das entsprach eigentlich nicht der chinesischen Mentalität.

„Ich hatte gehofft, Sie könnten den letzten Tanz als Vorgeschmack darauf sehen." Sie lächelte. Die Verhandlungen hatten begonnen. Die Verkäuferin hatte ihren Preis genannt, nun war der Kunde an der Reihe.

„Es war wunderbar. Würden Sie noch einmal mit mir tanzen, bevor wir dieses Gespräch fortsetzen?" Klar, dachte sie, der Käufer will die Ware noch mal testen, ehe er zugreift. Sie stellte sich eine Hausfrau vor, die auf dem Markt das Gemüse abtastete, ob es auch frisch war.

„Es ist mir eine Ehre und eine Freude."

Zhao Weng winkte der Managerin, und mitten im Takt wechselte die Musik erneut zum Tango. Die Paare auf der Tanzfläche schauten sich irritiert an, beschwerten sich aber nicht, als Weng sich mit der unbekannten, westlichen Frau zu ihnen gesellte. Sie tanzten Brust an Brust zu den traurigen Tönen des Bandoneons, doch das vertraute Gefühl der ersten Tangorunde blieb aus. Die Umarmung sah nicht anders aus als zuvor, nur war Weng diesmal der aktivere Teil. Er zog sie enger an sich. Seine Hände wechselten öfter ihren Platz. Er führte sie häufiger als vorher eine Acht, einen Ocho, wohl weil er bei dieser Figur ihre Brüste besonders deutlich spürte. Sein Kopf war näher an ihrem, sie spürte seinen Atem am Ohr.

Hannah musste an das Gemüse auf dem Markt denken, und je mehr sie sich getestet fühlte, desto steifer wurden ihre Muskeln. Sie bemühte sich, wieder die alte Lockerheit zu erreichen, doch ein Gedanke, eine Frage, hinderte sie daran: Wie weit würde sie gehen? Zum ersten Mal misslang ihr eine Figur, bei der sie sich in Wengs Arme hätte fallen lassen müssen. Ihr Partner tanzte weiter, als sei nichts geschehen. Hannah

ZWEIUNDVIERZIG: Hannah

schaute sich um, von Hiro war nichts zu sehen. Ihr war klar, dass sie ihn nicht um Hilfe bitten konnte, doch sie hätte sich jetzt zumindest einen aufmunternden Blick gewünscht.

Weng hatte seine Hand inzwischen auf ihren Po gelegt. Sie schien eine brennende Hitze auszustrahlen, doch Hannah wollte die Sache nicht verderben. Als sie sich bei einer Drehung rein zufällig ein Stück weiter als nötig von ihrem Tanzpartner entfernte, holte Weng sie rasch wieder zurück. Seine linke Hand, die ihre rechte hielt, hatte er nun nach unten ausgestreckt. Dadurch wurde die Umarmung noch etwas enger. Hannah schloss wieder die Augen, hoffte, sich an einen anderen Ort träumen zu können, dachte an die Vertrautheit ihres ersten Tangos mit Weng. Es half nicht.

Sie öffnete die Augen, als sie merkte, dass seine Lippen ihren Mund suchten. Sie stellte sich seine Zunge zwischen ihren Lippen vor. Ihre Nasenflügel bebten. Dann schaute sie ihm ins Gesicht und sah, dass er keineswegs aufgewühlt vor Leidenschaft war, sondern – lachte. Er machte sich über sie lustig. Hannah riss sich los.

Auf ihrem Sessel schrumpfte sie zusammen wie ein kleines Mädchen, das gerade eine große Dummheit begangen hatte. Und auf einmal war ihr peinlich, dass sie hier ohne BH saß und in einem Kleid, das bis zum Beinansatz geschlitzt war. Sie hatte sich überschätzt. Wie hatte sie nur so leichtsinnig sein können, sich mit einem ehemaligen Mafiaboss einzulassen? Hatte sie wirklich geglaubt, dafür abgebrüht genug zu sein?

Zhao Weng setzte sich ihr gegenüber. Die beiden Chinesinnen hatte er weggeschickt. Sie waren ohne Widerspruch verschwunden. Er schien auf eine Erklärung zu warten, das spürte Hannah deutlich. Sie betrachtete die Tanzenden. Niemand hatte etwas bemerkt. Oder bemerken wollen. Was

Zhao Weng in der Öffentlichkeit tat, war allein seine Sache. Hiro hatte sich noch immer nicht wieder an seinem Platz eingefunden. Hannahs Blick fiel auf ihren Tanzpartner. Er saß mit weit ausgestreckten Beinen in seinem Sessel, fast als wolle er ein Nickerchen halten. Seine Hände lagen ruhig auf den Lehnen. Er schaute sie an. Ein Lächeln, das man beinah wohlwollend nennen konnte, umspielte seinen Mund. So würde ein Großvater seine Enkelin betrachten.

„Entschuldigen Sie", brachte Hannah mit belegter Stimme heraus und räusperte sich.

„Aus unserem Geschäft wird ja nun wohl nichts", sagte er, und sein Lächeln verbreiterte sich. Klar, dachte Hannah, ich habe versagt. In Gedanken bat sie Hiro um Verzeihung. Sie hätte ihn jetzt gern neben sich gehabt.

„Ich bin aber nicht allzu böse darüber", sagte Weng. „Wie alt bist du eigentlich? Noch keine 20, schätze ich?"

Er wartete ihre Antwort nicht ab.

„Ich frage mich ja immer, was ihr jungen Dinger von so einem alten Mann wie mir wollt."

Sie schwieg.

„Du bist wirklich wunderschön, aber ich könnte gar nicht mit dir schlafen. Ich müsste ja dauernd an meine Tochter denken, wenn ich dich sähe."

„Ihre Begleiterinnen sind aber auch nicht viel älter als ich." Der Plauderton, den Weng angeschlagen hatte, löste Hannahs Anspannung.

„Die Leute erwarten so was. Wer erfolgreich ist, muss das auch zeigen, sonst gilt er nichts. Teure Villa, Luxusauto, hübsche Betthasen. Und natürlich schmeichelt es mir, wenn zwei schöne Frauen sich mit mir zeigen, auch wenn ich sie dafür bezahle."

ZWEIUNDVIERZIG: Hannah

„Die Mädchen bekommen Geld?"

„Ja. Aber ich verrate dir ein Geheimnis: Wäre meine Frau nicht damit einverstanden, stünden sie sofort auf der Straße. Wo sie herkommen."

„Sie sind verheiratet?"

„Seit dreißig Jahren. Gangster sind auch nur Menschen. Ich stand damals noch ganz am Anfang meiner Karriere, aber ich wusste, dass ich die beste Frau gefunden hatte, die man sich wünschen kann. So etwas setzt man nicht aufs Spiel."

Als Weng von seiner Frau erzählte, stahl sich der Anflug eines Glänzens in seine Augen. Dann wurde er wieder ernst.

„Du weißt nun mehr von mir als die meisten meiner Mitarbeiter. Dafür möchte ich gern dein Geheimnis erfahren. Ein Tausch. Und ich warne dich, bei diesem Geschäft akzeptiere ich keinen Rückzieher."

Hannahs erste Reaktion war, sich dumm zu stellen. ‚Welches Geheimnis?', wollte sie fragen, doch sie überlegte es sich anders. Weng hatte sie ganz offensichtlich durchschaut. Wie groß war die Chance, mit einer Lüge durchzukommen? Er war ein starker Mann. Sie hielt ihn für frei und unabhängig genug, sich eine eigene Meinung zu bilden und ihr Geheimnis mit niemandem zu teilen.

„Ich glaube, ich habe eine Möglichkeit gefunden, Anthony Leung zu beseitigen."

„Du?"

Ja, Weng hatte Recht. Es war absolut unglaubwürdig, dass sie allein einen solchen Plan erdacht haben sollte.

„Wir. Mein Freund Hiro und ich." Sie sah zu seinem Tisch hinüber, doch dort saß niemand.

„Der junge Mann, der dich so gebannt beobachtet hat?"

Die Farbe wich aus Hannahs Gesicht.

ZWEIUNDVIERZIG: Hannah

„Keine Sorge, er ist in Sicherheit. Ich mag bloß keine aufdringlichen Blicke. Er ist nur deshalb noch nicht wieder an seinem Platz, weil er uns den Grund dafür nicht verraten wollte. Aber es geht ihm gut."

„Danke." Hannah flüsterte.

„Und warum das alles?"

„Es ist ein Auftrag seiner Chefs."

Keine Nachfrage. Hannah wunderte sich. Wollte er nicht wissen, wer der Auftraggeber war? Oder ging er seiner Verbrecherlogik gemäß davon aus, dass kein guter Killer den Namen verraten würde?

Zhao Weng hatte sich aufgesetzt. Sein Blick fixierte ihre Augen, studierte ihre Körpersprache.

„Nehmen wir mal an, natürlich rein theoretisch, dass uns gemeinsame Interessen verbänden. Wie sähe euer Plan aus?"

„Ich brauche nur die Gelegenheit, zusammen mit einem alten Mann ungestört Antony Leung treffen zu können."

„Und dann?"

„Der besagte Mann besitzt gewisse Fähigkeiten, mit denen wir Leung außer Gefecht setzen können. Es würde jetzt zu weit führen, das alles ganz genau zu erklären. Bitte glauben Sie mir, dass es funktioniert."

„Ich glaube dir auf jeden Fall, dass du davon überzeugt bist."

„Verbinden uns denn gemeinsame Interessen?", fragte Hannah.

„Es sieht so aus", erwiderte er zu ihrer Verblüffung. "Ich bin nicht ganz freiwillig Leungs Sicherheitschef. Nachdem er mir seine Macht demonstriert hat, habe ich meine frühere Position vernünftigerweise geräumt."

„Und Sie wollen Ihre alte Macht zurück?"

ZWEIUNDVIERZIG: Hannah

„So einfach ist es nicht. Im Grunde habe ich heute mehr Macht als früher. Alles Verbrechen konzentriert sich in einer Person und ich bin seine rechte Hand. Aber die Art und Weise, wie Anthony Leung diese Macht ausübt, behagt mir nicht. Er geht unmenschlich vor. Vielleicht bin ich nur ein alter und altmodischer Mann. Aber früher gab es innerhalb der Familie so etwas wie Respekt und Verantwortungsgefühl. Als Boss bin ich nicht nur für die Vermehrung meines Vermögens zuständig, sondern auch für das Wohlergehen meiner Mitarbeiter. Und das ihrer Angehörigen. Das zählt heute nicht mehr. Leung hat die Familie organisiert wie ein Unternehmen. Wer nicht effizient genug arbeitet, fliegt raus. Nur dass es keine Konkurrenz mehr gibt, bei der man dann anheuern könnte. Wer mit Leung auf eigene Rechnung konkurriert, wird beseitigt. Aber ich will dich nicht langweilen."

„Das heißt, wir kommen doch noch ins Geschäft?"

„Du musst mir noch genauer erklären, wie ihr vorgehen wollt. Aber dafür holen wir am besten deinen Freund aus seinem Versteck."

DREIUNDVIERZIG: Zhao Weng

Zhao Weng nahm Hannahs Hand. Sie war weich und warm, die Innenfläche feucht. Er bemühte sich, sie behutsam festzuhalten, als er mit ihr den Saal verließ. Sie hatte viel riskiert. Jemand musste ihr gesagt haben, wer er war. Trotzdem hatte sie begonnen, mit ihm zu spielen. Andere hatten dafür mit dem Leben bezahlen müssen. Weng war erstaunt über sich selbst. Warum nahm er Hannah den Versuch nicht übel? Ein Grund dafür lag sicher darin, dass er bereits eine Gegenleistung bekommen hatte. Er konnte sich nicht erinnern, jemals einen so sinnlichen Tango getanzt zu haben, und für solche Eindrücke war er sehr empfänglich. Wenn ihn eine Frau damit beschenkte, zeigte er sich stets dankbar.

Es gab allerdings noch einen zweiten Grund. Sie erinnerte ihn an seine eigene Tochter, die er seit vielen Jahren nicht mehr gesehen hatte. Hannah zeigte denselben Willen, etwas zu erreichen, den er an seiner Tochter so bewunderte. Ganz am Anfang des Tanzes hatte sie es sogar geschafft, ihm jeden Argwohn zu nehmen – und jemand in seiner Position war eigentlich generell argwöhnisch. Doch dann war ihm der junge Mann aufgefallen, der Hannah mit brennenden Blicken beobachtet hatte. Weng sah, wie sich seine Hände in die

DREIUNDVIERZIG: Zhao Weng

Sessellehnen krallten, sobald seine Tanzpartnerin sich an ihn schmiegte, und er wusste Bescheid. Als Hannah zur Toilette gegangen war, hatte er alles Nötige in die Wege geleitet. Er ordnete allerdings ausdrücklich an, ihm nichts zu tun, und hoffte, dass er sich vernünftig zeigen würde.

Er führte Hannah in den Vorraum. Hinter der Theke, an der die Managerin ihre Gäste begrüßte, öffnete er eine Tür in einen Korridor mit einigen Nebenräumen. Weng klopfte an der hintersten Tür, einer seiner Männer öffnete ihm. Ein kurzer Blick auf Hannah, er signalisierte sein Okay. Der Raum wurde von einer nackten Lampe beleuchtet. Auf einem Holzstuhl in der Ecke saß der junge Mann. Weng beobachtete seine Reaktion auf Hannahs Eintreten. Er zuckte zusammen, dann überzog ein Lächeln sein Gesicht, obwohl er dagegen anzukämpfen schien. Sie schaute ihn fast liebevoll und sichtlich erleichtert an.

Es gab nur noch zwei weitere Stühle in der Kammer. Er bot Hannah den einen an und nahm auf dem anderen Platz. Die beiden Männer postierten sich in der Nähe der Tür. Weng wandte sich an Hannah.

„Würdest du mich bitte mit dem jungen Mann bekanntmachen?"

„Darf ich vorstellen, das ist Hiro", Hannah antwortete ebenso förmlich, „mein...", sie stockte kurz, „mein Freund."

Hiro sah erst Hannah an, dann Zhao Weng. Steif saß er auf seinem Stuhl. Er schien etwas sagen zu wollen, schwieg dann jedoch, blickte erneut von Weng zu Hannah und schien auf eine Erklärung zu warten.

„Mein Name ist Zhao Weng. Aber das wissen Sie wohl bereits."

Hiro nickte.

„Ich hatte vorhin die große Freude, mit Ihrer Freundin Hannah zu tanzen."

Hiro ging auf Wengs Plauderton ein. „Ich hatte leider eine dringende Verabredung, deshalb konnte ich Ihrem Vergnügen nicht bis zum Schluss zusehen."

„Das tut mir leid, vor allem, weil Sie einen sensationellen Tango argentino verpasst haben. Und unser kleines Gespräch danach."

Der junge Mann lehnte sich zurück und spielte mit den Fingern. Seine Füße wippten.

„Ich mache es kurz. Hannah hat mich darüber informiert, dass Sie meine Hilfe benötigen, und ich bin nicht abgeneigt."

Jetzt gelang es Hiro nicht mehr, die Fassade der Gleichmütigkeit aufrecht zu erhalten. Er rückte angespannt auf die Stuhlkante vor.

„Aber ich brauche noch mehr Informationen. Warum Anthony Leung?"

„Ihnen ist sicher aufgefallen, dass Leung nicht auf die übliche Weise zu seinem Vermögen gekommen ist."

Zhao Weng nickte knapp.

„Dort, wo er herkommt, betrachtet man diese Entwicklung mit Missfallen. Ich wurde geschickt, ihn zu beseitigen. Soll ich weiter ins Detail gehen?"

„Leung hat mich persönlich von seinen speziellen Fähigkeiten überzeugt. Ich weiß also, wovon Sie reden", sagte Weng. „Wenn man Sie geschickt hat, gehe ich davon aus, dass Sie auch über Möglichkeiten verfügen, Ihren Auftrag auszuführen."

„Richtig. Dazu brauchen wir aber ein privates Treffen zwischen Hannah, einem Dritten und Leung. Ein Termin,

DREIUNDVIERZIG: Zhao Weng

bei dem garantiert niemand stört, weder Leibwächter noch irgendwelche Gespielinnen."

„An Frauen hat er kein Interesse, aber die Leibwächter sind tatsächlich ein Problem. Selbst wenn es Ihnen gelänge, einen Termin zu bekommen, was unwahrscheinlich ist, wären stets ein paar gut ausgebildete Männer zugegen."

„Hier hatten wir auf Ihre Hilfe gehofft. Es tut mir leid, dass ich Hannah vorgeschickt habe. Aber uns fiel keine andere Möglichkeit ein." Er bemerkte Hannahs zornigen Blick und zuckte verlegen die Schultern.

„Die Idee war gar nicht so schlecht. Ich gebe zu, hätten Sie mich einfach angerufen, führten wir jetzt nicht dieses Gespräch."

Weng stand auf, schob die Hände in die Hosentaschen und begann in dem schmalen Raum hin- und herzugehen. Er grübelte. Leung litt unter krankhaftem Misstrauen. Er würde sich nicht einmal mit ihm bekannten Menschen allein in einem Zimmer aufhalten, geschweige denn mit Fremden. Stets hatte er mehrere Leibwächter um sich, die er fürstlich entlohnte. Doch selbst ihnen traute er nie so weit, dass er mit einem allein bleiben würde. In seinem Unternehmens-Geflecht hatte er Prämien dafür ausgeschrieben, etwaige Verfehlungen oder Untreue von Kollegen und Chefs zu melden. So infizierte Leung sämtliche Untergebenen mit seinem Misstrauen. Die Leibwächter, hatte er einmal im Gespräch mit Weng gescherzt, widmeten ihren Kollegen oft mehr Aufmerksamkeit als ihm, den sie eigentlich beschützen sollten. Der Scherz besaß einen wahren Kern.

Wirklich allein würde man ihn nur in einem einzigen Fall antreffen – wenn der Tower, in dem er residierte, angegriffen wurde. Weng selbst hatte sich um die entsprechenden

Sicherheitsmechanismen gekümmert. Anthony Leung hatte ihn beauftragt, für wirklich jede Eventualität vorzusorgen. Bewaffnete Überfälle würden durch Selbstschussanlagen abgewehrt, für den Fall, dass jemand alle Leibwächter etwa durch Gift in der Atemluft außer Gefecht gesetzt hatte. Nur Leung kannte den Entsperrcode für die automatischen Geschütze. Der Wolkenkratzer war erdbebensicher gebaut. Nach dem 11. September 2001 hatte er auch noch Maßnahmen für den Fall eines Terrorangriffs verlangt. Das einem riesigen Flaschenöffner ähnelnde Hochhaus war mit seiner markanten Form schließlich ein Kernstück von Shanghais Skyline. Als „Shanghai World Financial Center" stand es zudem, ähnlich wie das New Yorker World Trade Center, für die Macht des internationalen Kapitals, und das in einem eigentlich kommunistischen Land. Sollte China je ins Visier politisch motivierter Attentäter geraten, wäre das 492 Meter hohe Gebäude neben dem ebenfalls charakteristischen Oriental Pearl Tower sicher eines der wahrscheinlichsten Zielobjekte.

Leung hatte sehr genau studiert, was sich damals in New York zutrug. Ein Büro in der obersten Etage, wie er es besaß, senkte deutlich die Überlebenswahrscheinlichkeit. Sollte irgendwo weiter unten ein Feuer ausbrechen, wären rasch alle Aufzüge blockiert. Er hatte erwogen, stets einen Hubschrauber als Fluchtmöglichkeit bereitzuhalten, doch müsste die Maschine ständig startbereit sein und wäre zudem anfällig für Sabotage.

Weng schlug ihm stattdessen einen Notfall-Aufzug vor. Dieser war direkt in dem massiven, 30 mal 30 Meter großen Stahlbetonkern im Zentrum des Gebäudes verankert und fuhr vom obersten Stockwerk bis in die unterirdischen Etagen. Der nachträgliche Einbau hatte insgesamt 200 Millionen Dollar

DREIUNDVIERZIG: Zhao Weng

gekostet. Niemand durfte den wahren Zweck der Änderungen erfahren. Weng hatte keine Ahnung, wie sein Chef die neue Konstruktion den japanischen Besitzern des Towers untergeschoben hatte.

Leung hatte für den Bau des Lifts neueste Technik aus Deutschland importieren lassen. Nun würde er im Notfall binnen zwanzig Sekunden von ganz oben nach ganz unten rasen können. Die gewöhnlichen Aufzüge brauchten für dieselbe Strecke fast 50 Sekunden. Weng hatte den Lift bisher als einziger persönlich ausprobiert. Für die Fahrt, die ihm vorgekommen war wie ein Raketenstart, hatte er sich anschnallen müssen. Der Fahrstuhl war lediglich für eine Person konzipiert und musste vor der nächsten Benutzung erst wiederhergestellt werden. Aber er sollte ja auch nur im Notfall zum Einsatz kommen. Im Keller öffnete sich seine Tür direkt in einem bombensicher abgeschirmten Bunker, der genug Lebensmittel, Wasser und sogar Sauerstoff enthielt, dass ein Mensch dort zwei Wochen überleben konnte. Der perfekte Ort für ein ganz privates Treffen mit Anthony Leung.

„Sie brauchen ein Ablenk-Manöver", sagte Weng schließlich. Er erklärte, wie sie Anthony Leung zu einem Gespräch unter sechs Augen treffen könnten. Allerdings würde er nur dann in seinen Notfall-Aufzug steigen, wenn tatsächlich eine Art Terrorangriff im Gang war. Auch dazu hatte der Sicherheitschef einen Vorschlag parat. Mit einigen gut platzierten Sprengladungen sollte es gelingen, das Flaschenöffner-Haus so zu beschädigen, dass die obersten Etagen unrettbar verloren waren. Sie würden jedoch eine ganze Menge Sprengstoff an den internen Sicherheitssensoren vorbeischleusen müssen. Das Haus war in einer Fachwerkkonstruktion entworfen, die auch dann noch ihre Struktur behielt, wenn etwa an einer Ecke eine

DREIUNDVIERZIG: Zhao Weng

Rakete oder ein Flugzeug sämtliche Wände wegsprengten. Es musste also an mehreren Stellen gleichzeitig einen möglichst starken Rummms geben, damit wirklich die Gefahr eines Einsturzes der darüber liegenden Stockwerke bestand.

„Das ist ein lösbares Problem", sagte Weng, „über das Sie sich keine Gedanken machen müssen. Ich werde jedoch ein paar Tage brauchen, um das alles zu organisieren."

Hannah und Hiro hatten sich nun ebenfalls erhoben. Wengs Männer machten keine Anstalten, sie festzuhalten.

„Ich bin sehr froh, Sie getroffen zu haben." Zhao Weng wandte sich an Hannah. „Besonders würde ich mich freuen, wenn Sie mir einmal wieder die Ehre eines Tanzes geben würden. Wenn wir mit dieser Geschichte hier fertig sind. "

VIERUNDVIERZIG: Es

Er hatte geduldig gewartet. Ein Taifun war über die Stadt hinweggefegt und hatte die Wiesen im Fuxing-Park unter Wasser gesetzt. Das war der erste Tag gewesen, an dem kein Mensch hier getanzt hatte. Er vermisste die sentimentale Musik und die seltsamen, beschwingten, manchmal auch eleganten Bewegungen der Tänzer. Direkt vor seinen Augen hatten sie sich im Kreis gedreht, die beiden Fackeln, die er im Traum gesehen hatte. Er wusste jetzt, wie sie sprachen, lachten, sich gebärdeten.

Er hatte gemerkt, dass ein feines Band sie miteinander verknüpfte. Etwas Unsichtbares, das man nur anhand seiner Wirkung nachweisen konnte, wie die Kraft, die zwei Magnete anzieht oder abstößt. Wenn der eine Mensch den anderen anlächelte, bekam er ein verstärktes Lächeln zurück. Ein grimmiger Blick wurde von einem noch grimmigeren beantwortet. Viele Menschen verknüpfte ein solches Band. Wenn er die Augen schloss, konnte er die dünnen silbrigen Fäden sehen, die durch den Raum schwebten. Zwischen den beiden Fackeln – er hatte gehört, dass sie sich Hannah und Hiro nannten – gab es eine besonders stabile Verbindung.

Das Astloch, in dem die Katze verschwunden war, hatte er die ganze Zeit über immer wieder inspiziert. Es hatte sich nicht verändert. Er schaute hinein und das Loch schien den Blick zu erwidern. Ein böser Blick. Ab und zu schwirrten Insekten hinein, die ebenfalls nicht zurückkehrten. Dann war eine der beiden Fackeln ganz plötzlich erloschen, hatte aufgehört zu existieren. Er hatte sich mit einem Mal unendlich einsam gefühlt, und kein anderer Tag war ihm so lang vorgekommen wie dieser. Als die Sonne schließlich unterging, war die Fackel wieder aufgeflammt, was ihn mit tiefer Freude erfüllt hatte.

Am folgenden Tag fiel ein Heuschreckenschwarm über den kleinen Park her. Der Anblick war schrecklich. Ihre Leiber bedeckten Wiesen und Bäume und ihr Sirren klang, als sei der ganze Schwarm in Panik. Die Heuschrecken schienen nicht aus Gier in der Stadt eingefallen zu sein. Sie verhielten sich wie winzige Wale, die gestrandet waren. Etwas musste sie abgelenkt, ihren Orientierungssinn verwirrt haben. Ihr Instinkt hatte sie zumindest dorthin geführt, wo sie Nahrung fanden. Doch bevor der nächste Morgen sich ankündigte, waren fast alle Heuschrecken gestorben.

Die Menschen rückten mit Maschinen an, um der Plage Herr zu werden. Riesige Saugrüssel beförderten im Licht von Scheinwerfern die Insekten in große Tanks. Mittendrin wühlte sich etwas durch die seelenlosen Hüllen aus Chitin. Ein kleines Tier, das im Scheinwerferlicht kaum zu erkennen war. Einer der Arbeiter bewegte sich mit seinem großen Saugrohr in diese Richtung. Er trug eine Schutzbrille und ein Tuch vor dem Mund. Der Hund kämpfte sich näher. Sah schwarzen Pelz, sah einen kleinen Kopf mit kurzen Ohren und geschlossenen Augen. Die Katze schien in Trance. Sie brauchte unbedingt Hilfe. Den Arbeiter kümmerte nicht, was sein Sauggerät verschluckte. Wer Augen im Kopf hatte, würde schon von selbst Reißaus nehmen.

Durch die Leiber der Heuschrecken kam er kaum vorwärts

VIERUNDVIERZIG: Es

und fühlte sich wie in einem Alptraum, bei dem er auf der Flucht durch eine Welt aus zähem Gummi stapfen musste.

Er wagte einen Sprung und bekam im letzten Moment den Schwanz der Katze zu fassen. Ob er ihr damit Schmerzen zufügte, war egal. Er musste seine Freundin schleunigst aus der Gefahrenzone bringen. Der Schwanz der Katze in seinem Maul erschwerte ihm das Atmen. Schräg hinter dem Arbeiter begann der Bereich, der schon gesäubert worden war. Der Katzenkörper hing leblos wie ein tonnenschweres Gewicht an ihm. Schleppte er etwa ein totes Tier in Sicherheit? Er zwang sich zu jedem Schritt. Schneller, du musst schneller rennen.

Die Scheinwerfer blendeten, das dröhnende Geräusch der Saugmaschinen verwirrte seine Sinne. Stimmte die Richtung überhaupt noch? Ein stechender Schmerz in seinem linken Vorderfuß. Ein gläserner Halm hatte sich in seine Sohle gebohrt. Keine Heuschrecken-Leichen bedeckten mehr den Boden. Er zog die immer noch leblos scheinende Katze unter eine Parkbank und legte sich neben sie, drückte den Kopf an ihre Seite, bis er ihr Herz schlagen hörte. Noch bevor er sich über die Rettung freuen konnte, war er eingeschlafen.

Als er aufwachte, zog gerade die Morgendämmerung auf. Überall hatte sich Tau abgesetzt. Von einem Barthaar der Katze fiel ein Tropfen herab, jetzt begannen ihre Lider zu zittern, die Ohren stellten sich auf. Erwachte sie, oder träumte sie nur lebhaft? Das hinterste Glied des Schwanzes zuckte. In der Mitte waren noch die Kerben zu sehen, die seine Zähne hinterlassen hatten. Er hatte das Bedürfnis, die Katze abzuschlecken. Fuhr mit der Zunge über ihre Nase. Eine Pfote der Katze bewegte sich kurz, dann schlug sie die Augen auf. Ihre Pupillen weiteten sich, doch nach einem kurzen Moment des Erschreckens erkannte sie ihn.

VIERUNDVIERZIG: Es

„Einen guten Morgen", sagte er. Er sah die Katze plötzlich nur noch verschwommen, musste die Augen zusammenkneifen, fuhr sich mit der Pfote übers Gesicht und spürte Feuchtigkeit. Das muss der Tau sein, dachte er.

„Schön, wieder da zu sein", antwortete die Katze. „Aber leck mich lieber nicht noch mal ab, ich hätte dir beinahe eine Ohrfeige verpasst".

Dann sah sie sich um. Die Aufräumaktion war in diesem Teil des Parks zwar schon beendet, doch nicht alle Spuren der Heuschrecken hatte man beseitigen können.

„Wie sieht es denn hier aus?"

„Da ist nur eine kleine Heuschrecken-Armee einmarschiert. Aber es ist halb so schlimm. Wie ist es dir ergangen?"

„Ich habe am Ausgang des Astlochs die Fackel getroffen, von der du immer sprichst. Sie hat mir geholfen und ich ihr. Ich glaube, ihr seid euch ähnlicher als du vermutest."

Er ließ sich die komplette Geschichte erzählen. Was die Katze berichtete, verglich er mit dem, was seine eigenen Gefühle ihm sagten. Er wusste, dass diese Flamme ihm etwas genommen hatte. Dass sie etwas besaß, was ihm gehörte. Wenn er sich auf diese Tatsache konzentrierte, konnte er noch immer eine unfassbare Wut heraufbeschwören. Doch er wusste nun auch, dass der Mensch, den er als Hiro kennengelernt hatte, in dieser Welt eine Aufgabe hatte, ein Problem lösen musste, das die Existenz der Welt, wie er sie kannte, bedrohte. Trotzdem hätte dieser Hiro sein Leben für die Katze aufs Spiel gesetzt. Er ahnte und fürchtete zugleich, dass ihm eine Entscheidung bevorstand zwischen seiner alten Wut und einer neuen Zuneigung, die in ihm gewachsen war.

FÜNFUNDVIERZIG: Hannah

Zhao Weng würde ein paar Tage brauchen, alles zu arrangieren, was für den Angriff notwendig war. Hannah wollte diese Zeit nutzen. Sie rechnete mit maximal einer Woche und hatte einen Plan aufgestellt, was sie noch alles sehen und erleben wollte. Und sie hatte Hiro gebeten, sie an einem Abend zu Hause zu besuchen. Nein, redete sie sich ein, natürlich bereitete sie damit nicht etwa ihren Abschied von dieser Welt vor. Es ging ja einzig und allein darum, keine Zeit zu verplempern. Und doch spürte sie bei all ihren hektischen Aktivitäten eine tiefe Traurigkeit. Hatte stets das Bedürfnis, sich alles, was sie sah, hörte, schmeckte oder roch besonders gut einzuprägen für die Zeit danach. Wonach? Quatsch, auch später würde sie noch jede Menge Zeit haben, all das zigfach zu wiederholen, was sie jetzt erlebte.

Heute stand allerdings nichts auf dem Programm, heute wollte sie Hiro ihren Eltern vorstellen. Ihre Mutter hatte immer mal wieder nach ihm gefragt, doch Hannah hatte sie stets wortkarg abgespeist. Es ging ihre Mutter ja wohl nichts an, mit wem sie ihre Freizeit verbrachte. Sie lebten schließlich nicht mehr im Mittelalter, wo ein Mann erst um die Hand der Tochter anhalten musste, wenn er mit ihr ausgehen wollte. Der Vater hatte nur still in sich hinein gelächelt, wenn seine Frau erneut einen Vorstoß startete, mehr zu erfahren. Hannah sah aber ein, dass sie irgendwann die Neugier ihrer Mutter stillen musste. Ein einfacher Vorgang also – und doch schlug ihr die Aussicht auf den Abend so auf den Magen, dass sie das Mittagessen ausfallen ließ und versuchte, sich in ihrem Zimmer mit Malen abzulenken.

Sie stellte sich Hiro vor. Es war Nacht, der Mond leuchtete von einem Himmel herab, der wegen der Helligkeit der Stadt nicht schwarz, sondern dunkelblau war. Hiro stand auf einer Brücke. Seine Hände umfassten das Geländer. Obwohl es heiß war, zeigte sich kein einziger Schweißtropfen auf seinem nackten Oberkörper. Um die Muskeln seines Oberarms schlang sich ein Drache: das Tattoo, das Hannah leuchten gesehen hatte. Im Hintergrund skizzierte sie eine Häuserzeile, die aus der Französischen Konzession stammen konnte. Hiro sah den Betrachter nicht an. Er blickte nach rechts aus dem Bild heraus. Er beobachtete etwas, das war klar. Seine Augenbrauen waren leicht zusammengezogen, der Mund geschlossen. Sein trotzig nach vorn geschobenes Kinn überzog ein leichter Bartflaum.

Hannah betrachtete ihre Zeichnung. Sie war ihr schnell wie nie zuvor von der Hand gegangen, geradezu aus ihr heraus geflossen. Hannah hasste Kitsch. Doch sie hätte sich jetzt gern neben Hiro gezeichnet. Dort war noch Platz, gerade genug für eine zweite Person. Seinen linken Arm würde sie um ihre Schultern legen. Auch ihr Blick ginge in die Ferne. Sie würde beobachten, was Hiro sah, ebenfalls das Kinn nach vorn schieben. Sprechen müssten sie nicht.

Sie ließ die Zeichnung, wie sie war.

Den Nachmittag verbrachte sie in einer Zwischenwelt. Sie lag auf dem Bett, die Füße auf dem Kopfkissen, den Blick an die

FÜNFUNDVIERZIG: Hannah

weiße Zimmerdecke gerichtet – die perfekte Projektionsfläche für die Tagträume, die ihre Seele für sie inszenierte. Herzerweichende Szenen, die Hannah zu Tränen rührten, spielten sich darin ab. Verfolgungsjagden ließen sie mitfiebern, aus dem Dunklen auftauchende Monster entlockten ihr kleine Schreie. Bei den Kampfszenen rief sie dem Helden Warnungen zu, wenn ein Feind aus unerwarteter Richtung auftauchte. Überall spielte auch eine junge Frau mit, doch Hannah hatte Schwierigkeiten, sich in ihr zu erkennen. Sie ließ sich auf ein Abenteuer ein, nur weil sie einem Mann in die Augen geschaut hatte. Wer machte so etwas? Da, sie küsste den Helden. War sie das? Sie tanzte Tango mit einem Mafiaboss, der ihr Vater sein könnte. Wer war diese Frau? In ihrem Bett, in ihrem Zimmer, das sie erst seit kurzem bewohnte, lag ein Mädchen namens Hannah, das sich selbst nicht wiedererkannte.

Irgendwann klopfte ihre Mutter. Hannah hatte die Zeit vergessen. Es wurde schon Abend. Ja, sie musste sich umziehen. Um sechs würde Hiro kommen. Nicht im Taxi warten, sondern klingeln. Sie traute ihm zu, einen Blumenstrauß besorgt zu haben. Hannah warf einen Blick in ihren Kleiderschrank. Nein, kein Kleid, nichts Besonderes. Es besuchte sie jemand, den sie sehr mochte, um ihren Eltern Hallo zu sagen. Mehr war es ja nicht. Sie entschied sich für Jeans und T-Shirt. Schminken? Nein, sie war hier zuhause. Den frischen Pickel über der Nase behandelte sie mit einem Abdeckstift. Zog die Augenbrauen etwas nach. Ein hellroter Lippenstift, das war nicht zu auffällig.

Vorsichtig öffnete sie ihre Zimmertür, als erwarte sie dahinter einen heimlichen Lauscher. Sie schaute in die Küche. Die Mutter hatte gekocht. Etwas Deutsches. Hannah hoffte, dass Hiro experimentierfreudig war. Pünktlich um 18 Uhr

FÜNFUNDVIERZIG: Hannah

klingelte es. Ob sie nicht öffnen wolle, rief ihre Mutter, sie sei doch noch in der Küche beschäftigt, und mit Schürze könne sie wohl kaum den Gast begrüßen. Hannah saß auf einem Stuhl im Wohnzimmer. Als sie aufstehen wollte, versagten ihre Knie. Doch auch Vater und Schwester weigerten sich. Was machten denn bloß alle für einen Aufstand wegen eines simplen Besuchs?

Es klingelte zum zweiten Mal. Hannah zwang sich aufzustehen. Sie schaute durch den Spion. Etwas Rotes versperrte den Blick. Hannah drückte die Klinke nach unten. Ihre Hand wollte sich weigern, doch sie half mit der anderen nach. Die Tür öffnete sich. Ihr Blick fiel auf einen großen Strauß roter Rosen. Hannah spürte, wie ihr Hitze ins Gesicht stieg. Sie wollte nicht rot werden.

„Hallo."

Mehr brachte sie nicht heraus. Sie benahm sich wie ein kleines Mädchen!

„Schön, dich zu sehen", antwortete Hiros Stimme. Der Blumenstrauß verbarg sein Gesicht. Hannah stand stocksteif im Eingang, rührte sich nicht.

„Könntest du mir vielleicht die Blumen abnehmen?"

Jetzt erst sah sie, dass er in der anderen Hand noch einen zweiten, bunt gemischten Strauß hielt, vermutlich für ihre Mutter. Hannah konnte sich ihre Reaktion schon deutlich vorstellen. Sie würde entzückt sein über diesen höflichen jungen Mann. Hannah kam sich vor wie in einem dieser Groschenromane. Falls Hiro wirklich auf den Gedanken verfiel, um ihre Hand anzuhalten, würde sie ihren Eltern die ganze Geschichte erzählen müssen. Einfach alles. Ob diese Einladung so eine gute Idee gewesen war?

Dann erinnerte sie sich, dass Hiro etwas gesagt hatte.

FÜNFUNDVIERZIG: Hannah

Ja, natürlich, die Blumen. Sie nahm den Strauß mit beiden Händen entgegen und bat ihn herein. Hiro streifte zunächst die Schuhe ab, ehe er ihr folgte. In der Küche erntete Hannah einen bösen Blick ihrer Mutter, die nun doch dem Besucher in der Schürze gegenübertreten musste. Hannah grinste verstohlen und entschuldigte sich mit den Blumen, die versorgt werden mussten. Als ihre Mutter sah, dass Hiro ihr ebenfalls einen Strauß gebracht hatte, heiterte sich ihr Gesicht sofort auf.

„Geht doch schon mal ins Wohnzimmer, ich muss nur rasch etwas anderes anziehen", flötete sie, nachdem sie Hiro begrüßt hatte.

Beim Essen verhielten sich alle schweigsam. Die Mutter versuchte erfolglos, mit Smalltalk ein Gespräch in Gang zu bringen. Ja, das Wetter. Wie praktisch es doch war, in der Französischen Konzession zu wohnen. Die seltsamen Verkehrsregeln, denen die Chinesen folgten. Die Heuschreckenschwärme, von denen sie in den Nachrichten gehört hatten ...

Sie kamen zum Nachtisch. In einem Kitschroman, überlegte Hannah, würde der Herr des Hauses anschließend den potenziellen Schwiegersohn zum Rauchen ins Nebenzimmer bitten, um ihn dort unter vier Augen über Herkunft, Einkommen und Ziele auszuquetschen. Danach ein Händedruck unter Männern, und der Deal wäre perfekt. Wehe, ihr Vater machte solche Anstalten! Hannah traute ihm so etwas durchaus zu. Sie überlegte, wie sie darauf reagieren sollte. Mit dem Fuß aufstampfen? Zu kindisch. Den Esstisch umkippen? Das schöne Geschirr, das ihre Mutter geerbt hatte. Mit dem Besteck nach dem Vater werfen? Sie stellte sich vor, wie die Gabel in seiner Brust steckenblieb. Der Notarzt würde sich wundern, was da passiert war.

FÜNFUNDVIERZIG: Hannah

„Jetzt erzählen Sie doch mal etwas von sich, junger Mann."
Ihr Vater hatte es tatsächlich gewagt. Keine Zigarre, kein Nebenzimmer. Aber eine Frage, die ja wohl eindeutig...

„Ich bin ein Dämon". Hannah kam nicht mehr dazu, die Gabel zu werfen, nach der sie schon gegriffen hatte. Am Nachmittag hatte sie sich noch gefragt, welche Geschichte sich Hiro wohl ausdenken würde. Sie konnte kaum glauben, dass er ohne weiteres mit der Wahrheit herausrückte. Ihre Eltern reagierten zunächst gar nicht. Sie meinten wohl, dass der nette junge Mann einen Witz machen wollte. Vielleicht hatten sie auch sein Englisch nicht richtig verstanden.

„Wie bitte?", sagte der Vater.

„Oh, was?", fragte die Mutter.

Ihre Schwester schwieg mit offenem Mund.

„Ich bin ein Dämon und ich komme aus der Untenwelt." Jetzt war es eindeutig. Kein symbolischer Vergleich. Kein Missverständnis möglich. Hannah merkte, dass sie noch immer die Gabel in der Hand hielt. Allerdings war es wohl zu spät, Hiro damit umzubringen. Immerhin schwiegen ihre Eltern jetzt. Kein menschlicher Verstand konnte nach so einer Eröffnung auf die Schnelle die passenden Fragen formulieren. Alle warteten auf weitere Details, hingen an Hiros Mund, als er dieselbe Geschichte erzählte, die er Hannah in der Bibliothek anvertraut hatte.

Es war ein seltsames Gefühl, als er dann zu den Ereignissen kam, bei denen sie eine Rolle gespielt hatte. Aber sie entspannte sich. Es klang alles so folgerichtig. Sogar dieser Abend passte dazu, an dem ein junger Mann den Eltern seiner Freundin die Wahrheit über die Geschehnisse der letzten Wochen erklärte.

Als Hiro seine Geschichte beendet hatte, merkte Hannah,

FÜNFUNDVIERZIG: Hannah

dass nur noch ein Detail fehlte. Ein simpler Fakt, der beweisen würde, dass seine Erzählung tatsächlich keine Erfindung, sondern Wahrheit war. Sie hielt den Eltern ihre Hand hin und zeigte auf den alten Ring, das Erbstück, das mit ihrem Finger verschmolzen war.

SECHSUNDVIERZIG: Zhao Weng

In der Theorie hatte der Plan ganz einfach ausgesehen: Vier Eckpfeiler sprengen? Mit den richtigen Chemikalien kein Problem. Praktischerweise waren im Internet genug Details darüber zu finden, welche Stahlsorten in welcher Dicke dem Gebäude Stabilität verliehen. Als Zhao Weng anhand dieser Angaben ausgerechnet hatte, wie viel Sprengstoff sie benötigen würden, kamen allerdings Zweifel in ihm auf. Solche Mengen würde er unmöglich in einer Aktentasche an den Sicherheitskontrollen vorbeischleusen können – auch nicht als Sicherheitschef.

Doch es gab eine Alternative: Sie könnten den nötigen Sprengstoff in einem Auto zum Ziel transportieren. Im 94. Stockwerk, kurz unter der trapezförmigen Aussparung, die dem Tower seinen Spitznamen „Flaschenöffner" beschert hatte, gab es eine große Ausstellungshalle. Sie war über einen Schwerlast-Fahrstuhl erreichbar, der komplette Autos nach oben transportieren konnte. Für die fast 500 Meter brauchte er gerade einmal zwei Minuten – und das bei einer maximalen Traglast von drei Tonnen. Das reichte zwar nicht für einen Kampfpanzer. Doch für ein entsprechend präpariertes Luxusauto sollte es genügen. Günstig war außerdem, dass es keine Sicherheitsschleuse gab, die groß genug war, ein solches Fahrzeug zu durchleuchten.

Stattdessen würden Männer mit Handscannern die Kontrolle durchführen. Seine Männer. Das nötige Fahrzeug zu beschaffen, dürfte kein Problem sein. Und er wusste auch schon, wer es für den Einsatz vorbereiten würde.

Weng rief seine Schwiegermutter an, die er regelmäßig mit Rohstoffen für ihre speziellen Experimente belieferte. Die alte Dame war – im positiven Sinn – alles andere als eine normale alte Dame, und er hatte sie ins Herz geschlossen. Was sie mit ihren Basteleien bezweckte, hatte er nie im Detail erfahren und wollte es auch gar nicht so genau wissen.

Tatsächlich war die 94-Jährige begeistert von dieser Aufgabe. In ihrem kleinen Bastelkeller konnte sie das Auto zwar nicht selbst umbauen, doch wenn er ihr die Pläne des Fahrzeugs lieferte und die genauen Anforderungen, könnte sie eine Anleitung für den perfekten Umbau anfertigen. Die Aufgabe war nicht leicht. Es mussten etwa 600 Kilogramm Plastiksprengstoff untergebracht werden. Ein Kleinwagen kam deswegen nicht in Frage. Doch selbst bei einem Luxusauto made in Germany waren 600 zusätzliche Kilo keine Kleinigkeit. Das Fahrzeug musste also abspecken – ohne dadurch fahruntüchtig zu werden.

Wenn jemand in den Kofferraum schaute oder es sich auf dem Beifahrersitz bequem machte, durfte ihm nichts auffallen. Zumal das Auto notfalls auch ein paar Tage in dem Ausstellungsraum würde stehen müssen. Weng hatte einen Autohändler gefunden, der ihm noch einen Gefallen schuldig war. Er hatte sich bereit erklärt, den Raum zu mieten, um dort seiner gut betuchten Kundschaft die neuesten Modelle vorstellen zu können. Als Zhao Weng ihm ankündigte, dass die Autos danach womöglich nicht mehr zu gebrauchen wären, hatten Dollarzeichen in den Augen des Händlers aufgeleuchtet:

SECHSUNDVIERZIG: Zhao Weng

Er dachte sofort an die Versicherung, die weniger feilschen würde als potenzielle Käufer und den Listenpreis der Autos akzeptierte.

Für den Umbau mietete Weng eine Autowerkstatt. Die Arbeiter dort bekamen bezahlten Sonderurlaub, an ihrer Stelle zogen seine eigenen Männer ein. Er überwachte die Umbauten persönlich. Die Pläne der alten Dame mussten penibel umgesetzt werden. Die Männer kannten zwar den Zweck ihres Auftrags nicht, sie stellten aber auch keine Fragen. Sämtliche Sitze wurden komplett herausgerissen und durch Eigenanfertigungen ersetzt. Der Motor musste einer Minimalversion weichen, er schrumpfte von 340 PS auf 40. Der Raumgewinn wurde so kaschiert, dass man beim Öffnen der Motorhaube das Original zu sehen glaubte. Die 40 PS würden reichen, das Auto in den Fahrstuhl und wieder heraus zu fahren. Wirklich testen konnte es im Ausstellungsraum sowieso niemand.

Das Fahrzeug wechselte auch sein Gewand. Einen Crashtest hätte es mit den weit dünneren Blechen und Verstrebungen nun nicht mehr überstanden. Das Ergebnis war beeindruckend. Das Ziel, 600 Kilogramm ohne Gewichtszuwachs zu verstecken, hatte man zwar nicht erreicht – aber die 100 Kilo mehr würden nicht auffallen.

Weng war zufrieden. Er ließ den umgebauten Mercedes von einem Abschleppfahrzeug abholen und setzte sich persönlich ans Steuer des Trucks. Jetzt durfte nichts mehr schiefgehen, etwa durch einen läppischen Auffahrunfall mit anschließender Polizeikontrolle. Er sah auf die Uhr. Die Abfahrt hatte sich bereits ungeplant verzögert. Durch die einsetzende Rushhour geriet er nun auch noch in einen Stau. Dabei hatte er nur noch eine Viertelstunde, ehe im World Financial Center für die Sicherheitsleute eine neue Schicht begann. Die Männer,

SECHSUNDVIERZIG: Zhao Weng

die dann Dienst hatten, arbeiteten nicht für ihn. Sie kannten ihn zwar als Sicherheitschef, doch würden sie allein deswegen wohl kein Auge zudrücken. Andererseits erwarteten sie auch keine bösen Überraschungen. Noch nie hatte jemand versucht, Waffen in das Gebäude zu schmuggeln. Wenigstens hatte er in der Sicherheitszentrale, wo die Bilder der Überwachungskameras kontrolliert wurden, eigene Leute platzieren können.

Er kam zu spät. Seine Leute hatten ihre Schicht schon beendet. Der Eingang zum Lastenaufzug befand sich im zweiten Untergeschoss der Tiefgarage. Mit dem Abschleppauto durfte Weng nicht durch die Schranke fahren – der Kranaufsatz überschritt die maximale Höhe von zwei Metern. Also ließ er den am Krankhaken hängenden Mercedes vorsichtig über die ausgefahrenen Schienen von der Ladefläche rollen. Dann nahm er am Steuer Platz. Dass er nur mit einer Art Hilfsantrieb unterwegs war, würde in der Tiefgarage nicht auffallen. Er legte seinen Ausweis an den Kartenleser der Schranke. Sie öffnete sich. Langsam fuhr er die Einfahrt hinab. Die Scheinwerfer musste er manuell einschalten, weil sie sämtliche unnötige Elektronik entfernt hatten.

Der Zugang zum Lastenaufzug im zweiten Untergeschoss war nicht speziell gekennzeichnet. Wer vor dem kleinen Stahltor stand, konnte nicht ahnen, was sich dahinter verbarg. Weng musste erneut seinen Ausweis an ein Lesegerät halten. Ein Signal ertönte und das Tor öffnete sich. Helles Licht aus Halogenscheinwerfern beleuchtete den Raum dahinter. Vor dem Lastenaufzug standen zwei Männer. Er bemerkte, dass sie eben noch auf den beiden Stühlen in der Nähe gesessen haben mussten, auf einem kleinen Tisch lagen Spielkarten. Sie empfingen hier vermutlich selten Gäste. Jetzt standen sie jedoch vorschriftsgemäß stramm. Zhao Weng hatte das Fahr-

SECHSUNDVIERZIG: Zhao Weng

zeug schon zwei Tage zuvor angemeldet. Die Veranstaltung, auf der es präsentiert werden sollte, würde morgen beginnen. Es war also höchste Zeit.

Er stieg aus dem präparierten Mercedes aus und baute sich vor einem der Wachleute auf. Wer er war, sollte dem Mann eigentlich bekannt sein.

„Das Auto muss nach oben."

„Klar, wir streichen es nur noch schnell aus der Liste."

Sein Kollege ging zum Tisch und kramte in einer Mappe.

„Geht es nicht etwas schneller? Ich habe noch einen Termin", rief ihm Weng zu.

„Da haben wir es ja. War das letzte, das noch fehlt."

Der andere Mann bückte sich. Er zog ein Instrument aus seinem Stiefelschaft. Mit dem Zeigefinger drückte er auf einen Knopf. Das Gerät begann zu summen. Er näherte sich dem Auto, hielt den Scanner knapp über das Metall der Karosse und umkreiste den Wagen. Seinen vorsichtigen Bewegungen sah man an, dass er darauf bedacht war, nur ja keine Kratzer zu hinterlassen.

Zhao Weng hatte schon bei seinem ersten Schritt heimlich die Waffe in seiner Hosentasche entsichert. Mit unbewegtem Gesicht stand er am Eingang zum Fahrstuhl, die Entspannung in Person. Falls der Sicherheitsmann etwas bemerkte, würde kein Alarmsignal ertönen. Weng hatte die Vorschrift selbst entsprechend geändert. Stattdessen käme der Mann zu ihm zurück, als sei nichts geschehen. Fragen würde er erst stellen, wenn er ihn mit seinem Elektroschocker wehrlos gemacht hätte.

Mit den Händen in den Hosentaschen beobachtete Zhao Weng den Sicherheitsmann bei seiner Runde ums Auto. Der Scannergriff würde bei Spuren von Sprengstoff zu vibrieren beginnen und er hätte eine Sekunde Zeit. So lange würde der Mann brauchen, sich auf die neue Situation einzustellen. Zwar würde er die Untersuchung zum Schein fortsetzen, doch nun wäre er gewarnt. Leung stellte nur fähige Leute ein, die ihr Metier beherrschten, und Weng war realistisch genug, seine Chancen einzuschätzen. Wenn er die Sekunde verpasste, nachdem der Scanner Gefahr gemeldet hatte, sanken seine Chancen in einem Kampf gegen zwei gut ausgebildete Gegner rapide. Er war zwar ein hervorragender Killer, doch nicht mehr der jüngste.

Inzwischen war der Mann am Heck des Fahrzeugs angekommen. Er bat Weng, den Kofferraum zu öffnen. Der Scanner tastete das Innere ab, schien aber nichts zu melden. Die Klappe wurde wieder geschlossen. Weng ging langsam zur Beifahrerseite vor. Zu seiner Überraschung verzichtete der Mann darauf, auch das Fahrzeuginnere zu untersuchen.

„Wollen Sie nicht ...?" Weng zeigte auf den Türgriff.

„Lassen Sie mal. Ich habe eine bessere Idee."

"Ach ja?" Weng tastete unauffällig nach seiner Waffe.

„Wissen Sie", sagte der Mann zögernd, „ich wollte schon immer mal so eine S-Klasse fahren. Würden Sie mir erlauben, das Auto wenigstens in den Aufzug zu steuern?"

Das war also der Grund, wieso er das Wageninnere ausgelassen hatte. Weng überschlug seine Möglichkeiten. Er konnte sich weigern, was Misstrauen erregen und eine verschärfte Untersuchung von Innenraum und Motorabteil zur Folge haben würde. Ließ er den Mann ans Steuer, merkte er vielleicht, dass sich das Auto ungewöhnlich verhielt. Die Folgen wären dieselben. Den Ausschlag für seine Entscheidung gab, dass er es im letzten Fall mit nur einem Gegner zu tun hatte.

Weng lächelte. „Ist wirklich ein toller Wagen. Wenn Sie unbedingt wollen..."

SECHSUNDVIERZIG: Zhao Weng

Er hielt ihm den Schlüssel hin. Der Mann zeigte keinen Funken von Misstrauen, sondern freute sich ehrlich, und Weng bedauerte, dass er ihn womöglich ausschalten musste. Er war ihm sympathisch. Noch keine 30, hatte sicher Frau und Kind. Die Firma stellte gerade in diesem Bereich gern Familienväter ein, die aus Furcht vor Rache an den Liebsten im Zweifelsfall auch in schwierigen Situationen loyal blieben. Vermutlich hatte er sich gerade eine Wohnung gekauft, besaß aber höchstens ein Motorrad. Von einem Luxusschlitten würde er noch lange träumen müssen. Weng hoffte, dass er diese Träume nicht ein für allemal zerstören musste.

Beide stiegen ein. Der Wachmann wollte den Schlüssel einstecken, fand aber keine Öffnung dafür. Weng erklärte ihm, dass es genüge, den Startknopf zu drücken. Hauptsache, das Auto konnte den Schlüssel elektronisch riechen. Der Motor sprang an. Ein seltsamer Ton. Vielleicht lag es an dem Nachhall in der Tiefgarage. Das Laufgeräusch klang hohl und unsymmetrisch. Nachdem sein Kollege die Fahrstuhltür geöffnet hatte, fuhr der Wachmann an. Langsam rollte der schwere Wagen in den Aufzug. Der Kollege hatte schon die 94. Etage programmiert, sodass sich der Aufzug nach dem Schließen der Tür sofort in Bewegung setzte. Im Inneren des Autos war es still. Vom Rauschen der Klimatechnik des Hochhauses, dem ewigen Hintergrundgeräusch in der Tiefgarage, war kein Laut zu hören.

Der Sicherheitsmann drückte erneut den Startknopf. Der Motor schaltete sich ab. In diesem Moment schien sich der Mann an etwas zu erinnern. Weng konnte förmlich erkennen, wie die Gedanken durch seinen Kopf schossen. Ganz kurz erschien ein zweifelnder Ausdruck auf seinem Gesicht, dann hatte er sich wieder im Griff. Sie hatten noch etwa 100 Se-

SECHSUNDVIERZIG: Zhao Weng

kunden, bis sich die Türen wieder öffnen würden. Weng war klar, dass der Mann Verdacht geschöpft hatte. Und er wusste auch, warum.

Weder Fahrer noch Beifahrer hatten sich angeschnallt. Kein modernes Auto, dessen Bordelektronik funktionierte, ließ sich das bieten. Doch da hatte nichts gepiept, keine Warnleuchte geblinkt. Aus Gewichtsgründen hatten sie sich von jedem Teil der Elektronik trennen müssen, der entbehrlich schien.

Von diesem Moment an war das Verhalten der beiden Männer vorgezeichnet. Zwei Schnellzüge rasten aufeinander zu und es gab keine Weiche, die den Zusammenprall verhindern konnte. Weng handelte als erster. Mit der linken Hand, die eben noch locker auf der Mittelkonsole gelegen hatte, packte er den Mann am Hals. Weng war Beidhänder. Er hatte jahrelang trainiert, damit beide Hände gleich geschickt und gleich kräftig waren. Der Mann wusste, dass er hier, auf engstem Raum, gar nicht erst zu seiner Pistole greifen brauchte, die er in einem Holster am Gürtel trug. Zudem hatte er den Nachteil, dass ihn das Lenkrad in seiner Beweglichkeit einschränkte. Weil Weng ihm die Luft abdrückte, konnte er in die Schläge, die er mit der Rechten austeilte, nicht mehr seine ganze Kraft stecken. Weng spürte, wie der Ellbogen des Gegners seinen Brustkorb traf. Ein stechender Schmerz, vielleicht war eine Rippe gebrochen. Der Druck seiner Hand an der Kehle des anderen ließ jedoch nicht nach.

Schmerzen konnte Weng ertragen, auch das hatte er trainiert, freiwillig und gezwungenermaßen. Solange es dem Gegner nicht gelang, ihn derart zu verletzen, dass seine Kräfte nachließen, hatte er die besseren Karten. Sein Gegner wehrte sich verzweifelt. Wieder und wieder trafen Hiebe Wengs Brustkorb, obwohl er sich mit der rechten Hand zu

SECHSUNDVIERZIG: Zhao Weng

schützen versuchte. Der Aufzug war mittlerweile in der 94. Etage angekommen. Die Tür öffnete sich. Eine atemberaubende Aussicht auf das nächtliche Shanghai. Das Schicksal hatte keine schlechte Wahl getroffen, als es dem jungen Wachmann, der in seinem Traumauto saß, im Sterben diese letzten Bilder zeigte.

Die Schläge wurden schwächer. Weng spürte, wie das Leben aus dem Mann wich, der durch einen dummen Zufall sein Gegner geworden war. In diesem Moment hätte er bereitwillig mit ihm getauscht. Er selbst war alt genug, hatte seine Jahre auf diesem Planeten verbracht, Glück und Elend erlebt. Doch er musste ein Versprechen einlösen. Weng spürte Tränen in seinen Augenwinkeln. Er kniff die Augen zusammen, um wieder klar zu sehen. Vorsichtig ließ er den Kopf des Mannes, der sich nicht mehr wehrte, auf die Nackenstütze des Mercedes sinken.

Mit dem linken Fuß erreichte er das Bremspedal. Der Vorwärtsgang der Automatik war noch eingelegt. Dann drückte er den Startknopf. Langsam schob sich der Wagen vorwärts. Jetzt musste er nur noch den Sprengstoff an den Stellen deponieren, die ihm der Plan bezeichnete. Um die Leiche brauchte er sich nicht zu kümmern. Sie würde bei der Explosion in wenigen Stunden verschwinden. Er begann, den Mercedes zu demontieren. Der Sprengstoff war direkt mit den Einzelteilen verbunden. Seine Leute hatten alles gut vorbereitet, sodass er weder viel Zeit noch viel Kraft dazu brauchte.

Doch es gab noch ein zweites Problem: Der Wachmann, der unten geblieben war, erwartete sicher irgendwann seinen Kollegen zurück. Wenn er nun Weng allein zurückkommen sah, würde er Fragen stellen, würde erraten, dass oben irgendwas geschehen war. Weng dachte zunächst daran, den

Ausstellungsraum über einen anderen Aufzug zu verlassen. Es würde jedoch noch ein paar Stunden dauern bis zur Explosion. Er konnte nicht riskieren, dass der zweite Wächter selbst nachschaute, wo sein Kollege abgeblieben war. Der Plan wäre schon gefährdet, wenn er nur Alarm auslöste. Weng entschied sich für den direkten Weg. Er hatte noch nie einen Menschen ohne Not getötet. Das gehörte zu seinen Prinzipien. Am wichtigsten war, in seiner Arbeit effizient zu sein. Bei dem Mann auf dem Fahrersitz hatte er keine Wahl gehabt. Vielleicht sah es diesmal anders aus. Er bestieg den Aufzug, in dem er sich so allein fast verloren vorkam.

Die Fahrt dauerte wieder genau zwei Minuten. Die Fahrstuhltür war schmaler als die Kabine. Wenn er sich direkt links neben der Tür an die Wand stellte, würde der Wächter ihn nach dem Anhalten der Kabine nicht sofort sehen. Weng spekulierte auf seine Neugier. Wenn sich eine Fahrstuhltür öffnete, aber niemand herauskam, würde der Wächter unwillkürlich nachsehen. Allerdings spielte auch der Zufall eine Rolle. Die Frage war, von welcher Seite der Wachmann den Fahrstuhl betreten würde. Die falsche Richtung wäre sein Tod. Wenn er von links kam, könnte Weng ihn mit einem gezielten Schlag außer Gefecht setzen. Kam er jedoch von der rechten Seite, würde er den Gegner zu früh sehen, so dass nur noch ein gezielter Kopfschuss das Problem lösen würde. Weng schraubte einen Schalldämpfer auf seine Waffe.

Die Seile des Fahrstuhls ächzten, als er zum Stillstand kam. Weng ließ sich Zeit. Der Sicherheitsmann würde das „Pling" der Stockwerksanzeige gehört haben. Falls er sich vom Aufzug entfernt hatte, käme er daraufhin zurück. Er würde die Waffe zücken und entsichern und, wenn sich von allein nichts tat, den Knopf drücken, der die Türen öffnete.

SECHSUNDVIERZIG: Zhao Weng

Weng erinnerte sich nicht mehr, ob es zu beiden Seiten der Türen ein Elektronik-Panel gab. Mindestens rechterhand sollte sich eines befinden. Er konnte beinahe sehen, wie der Mann auf den Fahrstuhl zuschlich. Falls er Glück hatte, trennten höchstens 30 Zentimeter die beiden Gegner.

„Klong". Die Türen öffneten sich. Weng hatte die Waffe schon auf die richtige Höhe gehoben. Nein, der Wachmann kam nicht von rechts. Gut. Gleich würde er den Aufzug betreten. Der Mann war etwas kleiner als er selbst. Weng stellte sich den Oberkörper des Gegners vor. Eine Silhouette gelangte in sein Blickfeld. Er schlug zu. Aus dem Augenwinkel bemerkte er noch, wie der Mann die Pistole hochriss, es jedoch nicht mehr schaffte, den Abzug zu drücken, ehe er zu Boden fiel. Weng setzte sicherheitshalber mit einem zweiten Schlag nach, von dem er wusste, dass er ebenso wenig tödlich war wie der erste.

Der Gegner würde jetzt eine Weile schlafen. Vielleicht hatte er ihn innerlich verletzt, aber sterben würde er höchstwahrscheinlich nicht daran. Weng fesselte ihn mit einer Nylonschnur. Jetzt brauchte er erst einmal ein Auto. Mit einem gefesselten Körper über der Schulter konnte er schlecht die zwei Stockwerke der öffentlichen Tiefgarage durchqueren.

Er trat durch das Tor, das den Lastenaufzug von der Garage trennte, und schaute sich nach einem Fahrzeug um. Ein älteres Modell ohne Alarmanlage war schnell gefunden. Er schlug die Scheibe auf der Fahrerseite ein, öffnete die Tür und befasste sich mit der Elektronik. Eine halbe Minute später lief der Motor. Er lenkte das Auto zum Lastenaufzug, um den bewusstlosen Wachmann einzuladen. Den Kofferraum bekam er nicht auf, er war wohl abgeschlossen, also verstaute er den Bewusstlosen im Fußraum auf der Beifahrerseite. Draußen war es inzwischen dunkel, deshalb würde niemandem was auffallen. Nur in eine Polizeikontrolle durfte er nicht kommen. An der Schranke nutzte er seinen Dienstausweis. Wenn die Vorfälle der kommenden Nacht später untersucht würden, sollten ihm die Spuren, die er hinterlassen hatte, keine Sorgen mehr bereiten.

Denn dann stand er wieder an der Spitze des Syndikats.

SIEBENUNDVIERZIG: Hiro

Das schlechte Gewissen plagte ihn schon, seit er losgefahren war. Am liebsten wäre er Hannah nicht von der Seite gewichen. Doch er hatte eine wichtige Aufgabe. Die wichtigste vielleicht, wenn sich überhaupt eine Rangfolge aufstellen ließ: Er musste den Dämon töten, der sich im Körper Anthony Leungs verbarg.

Sie hatten lange nach dem optimalen Ort dafür gesucht. Jetzt war er unterwegs nach Minhang, einem Stadtbezirk südwestlich des Zentrums, auf der anderen Seite des Flusses. Von Pudong, wo der Unternehmer und Mafiaboss in seinem Tower residierte, bis Minhang brauchte man mit dem Auto mindestens eine Dreiviertelstunde. Auch morgens um halb drei herrschte noch reichlich Verkehr. Hannah würde also in einer entscheidenden Phase auf sich selbst gestellt sein. Was geschah, wenn der Totenrufer aus irgendeinem Grund versagte? Leung war für seine Grausamkeit bekannt. Falls der Plan schon an dieser Stelle scheiterte, würde er Hannah nie wieder sehen.

Ihren Eltern hatte er das nicht ganz so dramatisch erklärt. Sie hatten seine unglaubliche Geschichte erstaunlich gut verkraftet. Natürlich hatten sie Fragen gehabt, doch nichts grundlegend angezweifelt. Dass Hannah ihnen den Ring gezeigt hatte, war wohl als Beweis überzeugend genug gewesen. Und wer würde sich schon so eine Geschichte ausdenken? Er hatte ihnen versprechen müssen, gut auf ihre Tochter aufzupassen. Das war ihm leicht gefallen. Hannah hatte davon natürlich nichts hören wollen – sie könne auf sich selbst aufpassen!

Hiro hatte gemerkt, dass sein sicheres Auftreten vor allem den Vater beruhigt hatte, obwohl er blass im Gesicht geworden war, unruhig die Hände geknetet und vor allem sehr genau zugehört hatte. Der Abschied war dann sehr herzlich gewesen. Hannah hatte sich im Hintergrund gehalten und ihn nur stumm angesehen. Die Mutter dagegen bot ihre gesamte Fürsorge auf, wollte Hiro sogar noch ein paar Essensreste einpacken. Der Vater drückte ihm schlicht, aber kräftig die Hand.

Am folgenden Tag hatten sie lange mit Zhao Weng diskutiert, der sich in der Stadt besser auskannte. Sie brauchten eine Möglichkeit, den Körper von Anthony Leung auf sichere Weise vollständig loszuwerden. Das hieß zum einen, es durften sich keine anderen Menschen in der Nähe befinden. Die Seele dieses Dämons würde sich sonst sofort ein anderes Opfer suchen. Zum anderen durfte keine Faser des Körpers übrig bleiben. Nur dann würde sich der Dämon dem Kampf stellen.

Minhang bot sich an, weil es dort noch viele alte Fabriken aus den 50er-Jahren des vergangenen Jahrhunderts gab. Diese Betriebe standen mittlerweile leer, die Produktion hatte man in Provinzen mit niedrigerem Durchschnittseinkommen verlagert. Die Stadtregierung hatte gerade beschlossen, sie zu Museen und Industriedenkmälern umzubauen, um den Tourismus anzukurbeln. Die museumsreife Ausstattung war in vielen dieser Fabriken noch komplett vorhanden. Jugendliche

SIEBENUNDVIERZIG: Hiro

feierten dort gern heimliche Partys. Als Weng aufzählte, welche Betriebe leer standen, nannte er auch ein Stahlwerk. Das hatte Hiros Interesse geweckt.

Wenn dort Eisen geschmiedet worden war, musste es Öfen geben, in denen sich ein menschlicher Körper spurlos vernichten ließ. Wengs Erkundigungen ergaben, dass das besagte Stahlwerk noch immer funktionsfähig war. Es würde sich ohne großen Aufwand wieder in Betrieb nehmen lassen. Zhao Weng hatte die Männer und die Ressourcen, das zu bewerkstelligen. Er konnte die Fabrik zudem so weit sichern, dass der Dämon keine Fluchtmöglichkeit finden würde.

Eine mondlose Nacht hüllte die Stadt in Dunkelheit, während er mit einem gemieteten Wagen unterwegs nach Minhang war. Hannah würde in ein paar Stunden nach Pudong aufbrechen, sobald sie das Signal erhielt, dass alles vorbereitet war. Sie hatten sich bemüht, den Abschied schnell hinter sich zu bringen. Es ging ja nur um ein paar Stunden, und der Plan war hervorragend. Hannah hatte ihn nicht angesehen, als sie sich Lebewohl sagten. Der verwischte Lidstrich unter ihren Augen verriet ihm, dass sie geweint hatte.

Auf den Straßen war auch um diese Zeit noch viel los, er musste sich konzentrieren. Weng hatte ihm beschrieben, wo er das Stahlwerk finden würde. Es war auf keiner offiziellen Karte verzeichnet. Hiro musste sich an der Filiale einer großen Fast-Food-Kette orientieren und dann in bestimmter Reihenfolge in Nebenstraßen abbiegen. Auf einem kleinen Zettel hatte er sich den genauen Weg notiert. Je weiter er sich von der Hauptstraße entfernte, desto schwieriger wurde die Sache. Die Straßen waren bald nicht mehr beleuchtet. Er durfte aber keine auch noch so kleine Querstraße verpassen, sonst war er verloren. Ab und zu hielt er an, schaltete die

Innenbeleuchtung ein und vergewisserte sich, dass er sich die Reihenfolge korrekt gemerkt hatte.

Vor den meisten Gebäuden standen Bauzäune. Die Fenster der verlassenen Häuser starrten ihn böse an, wenn die Scheinwerfer des Autos darüber strichen. Der Wind wehte Papierfetzen über die Straße. Hier sollten sich also bald Touristen vergnügen? Heute war jedenfalls außer ihm niemand unterwegs. Hiro musste lächeln. Hatte er sich eben selbst als Mensch bezeichnet? Die Zeit in diesem Körper hatte eindeutig Spuren hinterlassen. Oder war die Verbindung zu Hannah der Grund? Hiro stellte sich gerade ihr Gesicht vor, als er im Augenwinkel eine Bewegung bemerkte. Er reagierte reflexartig, die Bremsen quietschten. Das Auto stand, ohne gegen ein Hindernis geprallt zu sein. Er versuchte zu erkennen, wem oder was er da gerade ausgewichen war, meinte, schwarzes Fell auszumachen. Das Tier, wenn es denn eins war, hatte sich in die Dunkelheit auf der anderen Straßenseite geflüchtet. Vermutlich war es ebenso erschrocken wie er selbst.

Noch zwei Mal abbiegen. Erst links, dann rechts. Er hatte das Gefühl, im Kreis gefahren zu sein. Aber nein, jetzt sah er es: einen hoch aufragenden Schatten, der sich weit über die Umgebung erhob. Davor ein großer Zaun, und in diesem Zaun ein eisernes Tor, das verschlossen war. Die Scheinwerfer des Wagens beleuchteten das Werksschild, als er direkt davor hielt. „Baomin Steel Corp." Er hörte Schritte, ein Mann mit einem Helm unter dem Arm trat aus dem Schatten, stellte sich als einer von Zhao Wengs Vertrauten vor. Namen taten nichts zur Sache. Er übergab Hiro einen kleinen Kasten mit ein paar Knöpfen, ohne jede Beschriftung. Die Fabrik war von allen Seiten abgeriegelt. Die Zäune hatte man erhöht und zusätzlich mit Stacheldraht gesichert. Es gab nur dieses eine

SIEBENUNDVIERZIG: Hiro

Tor, das Hiro mit dem Kasten, einer Fernbedienung, öffnen und schließen konnte, wofür der oberste und der unterste Knopf zuständig waren.

„Und auf die anderen Knöpfe darf ich auf keinen Fall drücken?"

„Doch, drücken Sie, soviel Sie mögen. Es passiert nichts."

Ein bisschen hatte Hiro auf eine andere Antwort gehofft. Er erinnerte sich an Geschichten, in denen der Held einen Gegenstand in die Hand bekam, der ihm im allerschlimmsten Notfall Hilfe gewährte. Märchen.

„Sie kommen zurecht?"

Hiro nickte.

„Am besten, Sie fahren den Wagen noch dort um die Ecke, dann fällt er weniger auf."

Der Mann verschwand wieder im Schatten, aus dem er gekommen war. Vermutlich hatte er irgendwo in der Nähe ein Motorrad stehen. Hiro startete das Auto und parkte es in einer Nebenstraße. Aus dem Handschuhfach nahm er die Taschenlampe und ging zurück zum Fabriktor. Dort drückte er den obersten Knopf – langsam und mit einem Geräusch, das wie ein Seufzen klang, öffnete sich der Eingang. Hiro leuchtete mit der Taschenlampe voran. Noch hatte er nichts zu befürchten. Er betrachtete das Gebäude, soweit das in der Dunkelheit möglich war. Seine Mauern bestanden aus Klinkern. In den oben abgerundeten Fenstern gab es kein Glas, stattdessen eiserne Gitter. Von unten war nicht zu erkennen, was sich hinter den Öffnungen befand. Hiro schloss mit der Fernbedienung das Tor, trat näher und zog sich am Sims eines der Fenster hoch. Dahinter lag ein großer Raum, eher ein Saal, der mit allerlei Maschinen gefüllt war. Ein rotes Flackern, das aus einem Nebenraum kam, verlieh der Szenerie etwas

Unwirkliches. Die Maschinen schienen zum Leben erwacht. Sie bewegten sich auf ihren Plätzen.

Der Eingang befand sich hinter einer Ecke, eine Tür gab es nicht. Hiro betrat den Saal. Er folgte dem Licht in den Nebenraum, wo sich eine riesige Wanne befand, die geschmolzenes Metall enthielt. Daher kam also das Leuchten. Zhao Wengs Männer hatten diesen Teil der Fabrik anscheinend wieder in Betrieb genommen. Er hörte die Transformatoren der elektrischen Heizung summen. Ansonsten war es still. Direkt über dem Kessel verlief ein an der Decke aufgehängter Steg aus unregelmäßig angeordneten Eisenprofilen, der über eine Leiter zu erreichen war. Weng hatte wirklich den perfekten Ort gefunden. Hiro vertraute ihm zwar, aber trotzdem wollte er sich überzeugen, ob sich ihr Plan hier umsetzen lassen würde. Über die Leiter kletterte er auf den stählernen Steg, der an seinen Ketten schwankte. Als Geländer diente lediglich eine Stahlkette, die bei jeder Berührung klirrte und bestenfalls als Warnung brauchbar war. Schutz vor dem Herunterfallen bot sie keinen. Hiro stolperte, fing sich aber gleich wieder. Er hoffte, dass der Totenrufer sicher auf den Beinen war, denn er würde später auf den Steg hinauf müssen.

Hiro stellte sich vor, wie der Körper seines Gegners in die Metallschmelze fiel. Der härteste Teil seiner Arbeit würde direkt danach folgen. Hiro suchte sich einen Platz, wo er die nächsten Stunden verbringen konnte, bis sein Zielobjekt die Fabrik erreichte. Er fand einen Sandsack und setzte sich. Hier würde er nachher auch seinen eigenen Körper abstellen müssen. Dem Dämon, der in Anthony Leungs Körper steckte, konnte er sich nur in seiner wahren Gestalt stellen. Hannah sollte währenddessen vor dem Tor warten. Es war unnötig, sie in Gefahr zu bringen. Hiro hoffte, dass der Totenrufer seinen Teil der Abmachung einhielt.

ACHTUNDVIERZIG: Hannah

Der alte Mann reichte Hannah die Hand. Sie war kalt und weich. Hannah meinte, eine Gummipuppe zu begrüßen. Hiro hatte sie zwar gewarnt, wie schwach der Alte wirkte. Doch in Wirklichkeit sah er noch zerbrechlicher aus, als sie es sich vorgestellt hatte. Das Band, das Seele und Körper miteinander verknüpfte, schien bis auf einen dünnen Faden abgenutzt. Hannah war sich jedoch nicht sicher, wie objektiv ihr Eindruck war, da sie wusste, wie der Totenrufer zu seinem Körper gekommen war.

Hiro hatte ihr erklärt, worin genau seine Aufgabe bestand. Dank der besonderen Fähigkeiten des Totenrufers, Seelen durch seinen Ruf zu fesseln, würde es ihm gelingen, den im Körper von Anthony Leung wohnenden Dämon aus seinem sicheren Versteck zu locken. Hin zu dem Stahlwerk, in dem sie zuerst seinen Körper vernichten mussten, damit Hiro anschließend den Dämon töten konnte.

Der Plan besaß ein paar Unwägbarkeiten. Auf eine hatte sie der Totenrufer aufmerksam gemacht: Selbst in seinen stärksten Jahren, noch mit einem jungen, kräftigen Körper ausgestattet und im Vollbesitz seiner Kräfte, hatte er sich nie mit einem Dämon anlegen müssen, vor dessen Macht sogar Hiro Respekt

ACHTUNDVIERZIG: Hannah

hatte. Damit er überhaupt eine Chance hatte, mussten sie Leung zunächst unter sechs Augen gegenüberstehen. Ihn dabei zu begleiten, war Hannahs Aufgabe. Dass ihr unerwarteter Verbündeter, Zhao Weng, mit ein paar Sprengsätzen am Firmensitz von Leung die Voraussetzungen schaffen würde, daran hatten sie kaum Zweifel.

Allerdings mussten sie pünktlich an Ort und Stelle sein. Nach den Explosionen würde sich die Aufmerksamkeit der Sicherheitskräfte auf die obersten Stockwerke konzentrieren. Mit einer kleinen Truppe aus Wengs Männern sollte es ihnen deshalb gelingen, den Nofallbunker im Keller zu erreichen, in dem dann Leung auftauchen würde. Das war jedenfalls der Plan. Weng hatte bereits signalisiert, dass der Sprengstoff deponiert worden war.

Ein Fahrer hatte zuerst Hannah zuhause und dann den Totenrufer in der Moller-Villa abgeholt. Jetzt durchfuhren sie die nächtliche Stadt.

Im Reich der Hochhaus-Riesen kam sich Hannah, die neben dem Fahrer saß, besonders klein vor. Der Gurt spannte, weil sie sich nach vorn lehnte. Sie wollte das Bild der schlafenden Riesen in sich aufnehmen. Kein Mensch wohnte in ihnen. Die ganzen Wolkenkratzer waren reine Bürogebäude. Nachts waren ihre Fenster schwarz und tot, wenn sie nicht gerade ein Luxushotel beherbergten. Hannah musste an Wohnhöhlen nachtaktiver Fledermäuse denken, die auf Beutejagd ausgeflogen waren. Sie merkte nicht, dass sie auf ihren Fingernägeln kaute.

Im Rückspiegel schaute sie nach dem Totenrufer. Er hatte die Augen geschlossen. Seine Lippen bewegten sich, als singe er. Vielleicht übte er seine Beschwörungsformeln. Hannah fiel auf, dass sie gar nicht wusste, wie sich so ein Totenruf

ACHTUNDVIERZIG: Hannah

anhörte. Und würde ihre Anwesenheit ihn nicht stören? Sie nahm sich vor, gleich nach der Ankunft danach zu fragen. Hannah ließ die Fensterscheibe herunter. Die Nachtluft war nicht kühl, nicht einmal der Fahrtwind erfrischte sie. Sie drückte wieder auf den Knopf, das Fenster schloss sich. Der Fahrer hatte auf der Klima-Automatik 22 Grad eingestellt. Sie drehte die Temperatur herunter.

Dann nahm sie ihr Smartphone aus der Tasche ihrer Jeans und öffnete die Karten-App. Ein kleiner blauer Punkt bewegte sich entlang einer dicken orangefarbenen Linie. Sie überlegte, ob jetzt irgendjemand von oben so auf sie hinunterstarrte wie sie selbst auf diesen blau pulsierenden Punkt. Sie scrollte weiter nach Westen, bis sie die chinesischen Zeichen für Minhang sah. Dort würde Hiro darauf warten, dass sie ihre menschlich-dämonische Fracht ablieferten. Gern hätte sie jetzt an dieser Stelle einen ebenso pulsierenden Punkt entdeckt. Sie tippte das Pfeilsymbol an, und wie durch Magie zentrierte sich die Kartenansicht wieder über ihrer eigenen Position. Das Ziel, durch ein rotes Symbol markiert, befand sich höchstens noch zwei Minuten entfernt.

Wengs kleine Einsatztruppe wartete an einem Notausgang. Eine Kellertreppe, die normalerweise von einer Stahltür verschlossen war, führte nach unten. Zhao Weng reichte ihr zur Begrüßung die Hand. Sie hatte ihn im Dunklen gar nicht erkannt. Er hielt ihre Hand etwas länger fest als nötig. Hannah lächelte, obwohl sie wusste, dass er es nicht sehen würde.

Noch war der Sprengstoff nicht explodiert. Weng hatte einen Weg ausgearbeitet, der an möglichst wenigen Hindernissen vorbeiführte. Hannah klang aber noch seine Warnung im Ohr, dass sie sicher auf Patrouillen treffen würden. Weng und ein zweiter Mann führten die kleine Gruppe an, ein dritter

ACHTUNDVIERZIG: Hannah

sicherte sie ab. Hannah geleitete den alten Totenrufer, dessen schwitzende Hand ihren Oberarm umklammerte.

Vorsichtig drückte der Mann, der den Schluss bildete, die Stahltür zu. Eine so vollkommene Dunkelheit hatte Hannah noch nie erlebt. Draußen war zwar auch fast nichts zu erkennen gewesen. Aber hier im Keller hätte sie nicht einmal sicher zu sagen gewusst, ob sie ihre Füße noch besaß. Weiter vorn flammte ein Licht auf. Aus Sicherheitsgründen hatten nur die drei Kämpfer eine Taschenlampe dabei. Der Zug setzte sich in Bewegung. Hannah bemühte sich, auf den alten Mann zu achten und selbst nicht zu stolpern. Das Flackern der Lampe gab die Richtung an.

Sie spürte, dass ihre Sinne schärfer wurden. In der Ferne meinte sie ein Tröpfeln zu hören. Das Schlurfen des Totenrufers schien ihr unnatürlich laut, es musste doch sämtliche Gegner auf ihre Spur bringen! Der Keller roch scharf nach Beton. Kalkstaub setzte sich auf ihrer Haut ab. War das gerade ein Spinnennetz gewesen, das ihr Gesicht gestreift hatte? Was war das Weiche, auf das ihr Fuß eben getreten war? Hannah musste sich zusammenreißen, um keinen Schreckenslaut von sich zu geben. Sie war selbst überrascht, dass es ihr gelang. Das machte sie mutiger. Sie zog den Totenrufer etwas energischer hinter sich her, damit die Gruppe schneller vorwärts kam.

„Noch zehn Minuten bis zur Explosion", flüsterte Weng ihr zu. In diesem Moment sah Hannah in der Ferne einen gleißenden Punkt. Sie erschrak, und diesmal konnte sie einen leisen Aufschrei nicht unterdrücken. Keine Reaktion. Sie erreichten den Punkt sehr schnell. Licht drang aus einem Loch neben dem Rahmen einer weiteren Stahltür. Dahinter musste sich ein hell erleuchteter Gang befinden. Das Loch genügte, dass der Keller plötzlich so hell war wie ein Sandstrand im Sommer.

ACHTUNDVIERZIG: Hannah

Weng legte den Zeigefinger auf die Lippen und bedeutete ihnen zu warten, während er die Lage sondierte. Er öffnete die Tür und verschwand in dem Gang. Kein Ton bis auf das Geräusch seiner Schritte. Fernes Murmeln. Dann ein dumpfer Fall. Und noch einer. Wieder Schritte, die in ihre Richtung kamen. Wengs Männer hatten sich zu beiden Seiten der Tür postiert. Die Klinke wurde gedrückt, das Licht fiel aus einem immer breiteren Rechteck in den Keller. Eine Silhouette erschien, die eindeutig zu Weng gehörte.

Die Gruppe betrat den Gang. Lief an zwei Körpern vorbei, die in unnatürlicher Stellung auf dem Boden lagen. Hannah hatte noch nie eine Leiche aus der Nähe gesehen, doch sie blieb erstaunlich ruhig. Ihre Gefühle befanden sich offenbar in einem Ausnahmezustand. Nach der Explosion würde niemand Zeit haben, sich um zwei Leichen im Keller zu kümmern. Weng hielt die rechte Hand hoch, die Spitzen von Daumen, Zeige- und Mittelfinger berührten sich. Sieben, erkannte Hannah. Sie mussten sich beeilen. Weiter hinten zweigte ein Gang ab, den eine elektronisch gesicherte Tür verschloss. Ein Kartenleser. Weng probierte es mit seinem eigenen Ausweis, doch ohne Erfolg. Mit einem solchen Hindernis hatten sie nicht gerechnet.

Vielleicht haben die toten Wächter passende Chipkarten, dachte Hannah und rannte zurück. Sie war froh, sich nützlich machen zu können. Weng hielt sie nicht auf, er zuckte nur mit den Schultern.

Hannah zögerte zuerst, die Leichen zu durchsuchen, aber dann gab sie sich einen Ruck. Die Männer sahen aus, als schliefen sie. Ihre Körper waren noch nicht steif, wie sie gedacht hatte. Beim ersten fand sie nichts. Doch der zweite trug einen Ausweis am Gürtel. Sie öffnete gerade den Clip, als sich eine

ACHTUNDVIERZIG: Hannah

Hand schwer auf ihre Schulter legte. Hannah erstarrte. Vielleicht ist Weng mir doch gefolgt, dachte sie, obwohl sie genau wusste, wie sich seine Hand auf ihrer Schulter anfühlte.

Jemand redete sie auf Chinesisch an, in dem breiten Shanghaier Dialekt, den sie so schlecht verstand. Hannah überlegte, was er wohl gerade sagte. Vielleicht etwas wie „Was suchen wir denn hier, junge Frau"? Der Mann klang nicht aggressiv. Er traute ihr sicher nicht zu, die beiden Männer getötet zu haben. Doch er würde sie ohne Zweifel zur Befragung mitnehmen. Fünf Minuten vor der Explosion. Sollte sie versuchen wegzurennen? Aber sie hatte nicht einmal genug Kraft, sich seinem Griff zu entwinden.

Ein dumpfes Geräusch. Sie war genauso verblüfft wie der Mann, der sie festhielt. Weng war ihr nachgelaufen und hatte ihn mit einem langen Messer angegriffen. Hannah nutzte die Chance und riss sich los, rannte aber in die falsche Richtung. Weng und der Fremde standen jetzt zwischen ihr und dem Ausweg. Der Mann war von außergewöhnlich bulliger Statur und erinnerte Hannah an einen Troll aus der nordischen Märchenwelt. Wengs Angriffe wehrte er mit seinem linken Arm ab. Schmerzen schien er nicht zu empfinden, obwohl er stark blutete. Weng hoffte wohl, ihn erst zu schwächen und dann empfindlich zu treffen. In der rechten Hand hielt der Mann irgendetwas hinter seinem Rücken versteckt. Hannah wollte Weng ein „Achtung" zurufen, doch sie brachte nur ein Krächzen zustande.

Ein blaues Leuchten zuckte auf, als er den Elektroschocker nach vorn riss, um Weng damit einen Stoß zu versetzen. Der hatte die Armbewegung bemerkt und wich aus. Seine ganze Aufmerksamkeit galt dieser Waffe, sodass der Wachmann ihm mit der linken Hand einen Schlag versetzen konnte, dessen

ACHTUNDVIERZIG: Hannah

Wucht ihn von den Füßen riss. Fast wäre er in den Elektroschocker getaumelt, doch kurz davor fand er endlich sein Ziel. Er versenkte das Messer in der Brust des Fremden. Ein Krampf schüttelte den Gegner, dem es im Fallen gelang, Weng mit dem Schocker zu treffen. Beide Männer stürzten zu Boden.

Hannah wusste, dass nicht viel Zeit blieb. Sie lief zu Weng. Er atmete, bewegte sich aber nicht. Sie konnte sich jetzt nicht um ihn kümmern. Hannah dachte an den Tango, den sie ihm geschenkt hatte. Offenbar brachte sie Männern kein Glück. Hoffentlich würde nicht auch Hiro eines Tages bedauern, sie kennengelernt zu haben. Sie stellte sich Wengs Gesicht an jenem Abend im Paramount Ballroom vor. Er hatte so glücklich gewirkt. Nicht wunschlos, aber seiner Lebenswege so sicher, wie es ihr vielleicht nie vergönnt sein würde.

Zwei Minuten bis zur Explosion. Wengs Gehilfe bedeutete ihr, dass es höchste Zeit sei. Sie mussten die beiden Männer hier liegen lassen. Hannah griff wieder nach der Hand des Totenrufers. Sie war so kalt, dass sie sich fragte, ob er seinen Körper nicht schon wieder verlassen hatte. Doch als sie zog, folgte er ihr. Sie brauchten 90 Sekunden, um den Notfallraum zu erreichen. Noch war nichts passiert, darum ließ er sich problemlos öffnen. Nur der Totenrufer und Hannah betraten ihn. Hinter ihnen schloss sich die Tür.

Vier starke Explosionen in schneller Folge, kaum voneinander zu trennen, erschütterten das Gebäude in seinen Grundfesten.

NEUNUNDVIERZIG: Totenrufer

Ein neues Geräusch, diesmal ganz in der Nähe. Wie von Geisterhand bewegt, drehte sich das stählerne Rad an der Innenseite der Tür. Versiegelte die Notfallkammer luftdicht. Der Totenrufer spürte einen kühlen Hauch. Die Klimaanlage war angesprungen. Ein Pfeifton aus der Wand. Die Automatik hatte festgestellt, dass sich zu viele Menschen im Raum befanden. Auf einem Panel aus Leuchtdioden wurde in roten Ziffern die Prognose, wie lange die Atemluft reichen würde, nach unten korrigiert. Grund zur Panik bestand nicht. Zu zweit konnten sie hier wenigstens 96 Stunden lang ausharren. Gleich würde die Maschine ihre Vorhersage erneut justieren müssen, denn ein helles Pling kündigte die Ankunft des Spezialaufzugs an.

Der Totenrufer malte sich aus, wie der Passagier aus der Tür treten würde. Er hatte in den vergangenen Tagen genug Zeit gehabt, sich Anthony Leungs Aussehen genau einzuprägen. Einfach war das nicht, denn wenn Leung eine Besonderheit besaß, dann seine Unauffälligkeit. Er war weder alt noch wirklich jung. Sein Gesicht strahlte keine übertriebene Strenge aus, doch fehlte es ihm auch an Wärme. Er wirkte ganz und gar nicht wie der heimliche Herrscher dieser Stadt. Der Dämon

NEUNUNDVIERZIG: Totenrufer

in ihm hielt sich gut verborgen. Wer ihn im Fuxing-Park träfe, würde ihn vielleicht für einen der Go-Spieler halten, die sich abends dort die Zeit vertrieben.

Als sich die Tür öffnete, zitterten dem Totenrufer die Knie. Er musste sich an Hannah festhalten. Die Bilder hatten gelogen. Nicht absichtlich. Nur hatten die Fotografen lediglich Anthony Leungs Körper fotografieren können, doch nicht den Dämon, der seine menschliche Hülle komplett ausfüllte, nein, er reichte sogar darüber hinaus. Der Totenrufer musste sich nicht anstrengen, die böse Seele zu sehen. Sie drängte sich ihm auf. Überfiel ihn. Noch nie hatte er eine Dunkelheit betrachtet, die dermaßen blenden konnte. Er hätte sich jetzt gern gesetzt, die Beine ausgestreckt, seinem Leib Ruhe gegönnt. Dieser kurze Moment hatte gereicht, ihn zu erschöpfen. Vielleicht würde er später einen zweiten Blick wagen können.

In Wirklichkeit wusste er aber, dass er längst vorher tot sein würde. Er hatte keine Angst davor. Doch er bedauerte die junge Frau, die ihn begleitet hatte. Und mit ihm sterben musste. Wie hatte er sich nur derart überschätzen und dieses Wagnis eingehen können? Sie drückte seine Hand. Er sah die Frage in ihren Augen, die sich schnell in eine flehende Bitte verwandelte. Er war die Hoffnung, die Hannah mit der Welt verband, und er würde ihre letzte, ihre endgültige Enttäuschung sein. Er erinnerte sich an den Blick seiner Frau, damals, vor über 50 Jahren, kurz bevor das Gewehr des jungen Soldaten ihm eine Kugel in den Kopf gejagt hatte. Sie wäre für ihn gestorben. Dafür war er ihr dankbar. Aber Hoffnung, Hoffnung hatte er in diesem letzten Blick nicht mehr gefunden.

Er begann sein Lied.

Bei den ersten Tönen war der Dämon abrupt stehen geblieben. Hob die Hand in einer Abwehrbewegung. Setzte zum

NEUNUNDVIERZIG: Totenrufer

nächsten Schritt an und bewegte sich dann doch nicht. Der Totenrufer wurde lauter. Seine Stimme zitterte nicht mehr so sehr wie zu Beginn. Sein Gegner sah ihn an. Öffnete den Mund, als wolle er etwas sagen, aber kein Ton drang heraus.

Der Totenrufer holte Luft, versuchte, die Wirkung seines Gesangs zu steigern. Wenn er Erfolg hatte, würde der Körper, in dem der Dämon steckte, willenlos werden. Solange er noch an der Tür des Fahrstuhls stand, hatte der Totenrufer den Kampf nicht gewonnen. Kein Beobachter hätte etwas davon erkennen können, doch der Dämon wehrte sich. Der Totenrufer lockte den Körper, die dunkle Macht darin hielt ihn zurück. Es war wie ein Tauziehen. Wer zuerst nachgab, würde verlieren. Für immer. Der entstehende Sog würde dem Sieger eine Kraft verleihen, die nicht mehr zu brechen war.

Der Totenrufer sah, wie der Dämon sich verwandelte, die verschiedensten Formen annahm, die nur er sehen konnte. Er durfte sich nicht ablenken lassen.

Dieser Dämon war alt. Älter als alle anderen bösen Seelen, die der Totenrufer im Lauf seines Lebens getroffen hatte. Jetzt stand ein Bauer vor ihm, dann ein Pferd. Ein weißer Bär, der schrecklich brüllte. Der Dämon wurde ein Kind, das ihn mit großen Augen ansah. Eine riesige Spinne. Ein Wasserfass mit einem grinsenden Gesicht. Eine Frau. Seine Frau. Seine Frau, die ihm einen letzten Blick schenkte, bevor er diese Welt verließ. Eine Träne rollte über sein Gesicht. Eine zweite. Der Totenrufer hob die Hand, um sich die Wange zu trocknen. In diesem Moment drang die Gewehrkugel in seinen Schädel ein. Die Welt wurde schwarz. Als er fiel, sah er die junge Frau, die zu den letzten Tönen seines Liedes die Hände vors Gesicht schlug.

FÜNFZIG: Hannah

Was Hannah am stärksten erschreckte, war das Lächeln auf dem Gesicht des Dämons, als der Totenrufer zu Boden fiel. Sie hatte kein Bedauern erwartet. Selbstzufriedenheit vielleicht. Aber was sie sah, war ein Versprechen, eine Drohung, die ihr galt. Sie sah unendlichen Schmerz, hinter einem Lächeln versteckt. Leid, wie es entsteht, wenn ein Kind vor den Augen seiner Eltern getötet wird. Noch nie zuvor hatte ihr etwas eine derart abgrundtiefe Angst eingejagt wie dieses Lächeln. Angst um alles, was ihr lieb war auf dieser Welt, und diese Angst erfüllte ihren ganzen Körper, lähmte sie.

Hannah wollte über dem Totenrufer zusammenbrechen. Seinen Tod beklagen. Aber sie konnte sich nicht rühren. Ihre Hände versuchten, das Lächeln abzuwehren. Sie schlug sie vors Gesicht, doch das Bild hatte sich förmlich in ihr eingebrannt. Die Zeit blieb stehen. Sie hörte die letzten Töne des Liedes, das der Totenrufer gesungen hatte, die tiefer und tiefer klangen, wie ein Rennwagen, der sich mit rasendem Tempo entfernte. Die Sekunden dehnten sich zu Minuten, während die Angst sie gefangen hielt.

Sie hatte alles verloren.

Genau das sagte dieses Lächeln. Hannah versuchte mit

FÜNFZIG: Hannah

aller Kraft, es aus ihrer Erinnerung zu löschen – und plötzlich bekam die Zeit wieder einen Rhythmus. Sie spürte ihren Herzschlag, das Pulsieren der Blutgefäße in ihren Fingern, die ihr Gesicht bedeckten. Das Lächeln log. Sie war noch nicht tot. Ihr Herz schlug. Sie lebte trotz dieser grauenvollen Angst. Das schreckliche Lächeln des Dämons hatte sich ihr eingebrannt, alles andere überdeckt. Doch darunter musste auch noch die Erinnerung an dieses Lied sein, das der Totenrufer angestimmt hatte, die Töne, die sie gehört hatte. Sie müsste sie bloß in ihrem Gedächtnis wiederfinden.

Da war er, der erste Ton. Es schmerzte. Hannah kam es vor, als müsse sie die oberste Schicht ihrer Erinnerung mit den Nägeln abkratzen. Ihre Seele blutete, doch dann kam der zweite Ton. Sie hatte die richtige Stelle gefunden. Sie kratzte weiter, und die Töne drangen aus ihr heraus. Wie kleine, blutige Welpen kamen sie in die feindliche Welt, unsicher noch. Hannah stemmte sich gegen den Schmerz.

Die Töne verbanden sich zu einem Lied, das seine eigene Kraft gewann, sich von ihr entfernte, den Raum erfüllte. Sie hatte die Seele des Totenrufers verloren, aber sein Lied gewonnen. Hannah wurde sicherer. Es war jetzt ihr Lied. Es gehorchte. Sie sah, wie die Welpen binnen Sekunden zu kräftigen Hunden heranwuchsen, die auf ihre Befehle reagierten. Das Lied umstellte den Dämon. Und bald war es stark genug, die Kontrolle über seinen Körper zu übernehmen.

Anthony Leung lächelte nicht mehr.

EINUNDFÜNFZIG: Hiro

Die Nachricht von der Explosion im World Financial Center hatte sich schnell in den Medien verbreitet. Zuerst berichteten Augenzeugen auf Weibo, was sie gesehen hatten. Die Journalisten brauchten zu nachtschlafender Zeit etwas länger. Doch die Vermutungen, die sie auf den Websites der Zeitungen anstellten, interessierten Hiro nicht. Er wartete auf eine Nachricht von Hannah. Die Erlösung kam indirekt: Einer von Wengs Männern informierte ihn, dass ein Wagen zur Fabrik unterwegs sei. Ohne Zhao Weng. Ohne den Totenrufer. Aber mit Hannah und Leung.

Hiro hatte inzwischen jeden Winkel des alten Stahlwerks erkundet. Er konnte einfach nicht stillsitzen. Zum Ausruhen würde er später kommen. Der Boden war mit Stahlplatten belegt, so dass seine Schritte hallten, als liefe er auf einem riesigen Kochtopf herum. Klong, klong, klong, ein regelmäßiges Geräusch, synchron zum Umschalten der Digitaluhr auf seinem Handy. Nur wenn er an der Wand kehrtmachte, gab es eine kurze Pause. In der Ferne hörte er eine Sirene. Dann wieder Stille, bis er seinen Weg fortsetzte. Gedanken an Zhao Weng und den Totenrufer verdrängte er. Der Plan hatte bisher offenbar funktioniert, wenn er auch nicht wusste, wie. Jetzt

EINUNDFÜNFZIG: Hiro

war er an der Reihe. Er hatte sein Smartphone in der Hand, starrte auf die Digitalanzeige der Uhr.

40 Minuten nach der Explosion. Er lief die Treppe aus dem ersten Stock hinunter, wollte sich in der Nähe des Eingangs postieren. Hannah würde bald eintreffen. Sie wusste, wohin sie den Körper des Dämons führen musste. Er würde sie nicht begrüßen, um sie nicht abzulenken, nur aus sicherer Entfernung beobachten.

Motorengeräusch in der Nacht. Scheinwerfer tasteten die Wand der Fabrik ab. Hiro hörte Reifen quietschen. Ein Fahrzeug musste aus einer Nebenstraße abgebogen sein und jetzt vor dem Tor halten. Er stellte sich vor, wie der Fahrer die Tür öffnete. Ob Hannah während der gesamten Fahrt hinten neben dem Dämon gesessen hatte? Wenn der Totenrufer nicht mehr dabei war, musste sie die Kontrolle über Anthony Leung besitzen. Oder wurde sie von dem Dämon gesteuert, der sich nun sein nächstes Opfer holen wollte?

Hiro öffnete mit der Fernbedienung das Fabriktor. Es quietschte in den Angeln. Die Scheinwerfer des Autos waren direkt auf den Eingang gerichtet. Hiro sah, wie zwei Schatten die Fabrik betraten. Das Motorengeräusch verschwand. Das Gebäude versank wieder im Dunklen. Hiro kniff die Augen zusammen. Zwei Personen bewegten sich durch den großen Saal. Er konnte nur ihre Konturen erkennen, mehr zeigte ihm das orangefarbene Licht aus dem Nebenraum nicht, in dem er auf einer Empore wartete. Schräg vor ihm stand der große Kessel mit dem glühenden Metall. Der Transformator der elektrischen Heizung summte wie ein Hornissenschwarm.

Das Geräusch der Schritte kam näher. Hiro hatte den Eingang des Nebenraums im Blick. Ja, es war eindeutig Hannah, das war selbst in dem schummrigen Licht erkennbar. Ihr folgte Anthony

EINUNDFÜNFZIG: Hiro

Leung, den er nur von Fotos kannte. Er hatte den Blick gesenkt, starrte auf Hannahs Füße. Eine Stimme erfüllte den Raum, die leise, aber sicher ein Gedicht rezitierte, das ebenso gut ein Lied sein konnte. Es besaß zwar keine Melodie, aber eine Struktur, wiederholte sich, floss aus Hannah heraus. Hiro sah den schützenden Mantel, den es um die junge Frau gelegt hatte.

Während sie auf die stählerne Leiter zuging, veränderte es sich. Wechselte seine Form, als sei es lebendig. Es schien gar nicht nötig, dass Hannah den Mund bewegte, das Lied hatte sich längst abgelöst, so kam es ihm vor. Es griff nach dem Körper des Dämons, der ihr folgte, lockte ihn, drohte, wenn er vom Weg abweichen wollte. Hiro bekam Angst vor diesem Lied. Wenn es zu stark würde, könnte Hannah dann die Kontrolle darüber verlieren?

Hannah begann die Leiter hinaufzusteigen, betrat den schwankenden Steg. Der Körper von Anthony Leung folgte ihr. Sie schaute nicht zu Hiro, obwohl sie ihn jetzt eigentlich bemerken musste. Er setzte sich auf den Sandsack in der Ecke. Gleich würde er selbst dem Feind gegenüberstehen, den Hannah weiterhin mit ihrem Lied bannte.

Der Steg schwankte, als Anthony Leung ihn betrat. Damit hatte Hannah offenbar nicht gerechnet. Erschrocken griff sie nach der Kette, die als behelfsmäßiges Geländer diente, aber viel zu locker gespannt war, sodass sie auf das harte Metall stürzte. Wie ein Schlag kam Hiro ihr Schmerzensschrei vor.

Das Lied erklang jedoch trotzdem weiter.

Langsam zog Hannah sich hoch. Sie hatte noch eine letzte Aufgabe: Sie musste den Körper des Dämons hinunter in den Kessel mit kochendem Metall stürzen. Hannah drehte sich um, suchte sicheren Stand und gab dem Mann dann mit beiden Händen einen kräftigen Stoß.

EINUNDFÜNFZIG: Hiro

Der Körper wehrte sich nicht. Er reagierte überhaupt nicht. Er kippte nur langsam zur Seite. Diesmal hatte Hannah vorausgesehen, was passieren musste. Im selben Moment, als der Körper über die begrenzende Kette stürzte, kippte der Steg schräg zur Seite. Hannah war vorbereitet. Mit lockeren Knien balancierte sie das Schwanken des Stegs aus wie ein Surfer eine Welle. Hiro lächelte ihr zu. Sie sah in diesem Lächeln seine Liebe.

Dann verließ er seinen eigenen Körper.

ZWEIUNDFÜNFZIG: Es

Der Raum vibrierte vom Summen des Transformators. Anthony Leung gab es nicht mehr. Die Moleküle seines Körpers waren verbrannt. Zu Ruß, zu Wasser, zu Gas, das sich mit der heißen Luft über dem flüssigen Metall vermischt hatte. Der Hund hatte von einem Fenster aus beobachtet, wie der Körper in die Metallwanne gefallen war. In diesem Moment schien die Gegenwart zu gefrieren. Niemand bewegte sich mehr. Die Zeit war erstarrt wie eine Glasscheibe. Das Summen des Transformators versetzte sie in Schwingungen, die Zeit bekam Risse. Der Dämon, der Anthony Leungs Körper bewohnt hatte, lebte noch, und er war stark.

Ein Geräusch wie von einem Stein, der in zwei Hälften bricht. An den Wänden, kurz unter der Decke, bildeten sich Risse, die sich rasch ausbreiteten, ein krachendes Geräusch erfüllte den Raum. Dann hob die Stahlbetondecke ab. Streben stürzten nach unten. Der Metallsteg schwankte bedrohlich. Er sah, wie Hannah die Leiter hinunter flüchtete. Hiros Körper war von Staub bedeckt. Ein heißer Wirbelsturm fegte durch den Saal, nahm mit, was er am Boden fand. Staub, kleine Steine, Werkzeuge wurden emporgerissen. Über der Fabrik entstand eine Wolke, deren Innerstes glühte – oder kam das rote Licht von unten?

ZWEIUNDFÜNFZIG: Es

Die Wolke gewann an Kontur. Der Hund konnte einen Flügel ausmachen, einen zackenbewehrten Schwanz, eine gespaltene Zunge. Die Strukturen wurden klarer. Zwei Wolken, die jetzt deutlich voneinander zu unterscheiden waren, schwebten dicht über der Stahlfabrik. Das Licht musste aus ihrem Inneren kommen.

Der Staub, oder was immer sich da zusammenballte, strahlte ein tiefrotes Glühen aus. Der Wind hatte sich gelegt, und trotzdem bewegten sich die Wolkenschwaden, als würden sie sich bekämpfen. Ein Drache schien am Himmel zu stehen, ein imposantes Tier, doch noch gefährlicher mutete die Schlange an, die sich überall und nirgends gleichzeitig befand und jede Bewegung des Drachens vorherzuahnen schien. Immer wieder hieb sie ihre beiden spitzen Zähne in die Haut des Gegners, der sich mit seinen Klauen wehrte. Wo die Schlange einen Treffer gelandet hatte, veränderte sich die Oberfläche des Drachens, löste sich seine Materie in Nichts auf. Der lautlose Kampf dauerte noch nicht lange, doch es schien bereits jetzt ein Sieger festzustehen. Der Drache versuchte, seinen Gegner mit Feuer zu vernichten, aber er kam fast immer zu spät.

Der Hund ahnte längst, wer sich da am Himmel duellierte. Er hatte auf dem Sandsack auch den anscheinend leblosen Körper entdeckt, den er nur zu gut kannte. Er wusste, dass ihm eine einzige Chance gegeben war. Er sah die Katze an, die neben ihm saß und überwältigt dem Kampf der Wolken folgte. Jetzt konnte er diesen Körper übernehmen. Vielleicht erfahren, welches Leben er früher geführt hatte. Der Dieb, der ihm alles genommen hatte, würde in wenigen Minuten sowieso sterben. Doch er hatte auch die beiden Gegner gesehen, die gerade am Himmel einen Kampf auf Leben und Tod führten. Der Drache hatte ihn in diese andere Existenz gestoßen. Aber es war die

ZWEIUNDFÜNFZIG: Es

Schlange, die eine tief greifende Bösartigkeit ausstrahlte. Eine Bösartigkeit, gegen die der Drache keine Chance hatte. Die dunkle Seele der Schlange würde diese Welt fortan beherrschen. Wer ihr ebenbürtig sein wollte, musste alles ablegen, was Menschlichkeit ausmachte. Anders war die grenzenlose Macht, die sie besaß, gar nicht zu erreichen.

Das konnte er nicht zulassen. Der Hund legte sich auf den Fenstersims. Ein Blick zur Katze, die wohl nichts bemerkte. Dann fiel sein Kopf herab. Ein Luftzug in Richtung Himmel. Ein neues Wesen, das einem Bären ähnelte, mischte sich in den Kampf ein. Es griff den Schwanz der Schlange an. Festhalten konnte es ihn nicht. Die Vorderbeine des Bären waren nicht einmal lang genug, den Schwanz ganz zu umfassen. Aber der Gegner war kurz abgelenkt. Musste sich mit dem lästigen Etwas befassen, das ihn behinderte. Die gespaltene Zunge, etwa dreimal so lang wie der Bär, stieß auf ihn hinab, hätte ihn davongewischt wie eine riesige Fliegenklatsche, wenn sich nicht plötzlich ein Tiger in ihrer Wurzel verbissen hätte.

Ein lautloser Schrei. Nirgends war die Schlange so empfindlich wie an dieser Stelle. Der Drache nutzte die Chance. Endlich konnte er seine Klauen mit Schwung einsetzen. Wie ein Blitz aus einer Gewitterwolke sausten sie in das Rückgrat der Schlange. Sie bäumte sich auf. Ihr Schwanz zuckte. Noch einmal gelang es ihr, die Zähne in die Haut des Drachen zu schlagen. Doch ihre Kraft nahm schnell ab. Die Wolkenfetzen, aus denen sie bestand, lösten sich auf. Die Schlange verschwand im Nichts. Klare Luft blieb zurück.

DREIUNDFÜNFZIG: Hannah

Der Staub brannte in Hannahs Augen, sodass sie die Welt nur durch einen Schleier sah. Und doch bemerkte sie, dass der Nachthimmel wieder schwarz und klar war. Der Kampf war beendet. Sie lief zu Hiro und fand seinen Körper zusammengesunken auf dem Sandsack, ebenso von Staub bedeckt wie sie. Dass er fast weiß aussah, wirkte bei ihm besonders unnatürlich. Sie legte eine Hand auf seine Brust. Spürte Wärme, aber keinen Herzschlag. Sie fühlte sich innerlich wie leer. Hatte keine Wünsche, keine Hoffnungen mehr.

Bis auf die eine, die sie ab sofort für immer in sich verschließen musste. Sie ließ die Hand fest auf seiner Brust liegen. Versetzte sich zurück in die Bibliothek, als er zum ersten Mal an ihren Tisch gekommen war. Das würde ihr bleiben, und sie war froh darüber. Sie würde ihn malen, zeichnen, modellieren. Über ihn schreiben, dichten. So bliebe er ihr erhalten, auch wenn sie diesen Körper begraben musste.

Ihr war, als schlage jemand einen Gong. Unter ihrer Hand, dort, wo Hiros Herz sein musste. Der nächste Schlag. Ein dritter. Ein Rhythmus entstand, der sich auf ihre Hand übertrug. Schläge im Sekundentakt. Eine Träne löste sich aus ihrem Auge. Zeichnete eine dunkle Linie auf ihr mit weißem Staub bedecktes Gesicht. Eine zweite Linie entstand. Wie bei dem Platzregen nach einem Gewitter folgte Tropfen auf Tropfen, bis keine einzelnen Tränen mehr zu unterscheiden waren. Das salzige Wasser rieselte von ihrem Kinn auf den schmutzigen Boden.

Hannah legte die Wange an seine Brust und ergab sich dem Regen.

EPILOG

Grauer Stein. Minerale durchflossen seine Lebensbahnen. Sedimente, in Äonen zu reinem Granit gepresst. Er war hier, er war da. Seine Kraft reichte weit in den Berg hinein.

Und war doch begrenzt. Der Oberste hatte eine Botschaft für ihn. Einen Auftrag. Eine kleine Schachtel, verschlossen mit einem Bindfaden. Er lachte dröhnend. Eine Libelle flog auf, löste den Knoten. Die Hülle fiel ab. Es blieb eine Figur, gefaltet aus Papier.

Ein Drache.

Der Gluthauch einer Vulkaneruption pulverisierte die Nachricht. Asche rieselte zu Boden. Weiße Flocken malten die Form eines Herzens auf seine Granithaut.

Netter Versuch. Wieder lachte er dröhnend. Er würde bald aufbrechen müssen. Den Obersten ließ man nicht warten.

NACHWORT

Normalerweise folgt am Schluss eines Romans der Hinweis, alle Orte, Handlungen und Personen seien frei erfunden. Das trifft bei „Meltworld Shanghai" nur auf die handelnden Personen zu – und auf den größten Teil dessen, was sie erleben. Andererseits beruht die Geschichte auf chinesischen Mythen, auf realen Ereignissen aus der Geschichte dieser großen Nation, und die Schauplätze existieren in der Millionen-Metropole ebenfalls.

Die Zitate aus der Zeit der Kulturrevolution mit ihren Millionen Toten stammen, mit Genehmigung des S. Fischer Verlags, aus dem Buch „Fräulein Hallo und der Bauernkaiser" des chinesischen Schriftstellers Liao Yiwu. Diesen Band lege ich allen Lesern ans Herz. Er ist nicht leicht zu lesen, zeugt aber von der tiefen Liebe des Verfassers zu seinem Land, das ihn im Gegenzug oft genug als Staatsfeind betrachtete. Wussten Sie schon, dass er (längst nachdem ich das Manuskript beendet hatte) 2012 den Friedenspreis des Deutschen Buchhandels erhielt?

Bei der Beschreibung der Schauplätze bin ich meiner Erinnerung gefolgt. Shanghai ist eine phantastische Stadt. Die Vorstellungskraft des Autors wird da nur noch in Details benötigt.

NACHWORT

Davon können Sie sich übrigens selbst ein Bild machen: Reisen Sie auf den Spuren von Hannah und Hiro in die chinesische Metropole. Besuchen Sie den Paramount Ballroom, durchstreifen Sie die Französische Konzession, bewundern Sie die Gebäude des Yuyuan-Gartens, sehen Sie den Tänzern im Fuxing-Park zu. Und das alles kostenlos, für zwei Personen, inklusive Flug & Hotel – mit ein bisschen Glück. Schreiben Sie die Geschichte weiter, illustrieren Sie sie oder verfassen Sie eine Rezension. Die genaueren Einzelheiten zu diesem Wettbewerb, bei dem auch zwei Farb-eReader zu gewinnen sind, finden Sie im Internet unter www.meltworld-shanghai.de.

Wenn es Sie interessiert, wie es Hannah weiter ergeht: Sie können sich mit ihr auf Facebook befreunden. Suchen Sie einfach nach Hannah Harlof (http://www.facebook.com/hannah.harlof/). Welche Orte Hannah in Shanghai besonders fasziniert haben, hat sie übrigens in einem kleinen Reiseführer zusammengefasst. „Fünf Tage in Shanghai (http://www.amazon.de/Fünf-Tage-in-Shanghai-ebook/dp/B009SVWICA)" ist für 2,99 Euro als eBook erhältlich. Käufer dieses Romans erhalten es kostenlos – es würde mich freuen, wenn Sie Hannahs kleines Geschenk annähmen. Bitte schreiben Sie ihr dazu einfach eine eMail, über Facebook (http://www.facebook.com/hannah.harlof) oder über hannah@meltworld-shanghai.de.

Schließlich gebührt einigen Personen Dank. Meiner Frau ganz zuerst, die meine schärfste Kritikerin war. Meinen Kindern, die mit großem Eifer die Geschichte miterfunden haben. Dem Lektor Jan Schuld, der akribisch und konstruktiv mit mir am Text arbeitete. Den Grafikern Sidnei Marquez für die Illustrationen und Ellina Wu für das Titelbild. Den Buchbloggerinnen und -bloggern, die Postkarten von Hannah erhielten, für Ihre Neugier. Gesine von Prittwitz fürs Mutmachen und die

Beratung. Maja Hou und Gabriela Kassing für ihre Unterstützung bei der Recherche in Shanghai. Der Deutschen Schule in Pudong für die Möglichkeit, die Räume zweimal besichtigen zu können. Und der namenlosen chinesischen Tänzerin, die mir die Stimmung im Paramount Ballroom nahebrachte.

Herzlichen Dank also! Ich freue mich auch immer über Post – gern direkt an matting@matting.de. Und teilen Sie doch Ihre Meinung mit anderen Lesern, indem Sie eine Rezension schreiben!

Matthias Matting

LESETIPP

Das Feuerpferd – Fantasy-Roman von Annemarie Nikolaus, Sabine Abel, Monique Lhoir
Im Gestüt am Schattensee wird in einer Gewitternacht ein weißes Fohlen geboren. Mit seiner Geburt in der Welt der Sterblichen entschwindet die Kraft des Feuers aus dem Schattenreich und der Insel Seoria droht der Untergang.

Der „alte Grint" versucht, diesen Moment der Schwäche zu nutzen, um das ganze Schattenreich zu unterwerfen. Seorias Herrscherin, die Zauberfürstin Moghora, muss nun in beiden Welten um ihre Macht kämpfen.
Die Bewohner des Gestüts und eines benachbarten Weinguts sehen sich gezwungen, Partei zu ergreifen und entscheiden am Ende über den Ausgang des Kampfes zwischen Moghora und dem alten Grint.

Leserstimmen:

„Ein Werk aus drei Federn – kann das gutgehen? Ja, es kann, wie "Das Feuerpferd" eindrucksvoll unter Beweis stellt. Die konfliktträchtige Handlung, die teils im Schattenreich, teils in der Welt der Sterblichen spielt und die glaubhaft gezeichneten Charaktere mit ihren Schwächen und Stärken, bösen und guten Absichten machen das Buch zu einer packenden Lektüre ..."

LESETIPP

„Die Geschichte ist weniger an den mächtigen Epen, die das "Tolkien-Genre" prägen, orientiert, sondern eher an den keltischen Volkssagen, in denen sich immer wieder unter bestimmten Umständen die Tore zwischen den Welten öffnen, die Menschenwelt und die magischen Anderswelten und ihre Wesen schicksalhaft aufeinandertreffen und so ziemlich alles möglich werden lassen. Dass die Gut-Böse-Fronten sich erst langsam entwickeln, macht einen besonderen Reiz der Geschichte aus."

Erhältlich als Kindle-eBook (http://www.amazon.de/dp/B004M5HKY8) und Taschenbuch (http://www.amazon.de/dp/1461134900).

Printed in Germany
by Amazon Distribution
GmbH, Leipzig